豪門守灶女 3

文創風 104

玉井香 著

目錄

人物簡介

(註：此人物簡介主要以文中較為重要的**焦家、權家、楊家**為主，幾個頗常出現的重要人物則歸為**其他**；焦、權兩個家族主要以主子所居住的院落來作為劃分；主子的名字或頭銜有加上外框，餘則為較有臉面的奴僕、丫鬟等。)

焦家

★焦閣老權傾天下，但焦家崛起不過三代，是連五十年都沒過的門戶。焦閣老母親八十大壽當日，黃河改道，焦家全族數百人全死於惡水中，人丁變得極為單薄。

焦　穎：即焦閣老、焦老太爺，為內閣首輔，相當於宰相之位。
有一妻二妾，頭四個兒子都是嫡出。除四子外，其餘子女皆死於惡水中。

焦　鶴：焦府大管家。焦閣老最為看重、信任之人。

焦　梅：焦府二管家。後跟著焦清蕙陪嫁到權家當她的管家。

焦　勳：焦鶴的養子。眉清目秀、氣質溫和，是個溫潤如玉的謙謙君子，焦家一手栽培起來，頗有才幹之人。和焦清蕙一起長大，原本內定要和她成親，在她出嫁前被外放出焦府。

▼【謝羅居】

焦　奇：焦閣老四子，人稱焦四爺。惡水後身體即不好，拖了多年亦病逝。

焦四太太：焦奇元配，育有一雙子女，皆死於惡水中，
腹中胎兒亦因過於悲痛而流產。心慈、不愛管事，對任何事皆不上心。

綠　柱：焦四太太的首席大丫鬟。

▼【南岩軒】

三姨娘：溫和心善，惡水時四太太找人救了她，此後就一心侍奉四太太。

符　山：三姨娘的首席大丫鬟，一心向著焦清蕙。

四姨娘：四太太的丫鬟出身。亦是溫良之人。

▼【太和塢】

五姨娘：麻海棠，出身普通，因生下焦子喬，在焦家地位突升，頗有一人得道，雞犬升天之勢。為人短視近利，手段粗淺。

透　輝：五姨娘的貼身丫鬟。焦老太爺安插在太和塢中給他遞送府中消息之人。

焦子喬：小名喬哥，焦奇的遺腹子，焦家獨苗。

胡嬤嬤：焦子喬的養娘、焦梅的弟媳。和五姨娘關係極佳。

堇　青：府裡最大的一個使喚人家族姜家的一分子。

▼【自雨堂】

焦清蕙：小名蕙娘，三姨娘親生之女，焦家女子中排行十三。
從小作為守灶女將養起來的，才智心機皆非一般，頗有手段。
婚前莫名其妙被毒死，幸運重生後作風一變，一心要找出凶手。

綠　松：蕙娘的首席大丫鬟，貌美。蕙娘親自從民間簡拔上來、從小一起長大的，
唯一敢勸諫主子之人。

石　英：焦梅之女。頗有能耐，算是綠松之下的第二人。

瑪　瑙：布莊掌櫃之女。專為蕙娘裁製衣物。

孔　雀：蕙娘的養娘廖嬤嬤之女。清甜嬌美，性子孤僻，一說話總是夾槍帶棒的。
專管蕙娘的首飾。

雄　黃：帳房之女。焦老太爺安插在自雨堂中給他遞送府中消息之丫鬟。陪嫁後為蕙娘管帳。

石　墨：姜家的一分子。專管蕙娘的飲食。

方　解：貌美，專管蕙娘的名琴保養。

香　花：貌美，專管蕙娘的妝容。

白　雲：知書達禮，琴棋書畫上都有造詣，但生得不大好看。

螢　石：專管著陪蕙娘練武餵招的，因怕蕙娘傷了筋骨，還特地學了一手好鬆骨功夫的。

廖嬤嬤：蕙娘的養娘。

▼【花月山房】

焦令文：小名文娘，四姨娘之女，非親生，焦家女子中排行十四。對蕙娘又妒又愛。
嫁給祖父的接班人王光進的長子王辰為繼室。

雲　母：文娘的首席大丫鬟。性子太軟、太溫和，無法拉得住主子。

黃　玉：姜家的一分子。還算機靈，會看人臉色，可有眼無珠，看不到深層去。
性子輕狂，老挑唆文娘和姊姊攀比。

藍　銅：焦老太爺安插在花月山房中給他遞送府中消息之丫鬟。

權家

★良國公是開國至今唯一的一品國公封爵，世襲罔替的鐵帽子，
在二品國公、伯爵、侯爵等勳戚中，一向是隱然有領袖架勢的。
權家極重子嗣，且承襲爵位的不一定是嫡長子，因而引發世子爭奪戰。

▼【擁晴院】

太夫人：喬氏，良國公之母，府中輩分最高者。三不五時就吃齋唸佛，不愛熱鬧。
較偏心長孫權伯紅，希望由他當世子承襲國公位。

▼【歇芳院】

權世安：良國公，看似不問世事，實際上深藏不露。

權夫人：繼室，與丈夫兩人較看好權仲白當世子，偏偏二子愛自由、不受控，
故千方百計娶進焦清蕙，希望能治一治他。

雲管家：良國公府的總管，與良國公之間有不可告人之秘密。

▼【臥雲院】

權伯紅：元配生，與妻子成婚多年，頗為恩愛，卻一直生不出孩子。
為人熱情，面上不顯年紀。喜愛作畫。

林中頤：永寧伯林家的小姐、皇帝好友林家三少爺林中冕的親姊姊。
林氏看似熱心，其實一心希望丈夫成為世子，但苦於生不出孩子，
眼見二房娶媳，只得趕緊抬舉身邊的丫頭當丈夫的通房，以求子嗣。
巫　山：本為林氏的丫鬟，後成了權伯紅的通房，懷孕後抬為姨娘。
福壽嫂：大房林氏的陪嫁丫頭出身，是林氏身邊最當紅的管事媳婦。

▼【立雪院】

權仲白：元配生，字子殷，聞名於世的神醫，帝后妃臣皆離不開他。
為人優雅，性喜自由，淡泊名利，講話直接、不愛打官腔，
但實際亦是很有城府之人，只是不愛爾虞我詐的算計。
前兩任妻子皆歿，本不願再娶，婚前親口向焦清蕙拒婚，
未果。與蕙娘道不同不相為謀，不喜她的個性，
兩人一路走來，磨擦不少。
達貞珠：達家三姑娘，小名珠娘，權仲白的元配。是權仲白真心喜愛
並力爭到底娶進權家的，可惜過門三日便因病而逝，權神醫來不及救。
焦清蕙：京城中有名的守灶女，一舉一動皆蔚為風潮。
張管事：是二少爺權仲白生母的陪嫁，也是他的奶公。
張養娘：二少爺權仲白的奶娘。
桂　皮：權仲白跟前最得力的小廝，母親是少爺張養娘的堂妹。
精得很，頗會拿捏二少爺。娶石英為妻。
當　歸：權仲白的小廝，人品人才都好，隻身賣進府裡服侍的。娶綠松為妻。
甘　草：權仲白的小廝，張奶公之子，為人木訥老實、不善言辭，但心地好。娶孔雀為妻。
陳　皮：權仲白的小廝，人品人才都好，一家子在府中各院服侍的都有。
註①：蕙娘在焦家時的一群丫鬟亦陪嫁過來權家了，此不再複述。
註②：二房在香山另有一個先帝御賜給仲白的園子【沖粹園】，兩邊都會居住。

▼【安廬】

權叔墨：權夫人所生，為人嚴肅，是個武癡，對兵事上心，對世子位沒興趣。
何蓮生：小名蓮娘，雲貴何總督之女。極機靈，是個見人說人話、見鬼說鬼話，
看碟下菜的好手，亦希望丈夫成為世子而努力想掌府中事務。

▼

權季青：權夫人所生，膚色白皙、面容秀逸，甚至還要比權仲白更英俊一些。
為人沈著，為達目的不擇手段，是個深藏心事之人。
對生意、經濟有興趣，亦學了些看賬、買賣進出之道。
覬覦二嫂焦清蕙，一心希望她與之攜手，共謀世子位。

▼

權幼金：年紀極幼，通房丫頭喝的避子湯失效，意外生下的。

▼

權瑞雲：權夫人所生，權家長女、楊家四少奶奶，丈夫楊善久為楊家獨子。

▼【綠雲院】

權瑞雨：權夫人所生，權家幼女，熱情活潑。後嫁至東北崔家。

楊家

★楊閣老是焦閣老在政壇上的死對頭，兩派人馬纏鬥多年。
皇帝一手提拔起來的人，預備等焦閣老辭官退隱後，接任他的首輔之位。

楊海東：即楊閣老，字樂都。有七女一子。

楊太太：楊海東元配。

楊善久：楊家獨子，與七姊楊善衡為雙胞姊弟，妻子為權瑞雲。

孫夫人：嫡二女，定國侯孫立泉(皇后的哥哥)之妻。

寧　妃：庶六女，皇帝寵妃之一。

楊善衡：庶七女，又名楊棋，人稱楊七娘，是楊善久的雙胞胎姊姊，

楊善桐：嫡三女，與楊善衡是一族的堂姊妹，兩人關係頗好，小桂統領桂含沁之妻。
嫁給平國公許家世子許鳳佳為繼室(元配是楊家嫡女五姑奶奶，產後歿)。

楊善榆：是西北楊家小五房的三少爺，與權仲白有深厚的情誼。
不喜四書五經，卻對工巧奇技愛不釋手，也喜歡擺弄火藥，奉皇命在研製火藥。

其他

封　錦：字子繡，朝廷特務組織燕雲衛的統領，極為俊美，是皇帝的情人。

桂含春：嫡子，亦是桂家宗子，字明美，為少將軍，妻子鄭氏乃通奉大夫嫡女。
為人溫文爾雅，頗能令人放心。

桂含沁：偏房大少爺，字明潤，小桂統領、小桂將軍皆指他，
世人亦愛戲稱他「怕老婆少將軍」。心機深沈、天才橫溢。
把太后賞的宮女子賣到窯子裡而大大地得罪了太后，結下宿怨，牛李兩家遂成仇人。
是和皇帝一同長大的好友。

許鳳佳：許家世子，字升鸞，是一名參將。
先後娶了楊家的嫡女五小姐及庶女七小姐。
是和皇帝一同長大的好友。

吳興嘉：戶部吳尚書之女，嫁牛德寶將軍的嫡長子為妻。
焦清蕙及焦令文的死對頭，老愛和焦家姊妹相比，
卻每每敗下陣來，唯有在「元配」的頭銜上
勝過「續弦」的兩姊妹。

牛德寶：太后娘娘的二哥，也掛了將軍銜，雖然不過四品，
但卻是牛家唯一在朝廷任職的武官，前途可期。

張夫人：阜陽侯夫人，伯紅、仲白的親姨母。

太后 娘家：牛家。

太妃 娘家：許家。

皇后 娘家：孫家。

寧妃 娘家：楊家。

焦家人物關係表

- 閣老首輔 **焦穎**
  - 四子 **焦奇**
  - 元配 **四太太**（子息皆歿）
  - **三姨娘** —— 十三姑娘 **焦清蕙**（權家二少奶奶）
  - **四姨娘** —— 十四姑娘 **焦令文**（王家大少奶奶）
  - **五姨娘** —— 十少爺 **焦子喬**

權家人物關係表

- **太夫人**
  - 三子良國公 **權世安**
  - 元配 **陳夫人**（歿）
    - 長子 **權伯紅**
      - 元配 林中頤 —— 長子 栓哥
      - 姨娘 巫　山 —— 長女 柱姊
    - 次子 **權仲白**
      - 元配 達貞珠（歿）
      - 繼室（歿）
      - 繼室 焦清蕙
        - 長子 歪哥
        - 次子 乖哥
  - 繼室 **權夫人**
    - 三子 **權叔墨**
      - 三媳 何蓮生
    - 四子 **權季青**
    - 長女 **權瑞雲**（楊家四少奶奶）
    - 次女 **權瑞雨**（崔家大少奶奶）
  - **姨娘** —— 幼子 **權幼金**

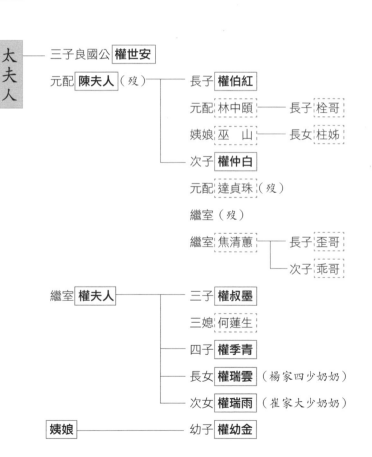

第四十九章

蕙娘還真沒接觸過這個桂家少奶奶——先不說夫家是外地望族，本身丈夫品級也還低，距離蕙娘所在的交際圈，還差了那麼半步，就她在京城的時間可也不長。但她是聽說過桂少奶奶的名氣的——她丈夫自從進京，擺明車馬絕不納妾，甚至連通房都不收用，幾乎因此不見容於整個社交圈，善妒的名聲就這麼傳開了。就是前幾年，因她不知如何得罪了太后，太后藉口數落她妒忌，給她姑爺桂含沁賞了一位溫柔大方、極是可人的宮女子，可桂含沁受少奶奶轄制慣了，根本就不敢收用，因少奶奶當時還不在京裡，為怕說不清楚，頭天納妾，第二天就把人給賣到窯子裡去了！這件事在京城激起軒然大波，連太后都氣病了！桂含沁本來出身世家，為皇上看重，簡直是前程似錦，因為這事，鬧得遠配廣州……成了天下知名的「怕老婆少將軍」。在軍隊中，不知道新一代將星許鳳佳的人多，可不知道這個桂含沁的，恐怕真是鳳毛麟角。

就是這麼一個妒忌出了名的女兒家，人緣卻並不差，進京才一年不到，就得了她娘家幾個族姊的喜愛，連皇后都頻頻抬舉，可謂是出盡了鋒頭。就是在楊家壽筵上，她還聽到楊四少奶奶和閣老太太念叨她呢，閣老太太都那樣喜歡地說「可惜她下廣州去了，這一年多家裡是真冷清」，要說心裡沒有些好奇，那是假的——蕙娘雖不是好事性子，卻也不是死人。可她沒想到，連對著後宮妃嬪都沒有一句好話，提到楊寧妃、牛美人這樣的絕色，好像在談一對老頭子的權仲白，對她的評價居然這樣高……

小夫妻相處，就像是在打仗，誰也不會貿然就把情緒給露在面上。蕙娘從前被權仲白氣得再厲害，基本風度總是能保持的。可這回權仲白把話說得這麼過分，她也有點吃不消了，眉宇一凝，就要回擊，可究竟又強行把話給嚥下去了。

權仲白看了她一眼，語氣並未放緩。「京城傳她妒忌，傳她姑爺桂含沁懼內，很多話都說得不大好聽，那是一般人無知好事，得了一點八卦，便滿世界胡說取樂。可若連妳都輕信傳言，胡亂說嘴，這真是一大笑話了。閣老府獨女、守灶的千金，妳以為市面上沒有妳的故事嗎？」

這話真利得似一把刀，正正地戳中了蕙娘的軟肋：她身分且高，過的還是天人一般的日子，即使知道內情的親友，沒有相信那些個傳聞的，可在一般富戶心裡，焦清蕙連鼻子都不用擤，有了涕淚，是要讓老媽子來親自吸出來的！更有些事情，傳得幾乎都不堪入耳了……世人好以訛傳訛，她難道還不夠清楚？她難道沒有吃過口舌是非的虧？

只是一句說笑而已，就惹來權仲白正色說教，蕙娘垂下頭去，要服軟又不甘心，不服軟又覺得自己理虧，倒是罕見地體會到了權仲白被她堵得無話可說的滋味。僵了半天，才軟綿綿地道：「這麼說，你是知道內情的嘍？」

權仲白究竟是個君子，不如她次次都要捏個夠本，見蕙娘自己難堪起來，便放過了她，緩緩道：「有些事外人不清楚，實際上桂家家事，並不是她在作主。桂含沁此人心機深沈、天才橫溢，一旦遇有機會，將來成就如何，我是不敢說的。這樣的人，哪裡會因為懼內，就隨妻子擺弄，甚至不惜得罪牛家？他是自己情願一生都不納妾，只因為痛惜妻子。坊間不知底細，胡亂傳說，妳不要跟著亂傳。」

這裡頭一聽就是有故事的，蕙娘更好奇了，見權仲白不想往下說，竟是要起身出去用飯的意思，她有些發急，竟學了文娘，一跺腳。「欸，你就說個開頭，又不細談！他們遠在西北，是成了親才進京的吧？你怎麼就知道得那樣清楚？」

權仲白只好略略告訴她。「就只提幾句，妳便明白了：當年成親的時候，三姑娘是二品大員、巡撫家的嫡女，伯父是朝野聞名的清知州，父親是陝甘巡撫……桂含沁呢，當時只有一個世襲的四品銜，那還是虛職，實職是一樣沒有，家裡田地都只得一點點。這門親事，實在是三姑娘本人執意方能成就，桂含沁當時親自進京跑媒人，我還幫了他一把……這世上有情人多了，真能成就眷屬的又有幾個？似三姑娘這樣慧眼識英雄的就更少見了，當時見到她，我就覺得她特別坦誠可愛，膽子又大、心思又細，同桂含沁之間很有默契。可畢竟她年紀還小，也沒往深想，沒想到她居然能有這樣大勇、這樣的決心，竟真能排除萬難，說得娘家許嫁。就是桂含沁，能成就這門親事，花的心思也是絕不少的。」

這番話說得閃閃爍爍的，多少故事，似乎都能隨之敷衍出來。蕙娘想到前些年他進西域採藥的事，心中多少也有個數了。想來當時西北戰亂，楊三姑娘沒準真和權仲白打過照面——那是八、九年前的事，當時自己年紀還小，可權仲白卻已經是喪偶身分了……

她忽然間又想到權仲白退親時所說——

「我並不覺得存在此等想望，有什麼非分。」

唉，只看他如此稱賞桂家這一對，就能看得出來了，他是真正在追逐著所謂的真情誼……

「道不同不相為謀，您不但和我不是一條道上的人，而且也還似乎不大看得起我。人生在世，總是要搏上一搏，您不為自己的終生爭取，難道還要等到日後再來後悔嗎？」

他真正是說得不錯，她是挺看不起他的，而他和她，也真的就不是一條道上的人……

「那，」蕙娘不知為什麼，心緒竟有些微微的浮動，她雖然輕聲細語，可詞鋒之銳利，卻不下於片刻前的權仲白。「你為什麼娶我呀……光會羨慕別人，你自己呢？還不是光說不練，口中的把式。」

權仲白瞟了她一眼，竟並未生氣，他淡淡地道：「妳又知道我沒有爭取過？如沒有，妳前幾天拜的墳是哪裡來的？」

他在蕙娘跟前，總是顯得那樣不鎮定，隨意挑勾幾句就動了情緒，每每被氣得俊臉扭曲，那樣子別提有多可樂了。蕙娘幾乎都沒想到他還會有這麼一面，一點情緒不動，那張俊秀風流的面孔，就像一片深幽的海，所有的情緒都被吞了進去，所有的故事都沈在下頭，竟似乎再沒有什麼事物，能引動他的潮汐……

「你不是沒回來嗎？這都知道了……」她輕聲嘀咕，雙眸遊走，竟是頭一回不敢和權仲白眼神交接。「奶公前幾天進城辦事……是他告訴你的？」

「他說了妳很多好話。」權仲白沒有否認。「讓我得了空就趕緊回來，別在京城逗留了，妳一個小姑娘在香山待著寂寞。」

會籠絡張奶公，不過是題中應有之義，沒想到他竟這樣上心，說是進城辦鋪子裡的事，如今看來，竟是專程去催權仲白回來的……蕙娘不是容易被打動的人，心頭也不禁微微一暖，她的語氣緩和了下來。「我就說，以你的身分，元配怎麼會是她的出身……原來這門親事，還真是你爭取回來的。」

見權仲白望著自己，若有所指，蕙娘有點不高興，她一攤手，人倒又潑辣起來了。「看我幹麼？我要是和楊三姑娘一樣有幾個兄弟，我也一樣去爭，誰還要嫁你呀？難道我就沒有別的心上人？就是你，爭取來爭取去，還不是沒能爭取不娶我嗎？咱們一樣爛鍋配爛蓋，都沒能耐！」

「我一句話沒說，妳就又來堵我！」權仲白滿不高興地說，可那大海一樣的深沈畢竟是消退了。「我就奇怪，妳和我一樣沒能耐，可妳還老看不起我做什麼？」

「我是女兒身呀，姑爺！」蕙娘要堵他，哪裡沒有理由？「我但凡是個男人，早都鬧得天翻地覆了！您要是不歡喜做男人，我同你換！」

兩人大眼瞪小眼，又沒話說了，可不知為何，氣氛卻輕鬆下來，要比一開始權仲白放下臉數落她時鬆快得多了。權仲白沒說話，只是若有所思地把玩著茶杯。倒是蕙娘，她有點好奇：這個人心裡，一般是存不住事的，起碼對她，他有不滿都一定會表現出來，可……

「我早想問你了。」她輕聲說。「那天在宗祠，『吾家規矩、生者為大』，我只行了姊妹禮……你心裡，沒有不高興呀？」

「那又和妳沒關係。」權仲白倒有幾分吃驚。「就是生氣，我也是衝著爹娘。不過，這又有什麼要緊呢？」

也許是因為要說服蕙娘，也許是因為被蕙娘勾動了對前人的思念，也許是因為，蕙娘今天的語氣畢竟要比從前緩和，態度畢竟要比從前坦誠，就連嫌棄他，都嫌棄得不是沒有道理，因此即使談到的是達氏這麼敏感的話題，權仲白也一點都沒有露出別樣的情緒，他就像是在和蕙娘談別人家的事。「妳和她本不相識、素未謀面，又沒有任何交情，別說姊妹禮，就是不行禮、不上香，我看也沒有任何問題。」

他的別出機杼，還真是一視同仁，就連達氏都沒能逃得過這獨特的邏輯。蕙娘啼笑皆非，她不無試探。「香都不上，我也怕你生氣呀……」

「妳還會怕？」權仲白不由得失笑。

這句話，他說得很好，蕙娘面上一紅，無話可說了。

也許是她難得的窘態取悅了權仲白，他沒有再繼續調侃蕙娘，多少也有幾分感慨。「人都死了，沒有什麼生氣不生氣的。逆水行舟，不進則退，凡是去世者，都已經輸了這最重要的一局，早晚會被沖到再看不見的地方去。生者為大，這規矩是有道理的，死人又哪能和活人爭呢？」

這話似有深意，可以權仲白的作風，又像是單純的感慨，但聽在蕙娘耳中，卻不禁勾動了她的心事。她輕輕地搖了搖頭，低聲道：「唉，又有誰是甘願去死的呢？這世上沒有誰不是奮力求活的……」

「就因為這世上誰都在奮力求活，」權仲白順著她的話往下說。「哪管生前權勢滔天，死後也一樣是黃土一抔，不論是躺在歸憩林裡，還是躺在亂葬崗上，其實於死者有什麼差別？死後哀榮，告慰的都是生者。這話只能在私下說，可條條人命都關天，生死實在是最公平的事。我知道妳的心思，妳還是想要爭一爭……妳未必真願意納妾，這世上沒有哪個女人是願意納妾的，可就因為妳想要爭，妳不能讓人捉住妳的痛腳，就是現在不抬舉，妳留那個什麼綠松在家裡，是有別的用意，可將來妳也還是要抬舉的。妳要抬舉，就要提防著她們不能太受寵、不能威脅妳，而她們也難免會有別的想頭。大戶人家，妻妾相爭鬧出多少條人命，我是最清楚的。這些年來，看得難道還不夠多？」

蕙娘眉眼一動，她還有點不死心，尤其權仲白竟站在如此高度來教她——她畢竟是有些不服氣的，沒話找話都要回一句。「你知道這個，就別太寵著不就完了唄……」

「不寵著，我晾著她一輩子，一輩子不進她的門、上她的床？」權仲白眉宇再沈，他越說語氣越冷。「小姑娘一輩子就這麼消磨了，這糟踐的不是人命嗎？這世上可不獨妳的命是命，人家的一輩子不是一輩子嗎？別人院子，我管不著，可這樣血淋淋的事情，我絕不會做。」他的失望是如此明顯，瞎了眼都能看出來。「妳好歹也是守灶女出身，就看在從小受的教育分上，也不至於還想著抬舉通房……就是人家三從四德教出來的女兒家，還想辦法捏著丈夫不給抬舉呢！唉……」

嘆了一口氣，畢竟是沒說下去：再說下去，這話就有點不好聽了。權仲白拍了拍蕙娘的肩膀，放緩了語氣。「這件事以後別再提了，立雪院那裡，妳把石英換過去吧，或者就乾脆不要留人，免得日後傳出去，她也不好找婆家。我自個兒慣了，不用人服侍。」

「這不行……」蕙娘眉眼都是木的，微微一動，反射性地回絕了權仲白。「她是我手下最得用的人，留在京城，我是有用處的。」她到底還是找回了慣常的理智和作派，輕輕地吁了一口氣，又裝出笑來。「姑爺就放心吧，沒想著把她給你……你就別自作多情了！」換在往常，這一刺必定能鬧得權仲白好生無趣，可今日，卻是蕙娘自己都能聽出其中的軟弱。

雖說小別勝新婚，可昨天晚上，蕙娘特別沒有胃口，一個晚上，她也都沒有怎麼睡好，在床上翻來覆去，睡意都一直不來，滂得眼圈都黑了。

第二天早上權仲白起來看見，都有點過意不去。

「妳的心事怎麼就這麼沈啊？」他一拿蕙娘的手腕，指尖壓在蕙娘腕間，又令她感到一陣煩躁。「說妳幾句而已……不知實情，以訛傳訛、背後臧否，本來就是妳的不對，妳還真上心了。」

說著，便給蕙娘寫了一張條子。「山上夜裡涼，妳又存了心事，被子又不好好蓋，倒鬧得夜風入體，喝一副發發汗，免得存了病根。」

他也真是說過就算，今早起來又沒事人一樣了。蕙娘訕訕然的，要和他認真賭氣，到底是有點心虛，只好發嬌嗔。「一句話說錯，你那麼認真幹麼……這叫我能不往心裡去嗎？」說著，也是半真半假，眼圈兒都委屈得紅了，倒唬得一群丫鬟，本來都進了屋子，一下全潮水般地退了出去。

權仲白不吃她這一套，又虎起臉。「君子不欺暗室，為人處事，細節上是最要注意的，以後妳也要從心底就要求得嚴點兒，就不至於一鬆口說這樣的話了。」

要他不是君子，蕙娘也多得是話回他，可從頭回見面到現在，權仲白被她激成那個樣子了，到底都還是沒有丟失自己的君子風度。他自己說話直接大膽是一回事，那些話終究頂多算是不看場合，要說私德，還是無可挑剔的。她被噎得難受極了——權仲白又到底比她大了那麼多呢，這麼一虎臉，蕙娘真有點吃不消了，偏偏她又也有自己的風度，究竟這一回是她不謹慎，被抓住了錯處，要豎起刺來，也不那麼占理……

「我本來就不是君子！」她只好蠻不講理。「我是小人，我沒皮沒臉，行了吧？」

這麼一張如花俏臉，委屈得珠淚欲滴，權仲白看著也覺得可憐，又想到她十七、八歲年紀，就算平時表現得再強勢，究竟一個人跟他住在香山，偌大的園子，就她和她的那些下人，自己一走就是好幾天，她也沒半句抱怨，反倒是把沖粹園上上下下，已經安排得井井有條的……

「這可是妳自己說的。」他放鬆了聲調，又嚇唬焦清蕙。「不許哭，掉一滴眼淚，就給妳開一兩黃連吃！」

但凡是人，沒有不怕喝苦藥的，蕙娘一點抽噎，都被嚇回嗓子裡去了，她怕是未能想到權神醫居然出此絕招，一時呆呆地瞪著姑爺，倒是顯出了符合年紀的稚氣。權仲白看了，心情不禁大好，他刮了刮蕙娘的鼻頭，施施然站起身。「快起來吃早飯吧！」

權仲白下回進京城的時候，蕙娘讓他把白雲捎帶過去。「讓她和綠松作個伴吧。」白雲雖然知書達禮，琴棋書畫上都有造詣，但也不是沒有缺點：她生得不大好看。二公子很滿意，他雖然進城辦事，但還是儘量趕在當晚回來，免得蕙娘一人獨眠，的確寂寞。

一場小小風波，於是消弭於無形。

第五十章

承平六年的春夏，事情的確是多，才辦完了孫太夫人的喪事，朝野間就再起了紛爭，總之說來說去，還是兩黨相爭，楊閣老一派的新黨數次逼宮，想要把舊黨代表人物老太爺給掀翻下馬，可這一次，誰的動靜也都不敢鬧大。

孫太夫人去世，孫家全員回家守孝，除了出海在外的孫立泉之外，皇上竟沒有奪情（注）留用任何一個子姪，這著實有些不合常理。皇后緊跟著又鬧病了，整個六月不斷用醫用藥，本來權神醫是半個月進宮請一次平安脈的，最危險的那段日子，他竟是三天進宮一次……這還是因為他身分尊貴，年紀也輕，後宮不敢隨意留人，不然，怕不是要長期居留宮中，隨時照料皇后了。

皇后病、太子病、不奪情，這三個消息，對孫家來說是比太夫人去世還沈重的打擊。蕙娘隨權仲白回府請安的時候，權夫人談起來都有點感慨。「真是說不清的事，就前幾個月，那還是鮮花著錦的熱鬧呢，現在真是門庭冷落，一下就由紅翻黑了。」

因為蕙娘現在畢竟是在香山住，隔三差五回來請安時，大少夫人就把她當個客人待，總

注：奪情，古代家裡父母死了，孩子必須守孝三年，當官的必須辭官回家，但如果皇帝真需要你留下，也可以不批准，是為奪情。

是要陪坐在一邊，有時候連瑞雨得了空都過來尋她說話，這天人就很齊全，一大家子人圍坐著吃西瓜，連權季青、權叔墨、權伯紅三兄弟都坐在一處說話，只得權仲白，和蕙娘一道進了城，他就直接入宮去給皇后扶脈了。

太夫人、權夫人都說：「自從昭明年間到現在，也就是今年他入宮最勤，在宮裡待得最久。」

像權家這樣身分地位的豪門巨富，就算沒有女兒在宮裡，和皇家也都是沾親帶故的，家裡人不可能不關心宮中的風雲變幻，蕙娘沒開聲，大少夫人都要問權夫人。「眼下這宮中的境況，究竟是怎麼樣？難道娘娘的情況，真有這麼糟嗎？」

權夫人未曾就答，反倒是先看了蕙娘一眼，見蕙娘神色怡然，似乎毫不知情，又似乎是胸有成竹，她不禁便在心底輕輕地嘆了口氣。

守灶女就是守灶女，太夫人只看到她反手抽大嫂那一掌，抽得的確是有些過分沈重，沒有掌家主母的氣度，可老人家就沒有想到，現在她人雖然離開良國公府，可立雪院的人在府裡辦事，照樣是處處都給臉面，這就是下馬威給得好了——此消彼長，臥雲院的人在立雪院跟前，就沒那樣有底氣啦……

再說現在，大少夫人這一問，問的哪裡是她？分明就是焦氏。娘娘情況，最清楚的還是仲白，只要焦氏露一點端倪，哪怕一句話不說，就是表情上稍微變化一點兒呢，仲白和她的關係也就一目瞭然了：是已經被小嬌妻給迷得神魂顛倒，該說不該說的全都說了呢；還是同府裡暗暗流傳的一樣，兩人的好，那都是面上做出來的，其實回了屋子，誰都不理誰……

其實宮中情勢，和焦氏娘家也有極大的關係，一旦太子被廢，寧妃所出的皇三子，是有很大機會定鼎東宮的，屆時人心向背，很多事，也就不那麼好說了……仲白的性子，她是瞭解的，不該說的一句話都不會亂說。本以為焦氏聽說局勢，怎麼都要追問幾句，沒想到她繃得這麼緊，連她這個做婆婆的，都有些拿不準了。

「這種事，我們也就是聽說一點風聲罷了，」權夫人答得多少有些哀怨。「哪敢隨意詢問？畢竟是天家密事，怎麼說，都要諱莫如深的。」

大少夫人吃了這一個軟釘子，卻並不生氣，她笑著衝蕙娘道：「前幾天中冕遣人送了一批西洋來的夏布，也是巧，去年才從西洋泊來的新鮮花色，又有一批俵物（注）從天津過來，都不是什麼稀罕東西，唯獨鮑魚還能入眼。正好弟妹今日過來，一會兒回去就坐一車帶走，倒也便宜些。」

自從蕙娘去了香山，兩房之間倒是越來越和氣了，大少夫人待蕙娘體貼，蕙娘也待嫂子恭敬，她笑了。「次次來都不空手回去，我們著三不著兩的，也不知道帶點東西過來，都偏了嫂子了。」

太夫人和權夫人都笑。「你們才成家多久！自然是只有你們偏家裡的，難不成家裡還要偏你們？」

注：俵物，古時以稻草編製的袋子，用於裝水產品等稱之。

一家人便不談宮事，只說些家常閒話。

權夫人說起沖粹園。「太大了真也不好，我們去過一次，冷清得很！到了晚上怕得都睡不著覺，沒幾天也就回來了。」

倒是權季青有點好奇，他眨了眨眼睛，蝶翅一樣濃而密的睫毛落在臉頰上，竟能投出影子來。「聽說晚秋時節，山上紅葉是最好看的，到時候，少不得要叨擾二哥、二嫂，我也住過去領略領略。」他一推權叔墨，要拉個同伴。「三哥也與我一同去？」

權家四個兒子，就數權叔墨在長輩跟前話最少，就是遇到蕙娘，他也都沒有一句多餘的話，這個悶葫蘆，有了事也全往心裡吞，一開腔甕聲甕氣的。「我事情那麼多，哪能有空？你拉雨娘和你一同去——噢，雨娘要繡嫁妝，那你同大哥一起去。」

瑞雨面上一紅，狠狠地道：「三哥淨會說瞎話！」一邊說，一邊投入母親懷裡，嬌聲央求。「娘，您也不罰他！」

一家人都笑了，蕙娘一邊笑一邊說：「就是繡嫁妝，也能到香山來繡嘛，風景好，手上活計就做得更快了。妳同四弟什麼時候想來了就來，反正也不怕沒地兒住。」

權瑞雨眼神一亮，可看了母親一眼，神色又黯然下來，嘆了口氣。「要學的東西太多了，沒空……」

住在香山雖然自在，可消息就要封閉得多了。蕙娘回立雪院小憩的時候，就把綠松叫來問。「雨娘的親事，究竟是怎麼著？難道還真要預備選秀進宮去？她最近都忙什麼呢？」

綠松這一陣子顯然是瘦了：雖有白雲和幾個小丫頭幫忙，可她們能頂什麼用？蕙娘幾乎是把全副重擔都壓在了她一個人身上，她要照料權仲白的飲食起居，要為蕙娘做公關分送些娘家送來的特產，要不著痕跡蒐集府中消息，要和各處打好關係，怎麼說，不能讓日後蕙娘回來住的時候，踏進一雙小鞋裡……這丫頭雖然能幹，可也畢竟還是個人，累得臉上幾乎只剩一雙水靈靈的大眼睛。

「二姑娘的親事，似乎真是定了，倒不是進宮……這也是聽她屋裡的姊妹說的，二姑娘這幾個月，閒來無事，一直在學鮮族方言。」

京裡姑娘，素來是不喜外嫁，畢竟首善之地，全國又有哪兒可比？就是嫁到江南、川蜀一帶去，魚米之鄉、天府之國，那都還嫌委屈呢！要往東北苦寒之地發嫁，那可真是太罕見了——連鮮族方言都要學，可見是靠近邊境了。雖說這些年來，每逢山東、山西一帶遭災，多得是人去東北「闖關東」，白山黑水之地，漸漸也不是那樣人煙稀少了，可別說同京城比了，就是和西北、西南比，那也是沒得比……

「別是要嫁回老家去吧？」蕙娘見到綠松，話總是要多一、兩句的。才這麼一說，她又想到良國公不知去向的兩位嫡出兄長：沒聽說他們在京畿一帶落腳，沒準兒就是回老家去了。她若有所思。「這就怪了，嫁回老家，和我有什麼關係？上回她烏眼雞一樣地對我，總要有個緣由吧……」

「這就真不知道了。」綠松也很為難。「您也知道，咱們初來乍到的，家裡人都客客氣氣地相待，其實有了什麼事，根本就不和咱們說。倒是臥雲院……別看上回被打了臉，其實家裡有什麼事，還都是吩咐她去做。夫人待我們好，和她的關係也不太差……」

「面子上肯定是要做到位的，」蕙娘隨口說。「還沒到見分曉的時候呢，就鬥得烏煙瘴氣的，也沒意思。」

她沒問臥雲院那位新晉通房的情況，綠松倒是自己說了。「……很得寵，最近大少爺不是歇在大少夫人房裡，就是在她屋子裡歇。從前的幾個通房，本來就沒聲音的，現在也更沒聲音了——聽說，當年開臉的時候，老爺、太太開腔，都是服過去子藥的，這輩子都難生育了。唉，也是可憐……」

會立心給權仲白醞釀幾個通房，也是因為大房是有通房丫頭的，雖說這些年來都沒有消息，應該是生育上做了控制，但大少夫人如此賢慧，蕙娘自然也不能落於人後。她倒真不知道這服去子藥的事，聽見綠松這一提，才更明白權仲白為什麼那麼牴觸通房：他平時說幾句話，都要帶出來對「無事折騰」的不喜，又要提拔通房、又要灌藥，自然也是無事折騰的一種了。

入門兩個多月，別說回娘家了，就是和娘家互致問候，也都提防著別落了他人的口實。從前沒出嫁前，有些心事還能和親人說說，現在倒只有一個綠松能說幾句心裡話，蕙娘就是再強，也始終還是個未滿二十的小姑娘，和權仲白處得這樣不順，她心裡是有話要說的，這話，從前不能和綠松說，現在倒可以和這個亦僕亦友的大丫頭提幾句。

「再別提通房的事了，早知道，就不把桂皮說給石英，倒是遂了他的心願，把妳給他算了。就因為想著焦梅畢竟是個人物，心一軟，讓石英說了這麼一個佳婿，姑爺自己就想出我的連環詭計來了，硬以為我是打算抬舉妳呢，倒數落了我半個晚上，說什麼這輩子都不納妾、不抬通房……」

她滿心的委屈，終於露出了一點兒。「就當誰願意給他抬舉一樣，真是美得他！不分青紅皂白，大道理就砸上來了。他也不去打聽打聽，我焦清蕙是這樣的人嗎？就為了別人嘴裡一句好，我要自己給自己添一輩子的堵？呸！他就是想納，我還不給他納呢！他是怕我喉管太好，老噎不死呢怎麼回事，就總是不等人把話說完，長篇大論就砸下來了！」

「您不也一樣老堵著姑爺……」綠松一點都不給蕙娘面子。「再說，我都看出來姑爺的性子了，您還看不出來嗎？他是最討厭有話藏著不說的，您就實話實說唄！把我留在這兒，一則我還有些用處，比其餘人要肯幹一些；二則，還是為了壓一壓孔雀她們……她們心裡，那才是真有想法呢。」

至於蕙娘究竟是不是從未想過給權仲白納小，跳過綠松，直接把桂皮說給石英，是否有醞釀後招的嫌疑，綠松輕輕一掠也就過去了，她根本沒往深裡追究，而是輕輕巧巧，就給蕙娘找了一個冠冕堂皇的理由。「畢竟是新嫁娘，自己後院不能亂，換作別人在府裡，只會鬧出更多的么蛾子。您這話一說，姑爺可不就什麼都明白了？自然也不誤會您了。他本來也不想納妾，您也不想給他納小，兩好合一好的事，怎麼又要鬧得兩個人對衝起來，彼此都不開心呢？」

從前老太爺、三姨娘在，蕙娘是被他們堵得說不出話來，現在這人換作綠松，蕙娘還是一樣說不出話。她張了張口，無話可回——竟和文娘一樣扭過頭去，面上也浮起了一色一樣的執拗。「我……我就是不高興！反正我怎麼說，他都看我不好，人家喜歡的可不是我……」她酸溜溜地說。「一個是爭著不娶，一個是爭著要娶，這一進一出，差得可遠了去了。我就是千依百順，他也不會正眼看我，我又幹麼要討他的高興？」

權仲白不想娶她的事，除了老太爺之外，焦家上下根本無人知曉。要不是今天蕙娘滿心委屈無處宣洩，也不至於洩漏出一、兩句來。

即使以綠松城府，都不由面露驚容，她沈思了片刻，就又勸蕙娘。「您明知是這樣，又何必要越走越絕？咱們踏的是權家的地……」見蕙娘有幾分煩躁，綠松的聲音便漸漸地小了，立刻又換了一個角度。「再說，您們現在雖遠在香山，可二少爺還是時常回來的，您知道他的性子，可藏不住話……」

這話倒是正正說到蕙娘心坎裡去了，她霍然一驚，自己沈思了片刻，也不禁自嘲地一笑。「我這是怎麼了……不過是離京一個月不到，怎麼處處走偏，這簡直都不像我了，我是文娘附體了怎麼？甚至連文娘都不如了……」

綠松深以為然，她給蕙娘上了一杯茶。「您別的事還好，就是和二少爺，總是疙疙瘩瘩的，要我看，我雖是沒見識的，可——」

才說了半句，外頭一陣響動，權仲白回來了。

六月裡正是大暑的天氣，他踏著灼人的陽光一路進了院子，神色沈靜、眉眼端凝，僅僅是站在當地，就像是踩著一朵雲，不知不覺就有一種拒人於千里之外的清貴氣息，就連身上的夏布衫都似乎剪裁得比別人高貴一些。就是綠松看在眼裡，也覺得二少爺風姿非凡，幾似神仙中人。她不禁輕輕地嘆了口氣：會見色起心的人，可不只男兒。這幾個月，除了石英、白雲這樣很有自知之明的，底下孔雀等輩，凡有幾分姿色，誰不是暗地裡描眉畫眼？二少爺和少夫人發火，恐怕也多少是有意在言外、機帶雙敲的意思，只是少夫人從待字閨中時起，見到他就著急上火，素日裡十分手腕，竟只剩了三分，就這樣一拍即合的事，還非得要鬧出點風波來……

「你今天回來得倒是早。」蕙娘已經站起身子，她唇邊帶了一點笑，上前將權仲白迎進了屋內——還是肯納諫的，聽到了心裡，就立刻改了態度。「用一口綠豆湯解暑呀？」

權仲白「嗯」了一聲，自己進淨房去了，再出來時，鬢邊幾絲碎髮已經帶了水氣——真正生得好，就連擦一把臉，擦得都是這樣動人的。綠松也不敢在屋裡再待下去了，她讓白雲進屋服侍，自己靜悄悄地退出了屋子，尋思了片刻，便出了立雪院，找到石墨她爹——現在管著蕙娘出門的，同他站著低聲說了幾句話，這才要回自己的住處。

走沒幾步，恰好遇見巫山——才幾個月前，她也還是綠松一樣的身分，但現在巫山身邊，已經跟了兩個使喚人了。

天氣暑熱，巫山在抄手遊廊的三岔口裡站著，取一點風涼，見到綠松過來，便微微一讓，還笑著道：「姊姊從哪裡來？」

「剛去傳個話。」綠松就站住腳，略帶欣羨地望了巫山一眼。「勞碌命，比不得姊姊。」

巫山就是再有城府，面對如此真誠的羨慕、妒忌，亦都不由得露出甜笑，她擺了擺手。「還是奴才身分呢，妳就會取笑人——」

話口才開，綠松正要和巫山攀談時，巫山身邊跟著的老嬤嬤已經咳嗽了一聲，語調不輕不重——

「姑娘，就是夏天，也別在風口多站，仔細傷了身子，那就不好了。」

說來也巧，她這一開口，一道涼風正好就颳過來。巫山微微打了個冷顫，脖子一縮，手就捂到小肚子上去了。

她衝綠松點了點頭，正要離去，綠松心中一動，便似笑非笑地撩了那老嬤嬤一眼，話雖沒怎麼地，可語調是有點刻薄。「唉，姊姊也是個謹慎人！這才出來站著呢，風一吹就又要回去了。」

巫山正是剛得意的時候，就是再謹慎，也哪裡禁得起綠松的撩撥？她似乎是爭辯，又似乎是為自己找個回去的理由。「本來也不願意出來的，這不是——」話說了一半，她自己回過神來了，似乎自悔失言，倒遷怒於綠松，狠狠地白了她一眼，便不再搭理她，而是自己走回了臥雲院的方向。

綠松回到立雪院時，權仲白已經又出去給長輩們問好了，她乘機在蕙娘身邊，把適才遇到巫山的事提了一提。「一說吹風不好，手就捂到小腹上去了……」

蕙娘若有所思，她笑了笑。「妳瞧瞧，那個傻子，掏心掏肺地對人，人家還防著他呢……」

雖然被綠松提醒了一句，她對權仲白的態度似乎溫柔了一點，可一旦說到正事，這股子嫌棄，還真是絲毫未變。綠松在心底嘆了口氣：少夫人和十四姑娘還真是姊妹，其實都一樣執拗，只是一個藏得深，一個藏得淺。少夫人說起文娘來，一套一套的，可她自己對住姑爺，那真是明勸暗勸都不頂事，一旦見到，就故態復萌……

或許是因為今天蕙娘對權仲白的態度特別好，二公子回香山就沒有騎馬，而是罕見地同蕙娘共乘一車。「也歇歇腰，這幾天真是折騰！」

蕙娘無可無不可，她今天對權仲白究竟是要耐心一點的，兩個人並肩坐著，偶然說幾句閒話，蕙娘也並不特別刺他，等車行走了一半，她才閒話家常一般地提起。「你這幾次回府，有上臥雲院給巫山扶脈嗎？她開臉也有一段時間了，有好消息，應該脈象也出來啦！」

「那倒還沒有。」權仲白隨口說。「這種事太早了也摸不出來，反正她的小日子自己肯定是清楚的，要有所懷疑，再來請我也是一樣的，我就沒特別過去。」

蕙娘「嗯」了一聲，她若有所思，望了權仲白一眼，又不說話了。

權仲白被她看得莫名其妙。「怎麼，忽然問起這個？」

「就是想到了問一句嘛！」蕙娘本想再問問瑞雨的婚事的，不過轉念一想，自己身分，尚且不到問這個的時候。她瞥了權仲白一眼，微微一笑，便促狹地道：「郎中呀，今朝也幫吾摸摸手腕？」

這一招就好像權仲白的開黃連，一般是不輕易祭出來的，權神醫臉紅了。

「說啥呢！這光天化日的……」

當晚回去，自然也免不得要為蕙娘捏捏手。新婚燕爾，這手捏了，自然也就去捏了別的地方……

蕙娘到底還是棋差一著，被權仲白捏得舉了白棋，兩個人銷魂過了，也都倦，只隨意擦拭一番，靠在一起就都迷糊了過去。蕙娘又覺得熱，又覺得離了權仲白，竹床透了涼，渾渾噩噩的，睡得也不安生，就這麼一路多夢到了半夜，忽然驚醒過來，自己正迷糊呢，便聽到了急促而穩定的敲門聲，伴著桂皮的聲調響起——

「少爺、少爺，燕雲衛來人了——」

第五十一章

權仲白也不知經過了多少次這樣的事，本來還睡得香，被桂皮這麼一喊，不片刻就清醒了過來。他隔著門喊了一聲。「知道啦！」

桂皮便不說話了。

只蕙娘已經下了地，揉著眼去挑油燈、點蠟燭，又為權仲白抱了一身衣服。

權仲白倒有些不好意思，溫言道：「妳回去睡吧，沒什麼大事的。」

燕雲衛半夜來叫門，如此鎮定的也真只有他一人了。

焦清蕙站在地上，人還有點沒睡醒，一直使勁揉眼睛，睡衫都沒繫好，一側肩膀還掉下來，幾乎半露酥胸，只被她拿手扯著前襟遮了一遮，她要和權仲白說話，可走一步人就有點絆，權仲白忙迎上去，把她摟在懷裡，兩個人倒都是一怔——雖說在床笫之間，幾乎什麼事都做過了，可閒來無事這樣摟摟抱抱的，對他們來說可是第一次。

到底外頭有事，縱有些觸動，權仲白也立刻就擱下了，他把蕙娘擁到床邊，讓她坐上去。「看起來是大人物……回來不回來，我都打發人給妳報信。」

說著，便自己端正衣冠，掀簾子開門，出了堂屋。果然桂皮業已打扮齊整，垂手候在門外，身後兩個中年嬤嬤都打了燈籠。

見到權仲白出來，桂皮便把手心的權杖給他看，低聲道：「本要等到明早的，可……是封統領親自寫了手條過來。」

燕雲衛統領封錦，是皇上還在藩邸時的故人，一向是心腹中的心腹，皇上登基沒有幾年，他升得好似坐二踢腳（注二）一樣快，不到而立的年紀，現在已經執掌著偌大的燕雲衛，要不是年紀實在太輕，按慣例，燕雲衛統領是要加封太子少保的……朝野上下誰不知道？後宮娘娘雖多，可能真正讓皇上言聽計從的、念茲在茲不願少離的，卻還是這個封統領。

做醫生就是這點好——或者說這點不好——任何人都有發燒咳嗽的時候，封錦自然也不例外，權仲白和他是很熟悉的，熟知封錦的作風，沒有真正要事，絕不會漏夜前來擾他。

他一點頭，默不作聲出了甲一號，果然已有人備了馬在院外，於是一行人上馬夜行。

到得沖粹園外扶脈廳那裡，已有十數位黑衣男子相候，見到權仲白出來，彼此稍致問候，便讓權仲白上馬。「我們特別預備了慣走夜路的好馬。」說著，已有人牽來了一匹特別神駿的好馬。

權仲白知道事態緊要，也不謙讓，翻身上馬，一夾馬肚子，馬兒頓時向前狂奔，他也不顧旁人能否跟上，只讓牠放蹄疾馳，果然到了快進城的路口，已有人候著，見他馳來，便也上馬前導：城門角門一開，幾人一奔而過，竟未下馬。

從香山到城裡，小半天的路程，權仲白只走了一個時辰不到，見那人將他引到封錦在教場胡同的住處，他心裡多少有數了：封錦還能寫手條過來，其人必定無事，看來，是太夫人到了彌留之際了。

因封太夫人也是有年紀的了，又有病根在身，雙目幾乎已經完全失明，可以說此時去世，也不能算是急病過身，即使他到場，怕也不能發揮多大作用，權仲白多少有些不大滿意，但也慣了權貴人家的做派，只不動聲色，隨著門人一路疾行，穿門過戶，未幾便果然進了內院——卻不是封太夫人出事，看陳設，是一間未嫁女子的繡房。

封錦正在院子裡來回行走，他天生美貌過人，在權仲白生平所見之中，應推第一，即使眼下憂心忡忡，也仍不失溫潤，同天上月光幾乎可以交相輝映。

見到權仲白進來，他如蒙大赦，一把抓住了權仲白的手臂。「子殷兄！快請救舍妹一命！封某定當結草銜環——」

「好了。」權仲白哪有心思聽他廢話，他一振肩膀，將封錦的手給抖落了，一邊往屋內走，一邊說：「何時發病？什麼症狀？用了藥沒有？有沒有大夫已經過來了？」

正說著，已經進了屋子，只見一位年輕姑娘靠在一張羅漢床上，雙眸似睜非睜、臉色通紅，一手還在揉胸。有兩位大夫，一位正開方子，一位正揉她的中指擠血，見到權仲白過來，兩人都鬆了一口氣，忙讓開位置。

其中一人道：「神醫，這應是卒中（注二），可姑娘又有胸痛氣緊，中指血放不出來，人

注一：二踢腳，爆竹的一種。
注二：卒中，意指中風。

也不敢隨意挪動，先還好些，不知怎麼，剛才話又說不上來了！」雖說他年紀老大，權仲白不過而立之年，可聽其語氣，竟是將權仲白當作了自己的師長一輩。

權仲白拿起脈來，只是一按，面色便是一變。「這麼滑！」

他又一按病人胸口，封姑娘痛得一抽，他忙鬆開手吩咐道：「我的藥箱呢？取針來，還有立刻去找些鮮活乾淨的水螞蟥（注）來——去太醫院要，如沒有立刻回沖粹園取。乾螞蟥也找些來，研粉備用。」

說著，自己文不加點已經開出了一個方子，又道：「安宮牛黃丸來兩粒，用水化開！」他這時候說任何一句話，都有人立刻照辦，權仲白要的針也來了，他選了一針，見封姑娘頭頂結了髮髻，一時竟解不開，便拿起剪子全剪掉了，也不顧一眾丫頭抽氣，自己看準了百會穴，輕輕地刺了一針，又令人——「脫鞋刺湧泉，選粗針，半寸，艾灸。」

兩位老大夫忙跟著吩咐行事，權仲白又在封姑娘臉部扎了幾針，封姑娘的神態終於安詳了一點兒，慢慢地就平躺下來，眼睛才可以睜開，眼珠子吃力地轉動著，才要說話，忽然口角又開始流涎水。

兩個大夫看了都著急，一迭連聲道：「又不成了！」

此時桂皮已經過來，點了艾條開始纏針，權仲白讓他們去忙，自己站起來左右一看，見屋內陳設儼然，四處挑著大幅繡件，看來竟是個正經的繡屋，他便問封錦。「按說你這身分地位，她也無須再這樣辛苦勞作……」

「祖傳的手藝，不好丟了。」封錦面色沈重。「再說她家居無事常喊無聊，我就將織秀坊幾間分號給她打理，讓她多少有些事做，也能練練手藝。」多麼風輕雲淡的人，當此也不禁懊惱得搧了自己一個嘴巴。「沒想到，就是在刺繡的時候出了事！」

權仲白「唔」了一聲，他又回到病人身邊，竟蹲身下來，從封姑娘的角度跟著看出去，只見越過幾個大夫頭頂，正能見到一張繡屏，他便道：「把所有繡屏全都揭了！」

一邊說，一邊自己起身解了封姑娘正正能看到的那一張。眾人登時一擁而上，沒多久屋內就寬敞了不少。此時艾灸已畢，權仲白親自退針——這一回，封姑娘緩過來了。

接下來自然是熬藥灌藥，又口服牛黃丸水調的乾螞蟥粉。

封錦跪在妹妹身邊，一邊低聲寬慰她，一邊又要去握妹妹的手，這都為權仲白喝住——「不要動她！今後七天內，她只能躺在這兒，絕不能輕易搬動起身。」

說著，又為封姑娘刺了幾針，見她安穩入睡，口角已經不再歪斜，便站起身道：「去找兩個會識穴的醫女，如沒有，只能請兩位老先生了，乳中等胸前要穴都要吸血，這樣能更好些。不然，恐怕日後心病也要留根，這就不好辦了。」

這一通忙活，至此天色已經見了光，權仲白也有些睏倦，他卻不肯表露太過，只是輕輕欠伸，又交代底下人幾句，便踱出屋子，在當院裡吸了幾口新鮮的晨間冷氣，精神便是一振。正好見到收下來的繡件，都被撂在屋外廊上，顯然是下人慌忙間不及收拾，他便蹲下身

注：螞蟥，又稱吸血蟲、水蛭，不過不一定生活在水中。曾用於醫療。

來，翻了幾翻，將其中一張挑出，細看了起來。

這應當是綳在屏風上的錦屏件，規模倒是不大，不過幾尺見方，繡功的確和一般市面上常見的不同，堪稱奇巧。繡面也有趣——是繡出了一男子正在賞一卷畫，作入神狀，身後百花飛舞是春景，又有許多少女在山水間嬉戲玩耍。繡件上還以黑線繡了兩句詞：深情空付，辜負春光無數。

權仲白對詩詞歌賦是真沒有太深研究，這兩句詞詞意淺顯，似乎是抒懷之作，有什麼典故他就沒看懂了，只覺得頗有諷喻意義，也算是別具匠心。他擱下繡幅，站起身時，才覺出身後視線——扭頭一看，卻是封錦不知何時已經出了屋子，斜斜地站在他身後，也瞅著這張繡屏，他面上的神色極為複雜，只見到權仲白轉過身來，又都收得不留痕跡，只餘一片感激。

封錦斬釘截鐵地道：「如非子殷神技，舍妹幾乎就那樣去了……今日之事，我封子繡銘記五內，日後子殷有什麼用得到我的地方，只開一句口，必定不會讓你失望！」

這樣的話，權仲白業已不知聽過多少，他從來都不往心裡去。「這幾天封姑娘身邊還離不得人，我看屋內兩個大夫，都是醫術老道之輩，兩人輪換斟酌脈象，應當是可以無事的。五日後我會再過來為封姑娘扶脈，這幾天千萬不要搬動，也不要多問，免得再次卒中，就算救回來，可能也從此就不良於行了。」醫者父母心，他忍不住還是輕輕地戳了一句。「這才二十多歲的年紀，竟然就卒中了，雖說你們家怕是有陰虛陽亢的病根，連你母親也是這個毛病，可畢竟起因怕也還是她心事太沈重……封公子，你日理萬機，總有很多事要忙，我心底是很敬佩你的。可你家裡人口不多，更要互相關心一些才好。」

封子繡欲語還休，他玉一樣的容顏上掠過了一重深深的陰影，望著權仲白，好半天才露出一點苦笑。「我其實能力有限，總是左支右絀的，或者到了最後，按下葫蘆浮起瓢，是哪一頭都不能圓滿吧。」

權仲白搖了搖頭，他沒有繼續往下追問，又或者是妄加評論，只是捋起袖子，轉開了話題。「先吃點早飯，一會兒太夫人起身了，我給太夫人扶個脈吧，也有幾個月沒有過來了。」

被封家大姑娘這麼一鬧騰，權仲白到日上三竿時才脫身出來。他直接回了良國公府——桂皮已經是派人傳過話了，立雪院裡早已經預備下熱水、點心，還有一套新濯洗過的衫褲。桂皮親自上陣，給權仲白捏肩膀。「您也該歇歇了！這大半夜的鬧騰了這麼久，又是騎馬又是針灸的，要把您鬧病了，那可真成笑話了不是？」

他要不是服侍得這麼精心，也就不至於這麼囂張活泛，敢於偶爾背著主子的意思做事了。

權仲白被他摁了一會兒，也覺得渾身筋骨鬆散，精力凝聚了一點，他起身稍微舒展拳腳，便不再休憩，而是去前院找他父親良國公說話。

良國公這些年來雖然沒有職司，可也因為生活悠閒，漸漸地做養得身子健壯，雖然也是有年紀的人了，可精力充沛，閒來無事不是在後院練習拳腳，就是和京中勳貴裡的老親戚們走動說話，非但外頭人脈抓得緊，家事也不放鬆。權仲白過去小書房的時候，他手裡就拿了一本帳在看，見到兒子過來，才掩了帳冊收到櫃子裡去。

「怎麼忽然過來？聽你的小廝說，封家是大姑娘得了急病——難道這急病裡還有什麼文章不成？」

因為權仲白，良國公府的消息就硬是要比別人靈通很多。畢竟權神醫就是再出塵，他也是有家的男人，有些利害相關的重要消息，他不可能不和家人溝通，因此他爹還是很把他的來訪當回事的。

權仲白也沒有和父親客氣，他劈頭就來了一句。「封綾的病，是被氣出來的。我看背後是脫不了皇后的影子，就算不是她做的，少不得封錦也會疑到她頭上。這陣子，家裡要多小心一點，該怎麼辦，不必我多出主意了吧？」

良國公神色一動，他坐直了身子。「氣出來的？」沈吟片刻，也不禁倒吸了一口涼氣，喃喃地道：「這要不是孫家，此人立心也就太毒辣了，竟是一刻都等不了，就要把皇后往死裡整啊！誰不知道，封錦這輩子怕是不會娶妻，最看重的，也就是他的親人了……」他又問權仲白。「你看會不會是皇后做的？這究竟是如何氣的，能說得清楚點嗎？」

權仲白猶豫了一下，他沒有繼續往下說。「您知道這些就夠啦，別的事和我們家終究也沒有太多關係，也就不必說得太透了。反正這事兒，透著蹊蹺，就看燕雲衛查出來究竟是誰做的，那戶人家是必定要倒楣了。」

「那還用說？封錦的能力可不是一般的大。」良國公居然也沒有逼迫兒子，他略帶嘲諷地一笑。「要有人想使他當槍來挑孫家，那可真是找錯人了，燕雲衛的本事可大著呢……」見權仲白木然相對，一臉事不關己，即使良國公早已經慣了兒子的性子，也不禁嘆了口氣，他衝權仲白發脾氣。「你就不能給句回話嗎？好歹你也嗯哼兩聲啊！這怎麼就鬧得我一個人唱起獨角戲來了？」

「嗯哼。」權仲白乾乾脆脆，還真是「嗯哼」了兩聲，他站起身就要走。「話我也帶到了，您和母親、祖母商量著辦吧。我們家和孫家也沒什麼往來，就是楊家那裡要不要送話，就得看您們的意思了。我這幾天估計又回不了香山……您和外頭人說一聲，要有人來找，就說我在宮裡，不然，怕又是一點閒不得。」

封家出事，肯定戳動幾戶人家的心，仲白看來是真的懶於應酬，寧可連脈都不扶了。良國公微微頷首。「家裡會為你擋駕的，你也多休息幾天，這陣子，累著你了。」

見權仲白要起身出去，他又一抬手。「不過，這件事茲事體大，家裡人也該都說說話，集思廣益嘛……你也慢一步再走，先在我這裡睡一會兒。」便扭頭命人。「去把太夫人、夫人、大少爺、大少夫人都請來。」掃了兒子一眼，又道：「四少爺也叫來吧——看看三少爺在不在家，不在家就不喊了，還有二少夫人……香山那邊，也派人去傳個話，讓她儘快趕來。等人齊了，你再喊我們一聲，就在我這小書房裡說話。」

權仲白有幾分吃驚，他看了父親一眼。「這種事，您也就這麼亮出來了？消息萬一傳開，封子繡恐怕不會太高興。」

「有誰會四處去傳？」良國公飽含深意。「你不是說不管嗎？睡你的吧，什麼事情，有爹給你作主呢！」

權仲白張了張口，又閉上了嘴巴，他輕輕地搖了搖頭。「我不在您這裡休息，我睡不著……是您說的，這件事不會外傳，真要傳出去了，我也只和您算帳。我先出去了，一會兒人齊了，您來叫我吧。」他站起身來，絲毫都不給父親反應的時間，竟就這樣揚長出了院子。

良國公氣得直搖頭。「這個死小子……」可這個死小子給他帶來的消息，畢竟是極為重要、極為敏感的。

良國公沈吟了許久，他又拍了拍手，使喚小廝。「去，把雲管事叫來。這本帳這麼寫的，有幾處我居然沒看明白！」

第五十二章

燕雲衛漏夜來訪，蕙娘哪裡還睡得著？即使知道這是當醫生的理應常常遇到的境況，她也依然心潮起伏，靠在還有權仲白餘溫的床頭，後半夜根本就沒有睡好。早起練了一套拳，心裡才安寧下來。

陪蕙娘餵招的螢石笑道：「少夫人最近常常都疏忽了功夫，按王先生的說法，這可是練武大忌。要不，咱換個時間？」

石墨正好領了兩個老嬤嬤，端著食盒進來了，聽螢石這麼一說，她先就笑了。「妳這個人，哪壺不開提哪壺？少夫人最近夜裡忙呢，十天裡能起來一天就不錯了！妳就非得提起這事來臊她？」

石墨已經訂了親，螢石生得不大好看，這兩個人一貫是很敢於調侃蕙娘的。

蕙娘笑了。「誰說我會臊的？等妳們出嫁了，別我這裡辰時回事，妳們巳時才來，問怎麼遲了，卻羞羞答答的，答不上話來。」

兩個大丫頭都笑了，與蕙娘一起進屋。

孔雀正好捧了首飾過來，就問：「怎麼笑得這樣開心？說什麼呢？」

眾人自然學給她聽，一屋子人都笑起來，孔雀就和蕙娘撒嬌。「姑娘，您給我挪個地兒唄，我不想在東廂房住了。」
這還是在臊蕙娘，連石英在內，全都笑得前仰後合的，蕙娘真紅了臉，她惡狠狠地道：「再說，再說就給妳配了甘草，妳就不用在東廂房住了！」
甘草是權仲白幾個小廝裡最一般的一個，雖然能力也有，但為人木訥老實，不會來事，要不是有個好爹，哪裡混得到二少爺貼身小廝這個位置上？
孔雀不樂意了。「您慣會欺負人，我可不要嫁，我一輩子服侍您！」
一輩子服侍，可是很重的承諾。孔雀和她關係親密非凡，有些事，人人心裡都想，但也就是她能若隱若現地表現出來了。
蕙娘有幾分惋惜：孔雀畢竟是和她從小一起長大，後來為綠松蓋過，主要就是因為她人還不夠聰明。
「今天就不戴這些了，」她轉了話題。「姑爺不在家，也不見外客，以輕便為主吧——」
正說著，外頭來了人，姜管事親自過來。「少爺打發人過來，說是燕雲衛封統領的妹妹病了，他這幾天怕不能回來。」
雖是權貴近親，卻不是什麼要緊人物，蕙娘鬆了一口氣。
吃過早飯，她又取了沖粹園每月的開銷小帳來看，一邊看，一邊搖頭。「記得太亂了。」

雖說雄黃不在，可綠松和石英多少也能看幾本帳，尤其石英，親事已定，將來一出嫁，肯定內定了是少夫人身邊的得用管家娘子，對沖粹園的帳，她是很上心的，湊過來看了幾眼，也不禁輕輕地抽了一口涼氣。「這個園子，還真是個銷金窟呀……」

權仲白平時根本沒有花錢的意思，既不收藏名貴古董，也不講究穿用佩戴，從前他的隨身瑣事，估計都是權夫人派人過來打理。自從蕙娘入門，這方面工作自然由她接手，他就更不管了，給穿什麼穿什麼，給佩什麼佩什麼，只是不論蕙娘如何勸慰，他都不肯用香膏敷臉，嫌那東西「女裡女氣」的，多少還是體現了一點審美取向。蕙娘也暫時沒有興致收拾他的著裝，都交給丫頭管著，蕭規曹隨，不出錯就行。要不是她時常在外頭採買私房菜，立雪院一個月連府裡撥給的月例銀子怕都用不完。

可這沖粹園就不一樣了，第一個園子大了，灑掃庭除，專管著維護園中各處景致、建築的人就要有上十個，這還都是把人用得十分盡了，才能勉強足夠使用；其次是病區那邊，每天安排病人、做些護理工作的下人，按權仲白的說法，「聘來就專是做這個的」，泰半都是各大藥鋪、醫堂的學徒，工錢開得還厚；還有每年不定時採購的各種藥材，稀奇古怪、林林總總，有的極為昂貴，權仲白也是照買不誤……光是這個園子，一年下來，恐怕要有兩、三萬銀子的開銷。

「這都還沒算年年少爺出去義診的花費。」石英看了看帳，還說呢。「您也知道，只要少爺在京裡，每年春秋如果爆發時疫，他一定免費熬藥發湯，這個錢好像沒聽說官府補貼，一年想必也不少銀子，估計都是從國公府那裡走帳。」

養個權仲白，一年收入幾乎約等於零，支出卻要這許多。蕙娘啼笑皆非，把帳本擲到榻上。「要添了我，我們兩個一年，能花他們全府上下一年的開銷。我看，他要找個一般人家的娘子，一旦分家，不要幾年，兩個人好一起去喝西北風了。」

正和石英計較著今後沖粹園走帳的事，國公府又來人「請少夫人回府，有事商量」。這就鬧騰了，蕙娘忙換了外出的衣裳，多少也插戴了些首飾，忙忙地帶了兩個丫頭上了馬車，只覺得車速都要比從前快，但她沒有抱怨——恐怕現在府裡，還不知有誰正等著她過去議事呢！連她都叫了，府裡有資格與會的人，應該是不少的。

不過，話又說回來了，她一個剛進門的新媳婦，又在沖粹園住，不分家看著都像是半分家，又有什麼事，要她也過去說話呢？

但凡上等人聚在一處說話，沒有不雲山霧罩、空談連篇的，彼此交談，每一句都可能牽扯到千里之外的朝廷大勢，要說不謹慎，當然不可能。什麼時候，兩個人坐在一處能直奔主題了，那也就是關係到達了一定的程度，如能得到上峰的一、兩句責罵，則下屬無不眉開眼笑、如獲至寶：這證明自己已經登堂入室，在上峰心裡，有了一席之地啦！

在良國公府，蕙娘還只算是剛剛空降的二品大員，雖有品級，可卻苦無實權。但畢竟身分放在那裡，她也享受了一把開門見山的待遇——這才剛和家人們互致了問候一道坐下，良國公就開腔了。

「我老了，很多事情，掌不住弦兒了。可朝堂上的風雲卻永遠不會減弱，父死子代、兄終弟及，家裡總要有人能頂上來的。大家集思廣益，很多事商量著就有思路了……今兒就有這麼一件事，得用得上你們年輕人的看法。」

這哪裡是掌不住弦兒了……蕙娘再鎮靜，瞳仁也不禁一縮，幾乎是剎那之間，她立刻興奮了起來：秦失其鹿，天下共逐。世子位還沒定呢，按權家規矩，大房也只是略占優勢而已，這是要拿一樁政事，來稱量稱量各房的深淺了！從各人的反應來看，恐怕這樣的討論，之前也是進行過多次的——令她多少有幾分訝異的，是她和大少夫人都有與會的權力，這在一般人家裡，可不多見……

雖說權叔墨沒在，但幾個人的表現都很自然，權夫人更是絲毫都沒有異狀，她簡直就像是不記得還有權叔墨這個兒子一樣，手裡握著一杯茶輕輕地轉著，只含笑看了蕙娘一眼，輕輕地點了點頭。

「昨晚封家大姑娘急病，」良國公三言兩語交代了內幕。「人差一點就去了，幾次三番，才從閻王手上把人給拉了回來。這病不是別的，是有人處心積慮，給她氣出來的……」

大少爺和大少夫人對視了一眼，兩人都有些驚愕，權仲白雖然坐在蕙娘身邊，但身為這消息的一手遞送人，他卻表現得相當漠然，除了蕙娘落坐時，用眼神和她打了個招呼之外，他全程一直聚精會神地剝瓜子，就是這會兒也不例外。蕙娘用眼尾掃了他一眼，便失去和他溝通的興趣：他是已經把自己的態度，表現得不能再明顯了。

她更注重於觀察其餘人的態度，長房兩口子頻繁以眼神交流，顯然是才剛聽說此事，也都有自己的看法；太夫人手裡撚著佛珠，若有所思，似乎也正自己出神，對眾人的態度，並不特別關注——這個老太太，八十多歲年紀了，卻還是這麼的精明內斂、威儀隱露；至於良國公和權夫人，面上就更看不出什麼來了。這一場考察，考的是小輩，做考官的是不會露出太多情緒的。

至於權季青，蕙娘自然也要特別予以留意。權叔墨沒能參與，或許是因為有事不能分身，或許是因為他根本就不在考察範圍之內，而權季青今年年紀輕輕，能參與這個會議，已經是家裡人對他的肯定了。

現在家中情況很明顯：太夫人多半還是傾向於一手帶大的長房；權夫人支持襁褓裡養大的二房；權季青呢……不論是大房、二房，都有足夠的理由讓良國公頭疼，因此說不準，他更看好的是縝密精明的四兒子。

蕙娘不禁微微斂了斂眸，她瞅了權季青一眼，卻恰恰又撞見他也正不著痕跡地打量她，兩人眼神相碰，權季青衝她含笑一點頭，又和從前幾次一樣，都是帶有善意的招呼。

「其餘內情，就不多說了。」良國公就介紹了這麼一句情況。「封子繡的性子，你們都是清楚的，這個人身世畸零，未曾婚配，對僅有的幾個親人看得都很重。這次居然有人把手插到他家後院，只怕他的回敬，動靜會鬧得很大。雖不說一腳踩死，永不能翻身，可一旦找到元凶，此人背後的勢力，也一定會傷筋動骨，嗣後怕是又要多了一個大敵了。」

小輩們一時都沈默了下來。

權伯紅先開口。「若是從前，十拿九穩，這件事一定不是孫家做的。皇后娘娘雖然極不喜歡封統領，但即使是她也要聽家裡人的擺布。孫夫人是女中豪傑，胸襟寬闊，對封家一向是籠絡較多，兩家關係還算不錯……可現在孫夫人在家守孝，娘娘的身子又不好、心情也不好，這件事一出來，封子繡怕是要先疑皇后娘娘。」

「正是因為知道此點的人也並不少。」大少夫人看法倒不大一樣。「也大有可能是有人背著孫家裝神弄鬼，把黑鍋往孫家頭上栽，這顯然是衝著東宮去的。若封統領信得實了，孫家雪上加霜，等侯爺回國之日，怕就是東宮去位之時……」

只聽這兩句話，便能知道這兩人在才具上，終究還是和身分地位相匹配的。一般人能推想到這一步，已經算是相當精明了。

良國公微微頷首。「孫家是大勢已去了，安排他們家太夫人去世，實是不得已而為之，可就算皇上還沒有直接詢問仲白，怕也不是沒有察覺。就拋開聖眷不說，孫夫人在家守孝不能出門，娘娘獨自在宮中，還不知道要鬧騰出什麼動靜來……太子去位，只是時間早晚。但不知道內情的人家，怕心裡還是著急的。」

有一個權仲白，良國公府真是得全天下風氣之先，好多事恐怕連皇上都知道得不那麼清楚呢，在良國公府都已經是過時的舊消息了。

連權季青說起這事，都是不疾不徐，半點訝異不露，顯然是早就收到了風聲。「宮中的風雲變幻，和我們關係終究不大。只要有二哥在，不論誰存了心思，都少不得要欠我們的人情。坐山觀虎鬥，看看熱鬧也就罷了，就不知爹、娘同祖母，憂慮的是哪一件事，竟要召集我們來議論一番呢？」

這一問問得挺好的，良國公欣賞地看了小兒子一眼，語帶玄機。「我們是坐山觀虎鬥，可兩個親家那是局中人。你姊姊的公公，你二嫂的祖父，那不都在朝中做事嗎？宮事不影響到朝事，那是不可能的……」

這一句話說出來，頓時就封住了蕙娘的嘴，就有再多見解想要發表，她也不能再提一句了。蕙娘眼觀鼻、鼻觀心，索性連各人反應都不看了，耳中只聽見權季青道——

「二嫂的祖父大人，在宮中沒有親眷，和東宮的關係也是不近不遠。」他似乎歉意地投過了一瞥。「畢竟年紀在這裡，是即將去位的人了。這件事，同他是沒有一點關係……想來就不送上消息，也是毫無妨礙的。」

大少夫人笑了。「四弟，焦閣老大人，只是順帶一提，這件事真正關聯的，還是雲娘的公公。他現在得到聖心，可卻遲遲不能上位，無法放開手腳做事。東宮在位一天，就耽擱一天的工夫，歲月不等人呢！東宮雖然也是他的親戚，可那親戚是拐了彎的，如何比得上親生外孫呢？再說，又有誰比他更清楚封子繡？當年封子繡還未發跡的時候，他可是就對此人多番稱讚，險些還要把女兒許配給他呢！」

這樣的密事，權家人知道得竟是一清二楚……即使各大世家，私底下肯定有自己的消息來源，楊家又是權家親家，他們瞭解得肯定要更深入一點，但蕙娘心中依然是有些震驚的：良國公離開朝堂已經很多年了，可就現在來看，竟是一點都沒有脫出朝堂的跡象，該知道的事，他們知道得是比誰都要清楚。

可這也未必是好事，如沒有雄心壯志，就和權季青說的一樣，坐山觀虎鬥，有權仲白在，保一代富貴平安是不難的。把什麼事都弄得這麼清楚，可見權家在政治上還是有所圖、有野心的。但現在天下武事，已經被瓜分得差不多了，許家、桂家、諸家……都是人才輩出，後頭還有衛家、蕭家、林家等著，要在武事上東山再起，有一定難度。文事上就更別說了，勳戚入仕，是朝廷大忌。權家這是打算從哪裡入手，重回權力核心呢？

「就因為深知封子繡的天賦和性格，」大少爺見解又不相同。「楊閣老是萬萬不會為此不智之事的。燕雲衛對京畿一帶的掌握非常嚴密，此時要有他在背後指使，兩邊一旦翻臉，寧妃在宮中的處境也就更不利了。我看，此事和他應當沒有關係，倒是我們也該給親家送個信，提提醒——這要最後還是皇后娘娘的手筆，則龍爭虎鬥之日，勢必會提早降臨，楊閣老應該要早做準備了！」

現在兩房都發表過自己的見解，只有二房還一逕沈默，卻是太夫人開口，她跳過專心吃瓜子的權仲白，直問清蕙。

「這件事，如以妳的意思，妳認為當怎麼辦？」

這是在給二房一個答題的機會，蕙娘哪能放過？她瞥了權仲白一眼——權仲白都放下一捧瓜子不嗑，默默地望著她了——便輕聲細語地道：「要答這一問，媳婦倒想先鬧明白兩件事。」

良國公來了興致了，他微微直起身子，眼中放出一點光來。「妳問。」

就連權夫人都放下茶碗，多少有些好奇地望了蕙娘一眼，大房兩口子就更別說了。

蕙娘這一反問，問得全場矚目，她卻似乎根本沒有察覺，還顯得那樣從容自若。「媳婦想要知道，是否雨娘已經定了親事，將說回老家。老家族人中，又將有姑娘過來，參與選秀呢？」

良國公和權夫人交換了一個眼色，兩人都不禁將讚賞之色外露；就連太夫人也睜開眼來，仔仔細細地打量起了蕙娘；權季青雙目射出奇光，望向蕙娘的神色，又和從前有些不同。

不過，眾人中，還要數權仲白反應最大——

「這件事，我不贊同！」他霍地一下站起身來，分毫不讓地就瞪上了良國公，一字一句，擲地有聲。「於情於理，你們這麼做，都實在是欺人太甚！」

第五十三章

天下間不肖子多了，敢這樣和爹娘講話的為數可能還的確不少，可在高門大戶裡，誰敢這麼做，那可就真算是吃了熊心豹子膽了。就算不立刻請家法，當爹的眼睛一瞪，哪還有誰敢這麼越禮？連蕙娘此等城府，都不禁輕輕倒抽了一口氣。她要出聲勸，又怕權仲白氣頭上連她面子也不給，這氣氛就更不好了，只得隨著其餘人等，作焦急狀，卻並不出聲攔阻。

「什麼欺人太甚？」良國公卻沒有被這個叛逆的次子給激怒，他嘆了口氣，略帶一絲疲憊地道：「你先坐下來再說。」

權仲白怒視父親——一屋子權家男人，生得都很相似，可當此時，不論是良國公的深沈，還是權伯紅的典雅、權季青的俊美，似乎都敵不過他所散發出的勃然氣勢，似乎對著父親、長兄，對於這個幾乎已經成了定局，甚至連當事人都已經認命、幾乎是大勢已去的決定，權仲白也沒有一點畏懼，即使天河將傾，他好似都要力挽天河！

「我不坐！」他說。「第一，以雨娘身分，在京畿周圍尋一積善人家，並不是過分要求，當年給雲娘說了楊家，我就很不贊同！楊閣老走的是一條險路，家裡人口薄……你們非得要說，那也就算了，畢竟不是沒有可議之處。但雨娘說回老家，那麼苦寒荒涼的地方，是她一個嬌姑娘能承受得了的？娘，別人也就算了，妳是她親娘，不是後娘！」

權夫人手一顫，她低下頭去，竟不敢和權仲白對視。

倒是太夫人，她一手按在媳婦肩膀上，坐直了身子，似乎要開口說話，但權仲白絲毫不給她開口的機會。

「其次，當年說親，說雲娘到了年紀，說親要按序齒，讓我續弦。好，我知道你們逼我，可家規如此，我從了。」他的怒火稍微沈澱了下來，可語氣卻越來越冷，冰而毒辣，像一把薄薄的冰刃。「可現在雨娘才幾歲？她怎麼就能訂親？三弟、四弟的親事可都還沒有影子！出爾反爾，這是立身的根本嗎？為家裡出力，我沒有二話，但你們也實在是欺人太甚了！如此處事，讓人怎麼心服？」

字字句句，幾乎是直問得人無法回答。

權伯紅輕咳一聲想要說話，大少夫人立刻就瞪了他一眼，她出面打圓場。「二弟，要不是弟妹叫破，大家也都毫不知情……可長輩們作這個決定，一定有他們的道理。雨娘是你妹妹，難道就不是爹娘的女兒、祖母的孫女兒嗎？哪能虧待她呢！總之你先坐下來，大家有話慢慢講……」

權仲白連嫂子的面子都沒給，他逼視著良國公同權夫人，又極是失望、極是痛心地看了太夫人一眼後，只輕輕搖一搖頭，便衝蕙娘喝道：「走，回家了！」連一聲道別都沒有，轉身就往外走。

蕙娘不及多想，只看了權夫人一眼，權夫人衝她一點頭，她便起身碎步直追了出去。

剛和長輩翻臉，哪管權神醫再灑脫，心情也必定不大好，他沒騎馬，讓姜管事套了大車，因走得急，車內都來不及佈置，連凳子都沒有安置，只能和蕙娘並肩在車內盤膝坐著，兩人一時都沒有說話。

蕙娘看了他一眼，見他清俊面上怒意猶存，心裡不知怎麼，反倒舒服一點了：原以為他一言不合立刻翻臉的性子，只是針對她一個人，現在看著，倒是一視同仁，連他爹娘都沒能逃得過這翻臉一刀。

「你心裡生氣，」她軟綿綿地說。「就別坐這麼直了，還打坐……墊著腿不嫌難受呀？」

一邊說，一邊將權仲白往後一推，塞了一個大迎枕過去，又把他的腿給扳出來，伸在車內放平了，擺出個慵懶倚枕的姿勢。

一個人都這麼慵懶了，還如何能生氣得下去？權仲白掃了蕙娘一眼，自己氣樂了。「妳就讓我生一會兒氣不行嗎？」

蕙娘很馴順。「行呀，你要不多說幾句，我和你一起氣如何？你們這鬧了半天，我根本連怎麼回事都沒鬧明白呢，你就氣得跑出去了。」她本待蜻蜓點水，提提日後如何同本家往來的事，但見權仲白沈下臉去，便不再多說，而是軟軟地猜測。「這樣看來，爹這一次之所以把消息看得這麼重，真是為了給明年選秀鋪鋪路？」

「他不想往宮裡摻和，」權仲白餘怒未消，硬邦邦地說。「又何必這麼熱心？本來，和孫家劃清界線，對楊家、牛家不要多做搭理，東宮失位，過去也就過去了，憑他東西南北風，我自巋然不動。他非得要問個水落石出，無非是興了往宮裡塞人的主意，想要再和皇家添一門親事了！」

這思路按理來說，也沒有什麼大錯，要知道權家現在沒有誰掌握實權，要維繫往日的榮光，肯定得有風使盡舵，能往宮裡打一點伏筆，就打一點伏筆。蕙娘不明白的卻不是這點。「這遴選名門之後充實後宮，也是我們大秦的慣例，爹的主意我看就很好。我就不明白，他不送雨娘進宮，反而要從老家送人過來，把雨娘嫁回去，這不是多此一舉嗎？白白還耽誤了雨娘……」

「雨娘那性子，進了宮只會被吃得皮肉不剩。」權仲白冷冰冰地說。「她和雲娘都不是按宮妃教養起來的，再說，她們身分太高了！國公嫡女，進宮就要封妃，到時候，我再給皇上看診，就很不合適了。以國公的性子，哪會為了一顆棋子，失了另一枚極有用的籌碼？」

居然是連爹都不叫了……

蕙娘不說話了，她隔著薄紗，望著窗外的風景，又尋思了許久，才輕聲說：「我知道你不愛聽，可滔天富貴，從來都不是沒有代價的。你是如此，我是如此，雨娘也是如此。父母之命，媒妁之言。這件事，長輩們都點了頭了，你這個做哥哥的不答應，又有什麼用？只會讓雨娘的心裡更背上幾重陰影……嫁，她肯定還是得嫁。我勸你，對她，你一個字都別說。」她本來要就此收住的，想到權仲白的性子，又多說了幾句。「免得她本來已經漸漸地情願了，被你這麼一說，又不情願起來，到時候過了門，受苦的還是她。」這一番話，她發自肺腑，更兼物傷其類，是放了感情進去的。

權仲白自然也聽得出來，他沒像以往那樣，只說幾句話就要和蕙娘拌起嘴來，只是悶悶地「唔」了一聲，索性一個打滾，靠到車壁上，滿不高興地蹬了車底一腳。「這都他娘什麼事兒啊！自己家日子過得好好的，卻趕著把女兒嫁到窮山惡水裡去！生了子女，就是為了糟踐的？」

他不高興，蕙娘還想哭呢！她算是明白了為什麼大少夫人還立心要對付她。按說，這麼多年沒有生育，權伯紅又沒有過人的能力，權家規矩擺在這裡，只要蕙娘能夠生育，世子之位幾乎無可爭辯……他們大房再掙扎也都是無用，除非對準了她的命，將威脅剪除在萌芽之前。可現在還有什麼不明白的？權仲白本事是大，可脾氣更大！和家裡的關係緊繃到這個程度，承爵？不改了這個脾氣，還不如作夢快些！大房對爵位抱有希望，根本就是題中應有之義，換作是她，也不會對權仲白太當真的。

可權仲白已經氣成這個樣子了，自己要是再火上澆油，除了把事情鬧得更大之外，也沒有別的意義。蕙娘輕輕地嘆了口氣。「就為了面子想，雨娘也不會嫁得太差的。東北的權貴人家雖少，可也不是沒有，照我看，靖北侯崔家就是很好的人選，雖然鎮守在北地，環境是清苦了一點，但論爵位、論兵權，都足以配得上雨娘了。也許就是說給他們家呢？」

見姑爺慢慢氣平，蕙娘又添了一句。「你也是太衝動了一點，慢慢問、慢慢談嘛，要為雨娘爭取，總不能是在吵架裡爭出來的。」

往常文娘鬧脾氣，蕙娘只有壓她更死，此時想到妹妹，她倒不禁起了愧疚之意：早知道自己也有這麼溫言軟語、順著毛摸的時候，從前就不那樣折騰文娘了……倒沒得只有權仲白這塊爆炭能享受這種待遇，自己的親妹妹，還要被百般揉捏的道理。

絕色佳人、柔聲細語，降火的效果比涼茶還要好，權仲白火氣稍平，話也多起來了。「我就是看不慣他們的做派！人無信不立，為了逼我成親，連雲娘、雨娘都能拿出來逼迫，難道那不是他們的女兒，不能說親，他們心裡就不難受了？」

「那也是你——」蕙娘硬生生地把話給吞回去了，她在心中告誡自己：連他親爹都得順毛摸呢，妳和他抬槓做什麼？他氣的又不是妳！「那也是老人家死腦筋，一意要給你說了親，才覺得對得起前人嘛……」

等兩人回到香山，權仲白猶自氣得面色僵冷，他囑咐桂皮。「從今兒起，我不在！除非是封家來人，他們家大姑娘又有急病，或者有誰必須得要急診，否則有人來問，一律就說我在宮裡！」

桂皮一縮脖子，一個屁都不敢多放，他小跑著就去了扶脈廳。蕙娘一路上還絞盡腦汁，打太平拳安撫權仲白，又令石墨帶眾廚子送了一桌他愛吃的菜來，還要上酒——卻為權仲白止住了。

「我平時是滴酒不沾的，喝了酒手抖，就不能施針。」於是又上了焦家秘法蒸製的純露，好不容易把權神醫伺候得吃好喝好，意態稍平，也能同她並肩靠在天棚下設的竹床上看月亮了，蕙娘這才問——

「在封家出的事，你恐怕連爹都沒有告訴全吧？我看爹說話的時候老看你，好像等你補充幾句一樣……」

「沒說全。」權仲白搖了搖頭。「這也分，這種隱私，不得不說的，才提醒家裡一句，能不說都不說。」

「那還有什麼隱私，是有機會就要說的？」蕙娘有些好笑，她略直起身子，換了個姿勢，趴在權仲白身邊，眼神一閃一閃的。「你不是老說嗎，君子不欺暗室，人家的隱私，你倒拿出去亂說。」

「這妳就不懂了。」權仲白估計今天也是上了情緒，又被蕙娘奉承得好，他的話要比往常多一些。「郎中不好當，就因為這個，有些陰私事，你看透了不說破，人家當你傻的，就要挑你做槍。你說破了，為人保密，人家得寸進尺，下一回不但要用你看些不能告人的病，還要請你辦些有損陰德的事。與其到時候處處被託、處處翻臉，倒不如一開始就光風霽月，人家問起來就說……不是這樣，一年到頭，富貴人家的陰私事都能把你煩死。」

他瞅了蕙娘一眼，倒微微一笑，難得溫存地揉了揉蕙娘的後腦勺。「你們家人口簡單，怕不知道。」權神醫的語氣帶了一點不屑。「就為了一點小錢，有時候甚至連錢都不是，只為了爭一口氣。富貴人家一年到頭，要出多少活生生人吃人的事，這世上哪有一戶人家是真正乾淨的？門釘越多，裡頭的齷齪事就越齷齪，石獅子越大，那爪子下頭踏的人命就越不計其數……人一生享的福是有數的，吃穿上享受了，命數上來賠，真是一點都不吃虧。反倒是小家蓬門，一家人有的本來就少，也許還能和樂融融，不在這上頭生事呢！」

「那是你不知道……」他這話幾乎直刺進蕙娘心底，令她有些不能直視權仲白了。一直以來，她心底深信，權某人雖然精通醫術，但在人情世故上卻是一竅不通，天資有限，不過是另一種書蠹而已。之所以能在宮闈中出入，倒是托賴了這書蠹脾氣之福，人人知道他心眼少，也就都不和他計較，算是傻人有傻福了。可幾番談論，他說出來的話，真是一刮一掌血，那份銳利是再別提了——雖說相映成趣的，是他處理家中事務那令人崩潰的手腕，可……

「你又把話題拉扯開來了。」她笑著說。「那這種陰私，同封姑娘的陰私又有什麼區別呢？你說她是被人氣的，又那麼肯定是外人來氣她，偏偏還不肯說詳細，論據在哪裡呀？難怪爹娘看著都有十分的顧慮——」

「繡屏上都看見了……」權仲白嗤之以鼻，他把大致情況一說。「深情空付，辜負春光無數。錦中畫，畫中景，這刺的是誰，妳還想不出來？這是指名道姓地打他們封家的臉！要我說，封姑娘怕就是刺到一半悟過來了，越想越氣，越氣越想，情緒上頭，這才引發卒中。

要不然，她至於一看那繡屏就發作？只怕那兩位大夫也有所穎悟，只不敢明說，裝個糊塗而已。」他說到這裡，也有點生氣。「人命關天，差點就這樣誤事了——」說著，又自己嘆了口氣。「算了，人微言輕，侍奉權貴，他們也怕的……」

「這也實在是太大膽了吧……」蕙娘亦不禁感慨。「封子繡不咬死對方才怪，雖說這……也不算是空口白話，可畢竟是當著和尚罵驢，欺人太甚了一些。你看出此點，告訴封子繡了？」

「他自己看出來的。」權仲白搖了搖頭。「要連這份眼力都沒有，也就不配做燕雲衛的統領了。越發和妳說穿了，這件事，照我看是皇后所為不會有錯，除了她，還有誰那麼瘋狂大膽，連臉面都不要了，一心一意只顧著和封子繡為難？一般人但凡還想往上走一步，都不會為自己留這麼一個把柄的。」

的確，也只有要倒臺的當權者，才會有這最後的瘋狂了。蕙娘想到上回皇后折辱吳太太一幕，不禁微微點頭，不再追問了，而是給權仲白捏肩膀。「你也累著啦，別多想了，這幾天多歇一會兒……」

說是多歇一會兒，權神醫也沒能在內院多待，他白日裡還是泡在自己形形色色的藥材廳裡，並不知做些什麼，蕙娘也不去管他。她除了打發人給焦閣老送了一點香山特產之外，便同從前一樣安閒度日，如此等了幾天，終於等到了國公府的召喚：權夫人思念兒媳婦，讓她過府說話。

被權仲白一鬧騰，這一次蕙娘回國公府見到權夫人，彼此都有些尷尬，蕙娘先歉然道：「我已經說過仲白了，那天他在氣頭上，說的幾句話實在是有些過分……」

權夫人笑著擺了擺手，看起來是真不在意。「他那也是疼雨娘，我這個親娘還能怪他嗎？別說我，就是他爹、他祖母，都沒真個動氣，妳也讓他別往心裡去，多大的人了，一言不合還鬧脾氣……這幾天宮裡時常來人問他呢，還有封家，也是經常過來問他的行蹤。」

國公府這個態度，倒並不出乎蕙娘意料：有本事就是有本事，只要國公府還要用權仲白，就肯定不會把他壓得太厲害的。

她點了點頭。「我瞧著他也快消氣了……」

「今兒讓妳過來，」權夫人也不很在乎這個——也是，權仲白就是再氣又如何？血濃於水，跑不掉他一個姓權的。「倒不是為了這個的。」她含笑握住蕙娘的手。「那天妳話說了一半，就沒個下文了，我和妳公公、祖母都很好奇，這要是我們家為來年選秀預備了姑娘，又當如何做呢？」

沒想到權夫人居然這麼看重這個考察……蕙娘有些吃驚，卻仍沒有打算放過這個機會；尤其是在權仲白表現奇差無比的現在，她更需要在長輩跟前掙回一點印象。

「要沒有選秀，」她輕聲說。「坐山觀虎鬥，再好也不過了，最好是給親家送個消息，令其趨利避害，俾可再上一層樓。可現在，既然家裡打算送人進宮……」她頓了頓，略微拍一記馬屁。「我看，娘眼光高，指出的那條路是不錯的，寧妃現在很得寵，皇三子身子相形也健壯一些，孫家在對皇后失望之後，必定會鼎力支持，又有楊閣老這個好爹……不稍微限制一下寧妃，我們家的姑娘，很難有機會。」

權夫人頓時舒心地笑了，她輕輕拍了拍蕙娘的手背。「到底是妳祖父悉心調養出來的，見事就是明白。」

她衝蕙娘擠了擠眼，多少帶了些心照不宣的壞絲絲。「上回進宮，妳做得很好，皇后現在已經猜忌寧妃，寧妃最近的日子，是不大好過的。妳的意思，封家的事，就不必再提醒瑞雲的公爹了？」

「這就要看楊家知道多少了。」蕙娘輕聲細語。「如若娘娘的病情，只是知道一點皮毛，並沒有參悟出局勢的真諦，則近來局面若此，閣老或者是為二女兒撐腰，或者是為六女兒撐腰，總是要針對牛家爭一爭的。可以皇上的性子，現在閣老是爭得越厲害，對寧妃就越不利，將來我們家姑娘進宮，路也就能走得更順一點了。再者，家裡沒有什麼動靜，還是坐山觀虎鬥，多少也可以安撫仲白的性子……」

短短一番佈置，為權家女鋪路、坑了娘家政敵、還為二房和家裡和好給鋪墊了一筆……

權夫人頷首一笑，她望著蕙娘的眼神，充滿了肯定和讚許，可一開口，卻又是問句，而非誇獎。「這封家之事，究竟有如何內幕，仲白一直都不肯和我們提起。」她微微蹙起眉毛。「家裡人做事，總是多掌握一點情況，心裡多安定一點。他和妳提過沒有？這個氣出來的病，究竟是如何氣出來的？」

一頭說，一頭又拿起茶杯，放在手中轉了幾轉。

蕙娘眸子微沈，心念電轉之間已經明白：今日的題芯，其實還不在剛才的那一問，恐怕是應在了這裡！

第五十四章

焦、楊兩家勢同水火，在政壇上爭鬥不休，娶了焦家女，嫁出楊家婦，良國公府在很多時候就要比從前尷尬一些。蕙娘也不是沒有想過，自己雖然條件不錯，但良國公府難道就沒有別的選擇？老太爺曾說「權家看上妳，只怕是七分看中妳的人，三分看中妳的家世」，她本人將信將疑。到得這幾日，才明白以權仲白的性子，雖然天才橫溢，可秉性放縱狂野，極難駕馭。為他說了自己，真是有七分看重了她守灶女的性子，指望她做權仲白這匹野馬嘴上的籠頭……兩個長輩接連出了幾題，考的既是她本人的手腕，也是她和權仲白的關係。想要在逐鹿之爭中占據一點有利的形勢，她就得亮出自己的態度：她這位權二少夫人，不但能將丈夫握在手心，還能順著長輩們的心意拿捏他，長輩們要長就長、要扁就扁……

封綾一事的真相也好，大少夫人在飯菜上借題發揮也罷，權夫人或者按兵不動冷眼旁觀，或者主動出言詢問，其實都還是扣緊了權仲白的態度——雖不情願，但目下來說，要在權家站穩腳跟，邀足上寵，除卻滿足長輩們的要求之外，的確別無他法。

「提了一點，」她坦然地說。「但也沒有全說。仲白的性子您也是知道的，病人陰私，他忌諱著呢，我也就沒有多問，倒是他自己說了幾句。大約是和封姑娘前幾年接管的織秀坊有關，像是在刺繡的時候出了事。」

「刺繡也能被氣著？」權夫人也有點吃驚，她呢喃自語。「這除非是繡件有問題了，不然，談何外人來氣？可這究竟是誰家下的訂單，豈不是一目了然的事，這種事，有什麼難查的呢？」

竟是僅憑一句提示，就猜得八九不離十……這個良國公府，什麼都短，就是不短人精子，打從太夫人起，幾個女眷都不能輕辱。蕙娘打疊起全副精神，微笑道：「這可就真不知道了，他那個性子，只管扶脈，餘事也就是稍微管管……」

這麼說，其實就是在肯定權夫人的猜測，權夫人眼神一閃，她對蕙娘的態度，又和氣得多了。「妳這番過來，仲白面上不說，心底肯定是很在意的，同我露了幾句口風的事，回頭可不要告訴他。」

什麼叫做識看眼色？權夫人擺明了是在安撫蕙娘無須擔心，她肯露點訊息，長輩也不會讓她難辦。蕙娘不禁露出微笑。「我曉得該怎麼做的，娘只管放心。」

權夫人又關心她。「他那個性子，和驢一樣倔……最近在香山這一個多月，沒有欺負妳吧？」

「沒有沒有。」蕙娘慌忙說。「相公待我挺好的，娘不必為我擔心。」

「你們年紀差得多，」權夫人不禁露出笑容。「仲白到底還是疼妳，妳這話我是相信的。從那天為妳要點心吃開始，我就曉得不必多做擔心……」她輕輕地拍了拍蕙娘的手。「臥雲院的巫山已經有好消息了——雖然是庶出，可怎麼說也是大房的血脈。妳也要多加把勁，我們家是最看重嫡出的，妳能快點為仲白添個一兒半女的，今年冬至上香，我也就有話和地下的姊姊說啦！」

啊，沒想到大房這麼快就把巫山的這胎給挑出來了……蕙娘的神思，不禁有一絲游離：恐怕是大少夫人聽說綠松試探的事，索性就自己先亮出來了，又恐怕是從前究竟沒有確定，現在確診了，她也就迫不及待地要炫耀炫耀這個好消息。起碼大少爺不是不能生，大房留個血脈的能力總是有的，多多少少，在長輩們心中，評等是有拉回來一點兒。

她微微一笑，垂下頭作害羞狀。「我、我明白……」

權夫人不禁拊掌大笑，她打發蕙娘。「快回去吧，讓仲白氣消了，就親自到我這裡來一趟。雨娘的婚事其實並不太委屈，這一點，我這個做親娘的有數的，待他來了，我慢慢和他說。」她盯了蕙娘一眼，又笑道：「對了，還沒問妳，這件事妳怎麼看？」

表態時機又到，蕙娘當然知道該怎麼說。「男婚女嫁，從來都是父母之命、媒妁之言，我們這個身分的姑娘家，哪還有例外的？要不是——要不是姑爺婚前想要見我一面，我還不是蒙著眼睛就嫁過來了？家裡人能說定這門親，自然是方方面面都給考慮得妥當了，哪還有小輩置喙的分呢？」

權夫人聽得頻頻點頭。「好孩子，仲白要是有妳三分通情達理，也就不至於鬧成現在這個野性子了！」

蕙娘不肯和權夫人一起數落丈夫，只是微微一笑。

權夫人見了，心裡更加喜歡，又哄她幾句，將她給打發走了，這才起身進了內室，要良國公給她倒茶。「說了這半天，口乾舌燥的，我要溫些兒的，別那樣燙——」

良國公本來斜臥在竹床上，似睡非睡的，被權夫人鬧起來了，只得給她斟了一杯茶。

權夫人很得意。「這個媳婦，真是說得十全十美了吧？她一來，仲白簡直比從前要易與了幾倍。要不然，他這會兒早出京了，哪還會搭理和你約了，什麼『一、兩年內不能出去』。」

說起來，權瑞雨的婚事，的確是損害了良國公等長輩的信譽，長輩不守約定，也就給了這頭倔驢毀約的藉口，要按權仲白往日的作風，恐怕權瑞雨婚事一定，他不是去漠北，就是去江南，總要離開家遊蕩上一段時間，四處義診過了，將胸中悶氣給消耗完了，這才能聽著皇家來使、家中老人的勸，心不甘情不願地回京裡來。如今呢？溫柔鄉是英雄塚、百煉鋼成繞指柔，前幾天鬧得那樣不愉快，他也只是在香山悶居，一點出京的意思都沒動。權夫人心裡自然是高興的，就連良國公，神色都格外溫存，只是口中還不肯服輸。

「他到底還是識得大體……這要真是皇后娘娘所為，京中風雲丕變，幾乎是轉眼間的事，少了他，家裡怎麼辦？很多事都根本施展不開了。」

「深情空付、辜負春光無數……」權夫人喃喃念叨——雖然蕙娘沒有提及，但她居然早已經知道了這句詠詞。「不論是誰下手，終不至於就是為了把封家大姑娘給氣死吧？心寬一點的人，管你當面罵我佞幸男寵呢，我還要謝謝你誇我家聖眷深厚。封綾這個人，素日深居簡出，性情不為人所知，指望一幅繡屏把人給氣出毛病來，實是天方夜譚。這也就是收到折辱封家的效用……」她輕輕地抽了一口涼氣。「還真說不準！娘娘要是沒有生病，以她城府，自然不會為此無益之事。可現在真是說不清了，她素來忌恨封錦，多少也是有些風聲傳出來的……」

這複雜紛亂、看似半分線索都無的局勢，被權夫人分析得是絲絲入扣，良國公半坐起身子，似笑非笑地考妻子。「焦氏和季青出的主意，相差彷彿，也的確都很老辣，照妳看，這件事該如何處置為好？真個是按兵不動，以觀後效？」

「總不至於還要扶植淑妃吧？」權夫人反問了丈夫一句。「這種時候，多做多錯，動靜太大了，封子繡那邊也容易生出想法來，就當作不知道，讓他去發揮，反正結果如何，都只會對婷娘有利——她現在應該也上路過來了吧？老太太昨兒還問我呢。」

「在路上了。」良國公點了點頭。「那就按孩子們的意思去辦吧！要依著我，再動彈一點兒也還是好的，起碼孫家不做些臨死掙扎，局面就還不夠熱鬧……算了，多一事不如少一事，我們還是做不知道為好。免得仲白和焦氏離心，那就得不償失。」

「怕是要離心也難！」權夫人不由笑道：「那天那一鬧，我看鬧得好。你還不知道仲白的性子？盛怒之中還記得招呼焦氏一聲，可見多少是將她當成自己人來待了，真要不得他的心，他睬她都懶！焦氏手腕又高，等孩子落地，看他不被她調得團團亂轉……」她舒心地嘆了口氣，和良國公商量。「我看，等過了九月，可以安排焦氏的陪嫁進府做事了吧？」

「早了點……」良國公不置可否。「再看看吧，別和林氏一樣，也是不下蛋的雞。林氏難道不好？不會生，始終一切是空！」

權夫人不禁就嘆了口氣，她多少也有幾分惋惜。「是啊，可惜了林氏，同焦氏相比，其實也差不出多少去……」

蕙娘回了香山，也少不得要向權仲白彙報見聞，她故意說起巫山的喜訊。「你幾次過去都沒扶著，可見是沒福分，不然，早就摸出她的喜脈了。」

權夫人的安撫言辭，權仲白當耳邊風，巫山有喜，倒是確實震動著權神醫了，他眉眼簡直都被點亮。「此話當真？我就說，大哥脈象沈實穩健，陽氣充足，怎麼可能敦倫無果！這下可好，家裡要添第三代了！」

要說這消息令蕙娘也歡欣鼓舞，那也太假，但她畢竟風度是有的，再說，該酸也酸過了，對於權仲白不懂得聽話聽音的愚笨——也被磨得慣了，她沒有陰陽怪氣，再鬧什麼語帶玄機，而是正經規勸。「你要和大哥、大嫂好，這時候就不該等他們來請，自己回去，第一個給巫山把把脈、開開方子；第二個，也安撫大嫂幾句，再給她捏捏脈門。免得還要他們來請，他們怕又顧慮你生氣……」

她這話說得老成，權仲白的態度也有所緩和。「再看吧，以家裡人的風格，遲至後日，肯定過來報信，到時候再回去也不遲。」

蕙娘嗤了一聲。「又不是紅牌姑娘，還拿捏起架子來了……這是爹娘疼你，要在我們家，早被罰著跪家祠去了。身在福中不知福，還老和長輩們高聲大氣的。」她舉起筷子來，用筷頭去敲權仲白的手背，半帶了笑意。「要我說，就是欠打！」

權仲白躲得也快，手一縮就躲過蕙娘襲擊，若無其事地挾了一筷子醋溜白菜入口，當沒聽到蕙娘的規勸，反而和蕙娘閒聊。「妳這次回府，娘就沒向妳打聽封綾的事？」一頭說，一頭看了蕙娘一眼。

蕙娘也沒想到他對家裡作風這麼瞭解，她怔了怔，道：「是有，但我沒說什麼。本來我知道的也不多，哪好亂講？」

權仲白「唔」了一聲，看來是滿意了，他反過來叮嚀蕙娘。「以後這些事，不要和家裡開口。問起來就說不知道，免得一旦打開缺口，以後有事就來問妳，妳也煩得慌。」

蕙娘點了點頭，她給權仲白挾菜。「知道啦，你也少說兩句吧，平時怎麼不見你這麼多話？」

權仲白猜得不錯，不過第二日，大少爺就來人向弟弟報喜了，又請弟弟「要無事就回家一趟，給巫山開個保胎方子」。

親大哥的面子，權仲白是肯定會給的，橫豎最近他托詞在宮中值宿，也沒有多少重病號在沖粹園外等候，一輛桐油車輕輕鬆鬆就進了京城，一進府被管家截住，先帶到擁晴院給祖母請過安，正好權夫人也在，大家見過了，兩重長輩都若無其事，只讓他——

「快去給你大哥道喜吧，這一胎可要保住了，千萬不能出錯。」

到底都是一家人，就算還有心火，除了忍下來還有什麼辦法？畢竟家裡人也不可能為了他改動瑞雨的親事，權仲白也不是毛頭小子了，再鬧，只會讓大家都難堪。

他應下來。「一定盡力給大哥保胎。」也不問母親，妹妹的婚事究竟如何「不虧待她」，自己撤身出去。

大步進了臥雲院時，正看到大少夫人在院子裡同幾個丫頭說話——都是杏眼桃腮、身段窈窕的生面孔……權仲白看了，還有什麼不明白的？他有幾分為大少夫人不平。

給巫山扶過脈，衝大哥道了兩聲喜——看得出來，權伯紅喜是真喜，便又要給大少夫人扶脈。「一眨眼又是好些天沒給大嫂開方子了。」

大少夫人的笑容裡，不免也透了幾許心酸，她不籠袖子。「沒什麼好扶的，二弟，你不用著忙啦……」

還是大少爺硬把她的手放到桌上。「不要辜負二弟的一片心意嘛！」

權仲白也沒等大少夫人回話，他一下子摁在了大嫂的手腕上，這一摁，倒是摁出意思來了——「怎麼，這脈象有變啊！」

大房夫妻兩個，吃權仲白小灶是吃得最多的，平時十天半個月總要被扶一扶脈，脈象稍微一有變化，權仲白哪裡摸不出來？兩夫妻臉色頓時都變了，權伯紅且驚且怕且喜，見大少夫人要說話，忙道：「都別說話了，不許耽誤二少爺扶脈！」

說著，一屋子丫頭也都靜了下來。

權仲白認認真真扶了有一炷香時分，這才鬆開手，一邊擦著額際的汗珠，一邊抬頭道：「大哥上回和大嫂，幾時同床的？」

大少夫人頓時紅了臉，權伯紅也有點不自在。「就是昨晚……」

「最近幾次同房，還記得是什麼時候？」權仲白倒不在乎，他聽權伯紅說了幾個日子，便扳著手指算了算，這才抬頭道：「應該是半個月前有的！現下脈象還很淺，恐怕大嫂月事已經遲了幾天吧？您小日子一直是準的，如此看來，是有妊無疑了。」

大少夫人本來繃著臉正跟著權仲白一起算呢，聽見小叔這麼一說，她又驚又喜，面色一下就舒展開了，幾乎有幾分不可置信。「二弟……你此話當真？我……我……」

權伯紅早一把就撲到了權仲白背上，幾乎沒把弟弟壓垮，三十來歲的漢子，連眼眶都濕了，喜得語無倫次。「這可別是我在作夢吧……」

大家喜悅一陣，權仲白又給大少夫人把了脈，大少夫人一個勁兒地問：「這真能連日子都把出來，的確是半個月前？」

權仲白回答了幾次，她才覺出自己的失態，不禁自嘲地一笑。「我真是都不可置信……這半個月，孩子也禁得住折騰！」

按兩夫妻房事的頻率來看，權伯紅是沒少往妻子身上播種，權仲白也由衷地為大哥夫妻高興，他心情大好，站起身道：「這樣的好消息，當然立刻要和家裡人說！大嫂妳也是三十幾的人了，高齡產子，忌諱不少，從明兒起最好就別再管事，只一心保胎為要。我給妳開個方子……」

這裡正寫著呢，那裡宮裡又來人了：三皇子發水痘啦！請權仲白過去。

因三皇子年紀小，發水痘是有些險的，權仲白不敢怠慢，匆匆給大嫂開了個方子，便進宮去了。

果然，三皇子啼哭不已，連寧妃都坐不住，抱著孩子來回走動，都哄不停。等權仲白摸過脈門後，斷然道「這不算險」，眾人這才放下心來，於是該幹麼幹麼。

權仲白又開幾個方子出來，一面派人去國公府取鋪蓋——皇子出痘這樣的大事，大夫按理是不能出宮的。

這一關就是七天，皇三子的燒在第四天上就退了，到得第七天上，已經基本無礙。權仲白忙了這許多日子，也有些疲倦，派人同宮中遞了一句話，便自己收拾行李要準備出宮回家了。誰知寧妃似乎也有些不適，他恐怕是水痘過了大人，又忙進景仁宮給寧妃請了脈，所幸只是勞累所致，脈象略浮而已。

「辛苦權先生了。」寧妃頭上勒了抹額（注），倒越發顯得容顏清秀動人，美人微恙，別有一番憔悴風情。她靠在迎枕上，嬌喘細細。「這一陣子，宮裡事情多，宮外事情也多，心裡老是不得勁，真怕漚出病來……好在沒有大礙，這才稍微放心。」

權仲白和宮妃們說話，從來都是板著一張臉。「娘娘如能按時服用太平方子，消解心火熱毒，心裡自然就清靜了。您不善自保養，身子骨吃不消，也是難免的事。」

「這段時間事情太多了！」寧妃和權仲白訴苦，她掃了四周宮人一眼，放輕了聲音，幾乎是自言自語地輕輕嘟囔。「哪裡還能放心用藥……」沒等權仲白回過味來，又笑著轉了話題。「還沒問嫂子好，上回進宮我也看了，真是極出眾的美人！待人又親切——」她嫣然一笑，透著那樣的嬌憨喜悅。「又看我好，滿屋子人，只挑著我問了一聲瑞雲好，真是承她的情。我倒因她想起瑞雲來了，神醫要有去楊家，也為我帶句好兒，令她得了空就進來說話，千萬不要拘束……」

這些場面話，權仲白從來都是敷衍一、兩句而已，今天就更是如此了。他氣得雙拳緊握，幾乎要將情緒流露到面上。

才從宮中出來，他就沈下臉命家丁。「直接回沖粹園！」

桂皮一伸舌頭，還打趣權仲白呢。「小別勝新婚，小的明白！」他沒等權仲白回話，便放下了車簾，一敲車壁。「咱們不回府啦，回園子裡去！少爺想媳婦咯——」

注：抹額，也稱抹頭、額帶、頭箍、髮箍、腦包等，是束綁在額頭的巾飾，一般多飾以刺繡或珠玉。最早為北方少數民族所創的避寒之物，後演變為頭飾。

第五十五章

權仲白進宮這幾天，蕙娘還真有幾分寂寞，雖說如今沖粹園已經多了幾分人氣，進進出出的僕役們也都比從前要繁忙得多，每日裡不是灑掃庭除整修維護沖粹園內各色建築，就是為蕙娘重新歸置她幾乎包羅萬象的嫁妝，甲一號裡二、三十個丫頭們，趁著男主人不在，一旦得到機會，也都樂意在園中玩耍，又攛掇蕙娘也時常在園子裡走走，但少了權仲白，每日晚上夜色茫茫、樹濤蕭蕭，蕙娘總有些孤枕難眠之嘆。回去給權夫人問安的時候，都覺得立雪院雖然屋舍老舊、院落狹小，但到底是要比沖粹園有人氣得多了。

也因此，見到權仲白回來，她到底還是高興的，面上先就露出笑來，還親自給權仲白倒了一杯茶，難得溫存。「大熱的天，在宮裡悶著，也是辛苦你了，快喝杯涼茶。」

見權仲白把茶杯拿在手裡，卻並不動口，石英便笑道：「少爺，這是南邊送來的好藥材，連我們所得尚且不多呢，知道您今兒要回來，早上少夫人特別吩咐人熬下去的……」

蕙娘本不欲賣這個好，她哪裡知道權仲白今天就能回來？不過石英要這樣說，她也不好反而不認，便輕輕地「哼」了一聲。「好啦，宮裡什麼好東西沒有？少爺才不稀罕一口茶呢！」

要在往常，權仲白難免說幾句宮裡的不好：溫吞水溫吞飯，什麼都是溫溫吞吞，不求有功，但求無過，多少事就是這樣耽誤壞了的。可今天他又哪有這個心思？究竟還是有幾分自制力，曉得丫鬟們在跟前，不好發火，他勉強喝了幾口涼茶，道：「大嫂有喜的事，妳聽說了吧？」

這麼大的喜事，蕙娘哪裡會錯過？要說心裡不憋屈，那也是假話：這幾個月來，幾乎每一步都走得不順，彷彿天意都要和她作對。她心裡也是有幾分奇怪的，大少夫人這十多年都沒有身孕，眼看都三十多歲了，通房一有，她也有了……再一連繫她的性子，這叫人不多想也難。

可當著權仲白，她自然不會多說什麼。「聽說了，因你在宮裡，我還特地回去看望大嫂，打量著等你回來了，再商量賀禮。」

權仲白點了點頭，在心底也尋思著開口的機會呢：單刀直入，焦清蕙會認才怪……他忽然間又是一陣煩躁，一頭揮手讓丫頭們都退出去，一頭看似隨意地道：「這回進宮，寧妃對我很客氣，她還提到妳呢，說妳上次進去，就挑著她說了一句話，她心裡是很感佩的。」

蕙娘瞳仁一縮，面上倒是看不出異狀。「倒是，我還想衝她賠不是來著。你不是讓我誰也別搭理嗎？可她畢竟是我們的親戚，娘叮囑了幾次，讓我們不好翻臉不認人。再說，場面上一句話不說，看起來多怪啊，我還是和她打了一句招呼——沒想到娘娘真不是當年的性子了，一句話而已，她眼神就變了。嚇得我也不敢再開口，免得把『誰都不搭理』，變作了『誰都搭理』。」

果然是堵得很死：焦清蕙這話也沒說錯啊，一句話而已，又是問候權瑞雲，誰也挑不出她的理來。皇后要因為這事看寧妃不舒服，那是皇后自己有問題，和她焦清蕙有什麼關係？難道她就連一句錯話不能說，一件小錯事不能做？真的應酬場面上，哪有人由始至終，一言不發的？

權仲白也不禁輕輕點頭，他倒笑了。「是啊，憑妳的手段，既然敢開口，那肯定是防得滴水不漏，連一點兒話柄都不給人留的……」他猛地一拍桌子，震得紫檀木的茶盤都要跳一跳，那雙好似星辰一樣亮的雙眼，燙得像剛淬火的利刃，幾乎要直刺進蕙娘眼底，令她不能直視。「我也不和妳糾纏這些細枝末節，妳就看著我的眼睛告訴我，焦清蕙，妳在宮裡同寧妃說那一句話，是不是為了給我們權家女兒鋪路？妳是不是明確知道我的意思，卻還違背我的意願做事？」

如此單刀直入，從發問到逼供，連一點時間都沒有給焦清蕙留出來。對著他那雙眼，她想到的不只是端午入宮同寧妃說的那句話，還有在婆婆跟前稍微露出的口風……

只是片刻沈默，權仲白便輕輕地嘆了口氣，他的態度倒和緩了下來，問得居然很惋惜。

「妳還要裝嗎？」

原以為是個二愣子，沒想到一旦認真起來，真是句句都犀利，一下子倒把蕙娘變得良心有虧似的。前後兩次，她的確都是聽了權仲白的消息，沒有按權仲白的意思做事，儘管權仲白只知道一件，可這兩件事倒都是她用了他，這一點，蕙娘並不否認。

「我要是為了我自己，又何必那樣說話？」她靜靜地道。「是，我在宮中的表現，不盡如你的心意，但不過是一句話的事，寧妃就是再睚眥必報，她能怪到我頭上？她能肯定我就只和她一個人搭了腔？四弟說得不錯，我祖父是快退下來的人了，他處境如何，也不是寧妃能夠決定的事——那是國家大事！我就扯了她一把，為的也是權家的女兒，就是在爹娘跟前評理，我也是不心虛的。你和寧妃交情難道很厚？就為這一句話，你倒來發我的火！」

「我和妳說的不是這個。」權仲白一點都沒有被她的言語激怒，他穩穩當當、自顧自地往下說他自己的。「和妳透露幾句消息，那是信妳。我和家裡的分歧，我不信妳看不出來。」他越說聲調越冷，怒氣雖然含而不露、引而不發，但畢竟是藏在字裡行間，隱隱約約地透出一點冰冷的紅。「妳還記得妳當時怎麼說的？對府裡，二房兩人是一體，我沒瞧見妳多把我看作一體，我只瞧見妳騙走了我的消息，轉頭就去長輩跟前賣妳的好，妳哪裡把我看作一體！」

字字句句，問得清蕙竟不能答，她一抿唇，要站起來拍桌子，可權仲白動作比她更快，他猛地站起身來，高大的身形投出長長的陰影，一字一句，擲地有聲。「人而無信，不知其可。我雖讀書不多，這句話還是知道的。我就想問妳，妳是以為自己的手段有多高妙，可以將我擺布於股掌之間，永遠都不露痕跡；還是以為我有多蠢笨，永遠都不會覺察出一點不對，甘願當妳的一桿槍？」

「我——」蕙娘紅唇才啟，又被權仲白截斷。

這位滿面寒霜的貴公子輕輕點了點頭，自問自答。「啊，從第一回見面，妳就看不上我，我也能看得出來，對於歸嫁於我，妳是很失望的。妳覺得我沒有本事，我沒有心機，我學不會那四平八穩、處處玲瓏的大太太作派……我請妳拒婚，妳倒覺得是我沒擔當、沒能耐，我窩囊，妳盼著嫁一個有手腕、有城府，能將事情辦得爽快俐落、無可挑剔的英雄人物，是不是？」

「你對我們的婚事，處理得是不夠好。」蕙娘已經被他擠到牆角，連最開始的一點糾葛都被揭穿，她只能跟著權仲白的節奏為自己辯解。「要是你從前就積極一點兒，至於對自己的親事連一點發言權都沒有？我是沒有拒婚的餘地，可你本該有——」

「我是有，我一直都有。」權仲白截斷了她的話頭，他又笑了。「在廣州一年多，妳當我沒有機會南下重洋？一旦出海，回國之日渺茫，五年、七年都是常有的事，到那時候，妳等得起嗎？妳等得起，妳祖父等得起嗎？等我回來，婚事自然作罷，幾乎是十拿九穩。如此簡單便捷的辦法，妳當我為什麼不用？」

他的笑裡帶了一絲同情。「因為我可憐妳，我覺得妳沒犯大惡，被我耽擱一輩子著實是有幾分無辜。焦清蕙，妳別鬧錯了，在我們二人之間，從來都只是我同情妳、我憐憫妳的分。妳沒有任何身分地位來俯視我，我要害妳，連一點努力都不必付出，妳就幾乎已經萬劫不復、一生盡毀了。妳別看不起我的迂腐偽善，不是我的這份迂腐，妳早就零落成泥了，妳哪還有一點底氣來藐視我？」

這字字句句，幾乎是刀一樣地插進蕙娘心尖，她想笑，但笑不出來，她甚至竟不知道自己如今面上會是如何一番表情，是否……是否……

「妳小女孩年紀嬌，我讓妳幾分，也是人之常情。」權仲白的語氣緩了幾分。「爭強好勝、擺弄心機，也都是宅門女子的通病，這些我可以忍，不過是細枝末節，我讓一步也就是了。妳從進門起就是衝著世子夫人的位置來的，這我也明白，可妳空有大志，卻無眼力。我態度表明得那樣明顯，妳還讀不懂我的意思？大嫂出招，我不出面，令妳直接說破，妳為什麼不？無非是因為妳心裡有其他的想望，從入門至今，妳每一步都衝著這想望去，走得也都挺好的，可妳難道真以為我就能這樣由著妳揉圓搓扁？」

他輕輕地又是一笑，這一笑，笑得很輕蔑。「妳就不想想，我要真這樣簡單，家裡人又憑什麼以為我能承襲爵位？這個家裡好些文章，妳根本連封皮都沒翻開，妳就想要爭了！連蟄伏一年半載的耐心都沒有，妳就以為自己已經入局。照我看，妳也沒有自以為的那樣縝密嘛！」

這一回，蕙娘真是半句話都說不出來了，她張了張口，真是欲語無言，玉一樣的容顏上難得地布滿了茫然，尋常那含而不露的威風，真不知哪裡去了，權仲白看在眼裡，心底也有幾分隱隱的快慰，可他半點都沒有放鬆攻勢。「就是現在，如不是靠我，妳在這個家裡有立身地嗎？妳想拿捏我？殊不知我要拿捏妳，簡直易如反掌。我什麼都不用做，只需一件事不做，我就能憋死妳的野心，妳真以為，我長年在皇宮內苑打滾，連這點道理都不懂、這件事都不明白？妳不要把別人的風度看作軟弱，還反過來想騎在我頭上了！妳本是個聰明人，或者妳自以為是個聰明人，難道妳要我把話說到盡，妳才能明白？」

話的確也說得很盡了，權仲白也的確還是給焦清蕙留了一線餘地。他還沒想著扶植通房另寵他人，而是簡單直接：妳要逼著我爭世子位？那我就不上妳焦清蕙的床！

沒有兒子，拿什麼去爭？借種？連床都不上了，借回來了種又有什麼用？權仲白一翻臉，她就只有等著被灌藥的分，就連焦家也沒什麼好說的，偷漢生子，放在什麼時候都是沈塘浸豬籠的大罪！

「從今以後，妳需要自己謹記，妳說過的話不是空的，妳是我權某人的妻子，一言一行，自然就代表了二房的態度。」權仲白又尋到了焦清蕙的眼睛，他清晰而緩慢地說：「二房的態度，不是妳的態度，也不是府裡的態度，是我權仲白的態度。」

他輕輕拍了拍焦清蕙細嫩的臉頰。「妳自己想明白一點，等妳明白妳能用來箝制我的籌碼多麼少，我能用來整垮妳的手段又有多豐富便捷、五花八門，妳就會明白了，是不是？」

見清蕙如泥雕木塑，半天都沒有回話，他也不繼續逼問，自己多少也有點感慨。「男強女弱，究竟是不太公平！這番話我本不想講，可奈何妳是做男兒養大，似乎還不大明白一個女兒在當今世上能有多無助。可人貴有自知之明，多想想，總是好的。」說著，便將杯中涼茶一飲而盡，站起身來。「這段日子，妳好好想想，想明白了，再來尋我說話吧！」

於是他便出門去了，甚至還體貼地為蕙娘掩上了門扉，留她一人在蔭涼屋中獨坐——儘管院子裡豔陽灑了一地，可甲一號的堂屋內，仗著上下冷水道，卻還是那樣清涼。

也不知過了多久，幾個丫頭小心翼翼地叩響了門扉，由石英起，一個個臉上都帶著憂心，又都透著那樣的焦急、那樣的欲言又止：甲一號不比自雨堂，在建築上幾乎沒有真正的隔斷，天棚互通，主子們的說話，丫頭們在外間，怎麼也都能聽見一句、兩句的……

「姑娘……」石英畢竟是二把手，綠松不在，她自然而然就成了領頭的。「少爺有口無心，您別往心裡去——」她一邊說，一邊輕輕地推開門——卻又立刻嚇得一鬆手，任門板反彈了回來。

幾個小姊妹頓時都著急了，孔雀眼圈都是紅的，她要去推門，卻被石英一把摁住手，使勁搖了搖頭。「姑娘肩膀一抽一抽的……」她的聲音比蚊子叫還小。「看著、看著像是……」

蕙娘從小到大，十幾年工夫，除了父親去世禮制需要的那幾天之外，她幾乎就沒有掉過眼淚！老太爺和四爺的教導，素來都是很嚴格的，責罰力度並不輕。可這幾個和她一起長大的丫頭，就沒有誰見過她抹眼圈掉金豆子，石英這句話，立刻就讓幾個小丫頭跟著眼淚汪汪、手足無措了。

「這……這……」

石英忍著心慌擺了擺手，領著幾個丫頭都退到了院子裡，她拉了拉孔雀的衣角。「妳現在馬上出園子，找桂皮帶妳上妳娘家，就說是家裡有些事……院子裡的事，妳可不許和他說！」

孔雀瞪著大眼睛，平時多伶俐的人，此時也只知道點頭了。

倒是石墨欲言又止，石英望她一眼，她便低聲道：「綠松姊姊也讓我爹給家裡送信，說是姑娘對姑爺，平素裡態度有些不端正，總是瞧不上姑爺。我爹把信送回去了——直接把話遞給鶴祖爺呢，可妳們看，這都現在了，府裡還是絲毫音信都沒有……」

「那妳就把話說得重一點！」石英立刻交代孔雀。「就說姑娘都掉眼淚了，讓妳娘直接去找太太說話，這件事，肯定得請老太爺出面，才能開解姑娘，這是毋庸置疑的……」

孔雀抹了抹眼睛，輕輕一點頭，拔腳就往門外走。

石英又打發幾個人。「都散了吧，該幹麼幹麼，不當值的那幾個，妳們誰也別漏一句嘴——都是知道姑娘性子的，她正在氣頭上呢，誰敢觸犯了她，我可不會幫著出頭說一句話！」

這麼連矇帶嚇的，把眾人都打發走了，她自己站在院子中間，滿是擔憂地望了重簾深掩的窗門一眼，自己也回身出了甲一號，不知去向了。

她這一番安排，蕙娘竟是連絲毫都不知道。她不是沒聽到幾個丫頭的聲氣，但哪還有心思搭理呢？她早就伏在桌上，光顧著笑了！

直笑了有大半天，這才勉強止住了笑意，焦清蕙直起身子，雙手托腮，想得一想，頭一偏，她又不禁甜甜地笑了起來。

「唉，」十三姑娘一邊笑，一邊嘆。「這個權仲白！」
她唇邊的酒窩不但很大，還相當深。

第五十六章

大少夫人有了身孕，自然也就特別金貴，權仲白才回香山打了個轉，過幾天就又回了城裡給她把脈。他倒還算是厚道，沒有晾著蕙娘，雖然讓她「想明白了，再來尋我說話」，但進城探親，還是把她給帶上了的。

得益於沖粹園嚴格的管理制度，權家下人，幾乎沒法進甲一號服務，蕙娘身邊那幾個一等大丫頭，又沒有誰敢胡亂開口的，因此本家人看權仲白的行動，順理成章，就有了第二種涵義。

「也實在是太疼媳婦了！」大少夫人心情好，連蕙娘的玩笑都捨得開。「好不容易出京，連回府一會兒的時間都捨不得抽出來，火燒屁股地就回香山了，我這心裡就犯嘀咕了，想要派人去請呢，又怕弟妹心裡埋怨我。」

蕙娘垂首淺笑，作羞澀狀；權仲白不哼不哈，似乎默認。

幾個長輩們看了，心裡也都是喜歡的。

權夫人笑吟吟的。「好啦，少打趣兩句吧，小夫妻面子薄，妳這樣講，妳弟妹心裡埋怨妳呢，可面子上又不好露出來，可別提多苦啦！」

說著，眾人都笑了。

權瑞雨笑得最促狹，她問權仲白。「二哥，我還想去你們園子裡玩呢，聽大嫂這一說，我倒不敢去了！怕我一去，嫂子忙著陪我，就沒工夫陪你，你心裡埋怨我呢！」

權仲白今天對她特別和氣，他露了笑。「哪能呢？妳來，住一輩子都成，二哥絕不嫌妳。」

一家子幾個哥哥，也就是二哥對她的婚事意見最大。要說小姑娘心裡沒有觸動，那是不可能的，瑞雨的表情，有瞬間的不自然，她要說什麼，可看了母親一眼，又嚥了下去，笑嘻嘻地轉了語氣。「那我就等成了親，帶姑爺去住一輩子，到時候，看二哥嫌我不嫌我！」

一邊說，一邊良國公就站起身來，咳嗽一聲進了裡間。

權夫人微笑著對兩個媳婦說：「我們去擁晴院給妳們祖母問好。」瑞雨的親事，本家是肯定要給權仲白一個交代的，蕙娘和大少夫人心裡都有數，忙跟在權夫人身後出了屋子。

權夫人又打發大少夫人。「妳二弟給妳把了脈，妳也好回去了。」

本來，權仲白都是去臥雲院給大少夫人把脈的，今天她在權夫人這裡迎接，是大少夫人心疼小叔子，會做人。這點小手段，大家心底都明白，可大少夫人似乎還嫌不夠，她還叮囑蕙娘。「按說，我這是有點厚臉皮了——家裡就是做藥材生意的，我還要問二弟拿藥。不過一事不煩二主，今兒二弟只帶了方子過來，沒帶藥材，我也就開個口啦！弟妹回頭幫我帶句話，令二弟給我送過來吧？」

權夫人不由得笑著盯蕙娘一眼。

蕙娘恍若未覺，她輕輕地笑了笑，點了點頭。「哎，這自然是該當的，仲白做事，就是七零八落……」

開方子，那肯定要權仲白來開，不讓他開，對誰都交代不過去。可畢竟方子是方子，大少夫人拿了方子回去再找名醫論證，那也是輕而易舉的事——這藥材就又不一樣了，從沖粹園送出來，誰知道蕙娘能不能動什麼手腳……大少夫人真是打的好算盤，進退兩便，連萬一不成的後招都給想好了。

蕙娘先應了下來，又覺得好奇似的，問大少夫人。「可聽姑爺說，沖粹園裡囤積的，多半都是賑災義診用的藥材——品相一般是不大好的，這可委屈了大嫂吧？」沒等大少夫人接話，她就替權仲白攬活。「倒不如，等咱們家藥鋪送來了最上尖的藥材，再讓他進城來為大嫂挑選吧？反正他三天兩頭都要進城的，可是方便。」

妯娌兩個妳進我退，彼此拚殺一招，簡直是吃茶配點心一樣輕鬆。

大少夫人也不戀戰，她欣然道：「好，那就麻煩弟妹傳話了。」說著，自然有人過來抬她去臥雲院。

權夫人和蕙娘站著目送轎影消失在甬道盡頭後，兩個人一道往擁晴院走，權夫人和蕙娘閒話家常。「妳祖父來人送信，說是最近身子不大爽利，天熱不思飲食，令仲白過去給他扶脈。我看，你們今晚就在家裡住一晚上，明天妳同姑爺一道回去——出門快三個月，老人家也想妳了，回去探探親也是好的。」

雙方心知肚明：大少夫人有喜，這消息瞞不過老爺子，老人家這哪裡是不舒服，分明就是要見孫女面授機宜。

權家人自然不可能不給他這個面子，蕙娘倒有幾分赧然。「祖父年紀大了，行事就任性……」

「這有什麼。」權夫人笑著拍了拍蕙娘的肩膀。「妳也要加把勁了。」

沒頭沒尾的一句話，倒真是含了她深切的希望，蕙娘輕輕一笑，並不曾說話，她仔細地打量著權夫人的表情，揣摩著她的心情：權季青敏達沈穩，說話做事，不敢說天資勝過權伯紅，但相差彷彿，那還是當得上的。權仲白的性子又是如此桀驁不馴，要讓這匹野馬在國公爺的做派中安穩下來，真是談何容易？

權夫人也算是個人精子了，難道心裡就真沒有一點想法嗎？若有，那可真是藏得深，都冷眼看了三個月了，她是一點都沒看出來。

閣老發話，權仲白哪還能有二話？只能接受家裡的安排，今晚就在立雪院歇息——這裡就不比沖粹園了，立雪院和臥雲院共用了一排倒座南房做下人房，消息傳得很快，他要不和蕙娘歇在一張床上，不要三天，長輩們就該找他談話了。因此，兩人雖然還沒結束冷戰，但他也不能不和蕙娘同床共枕。

權神醫心裡是有點不得勁的，他出去找朋友聊了半天，等夜過了二更這才回屋，正好焦清蕙剛洗過澡，一屋子都是帶著淡淡馨香的水氣，她穿了一身銀紅色寬絲衫——天氣熱，沒怎麼繫，隱約還能看到肚兜上刺的五彩鴛鴦，一條薄紗寬腳褲，玉一樣的肉色透過紗面，似乎露了一點，又似乎是料子本來的顏色，見到權仲白回來，倒有點吃驚。「還以為你今晚就不回來了。」

說著，她自己爬上床去，靠在枕邊，就著頭頂大宮燈翻看一本筆記小說，倒是把權仲白說的「想明白了，再來尋我說話」，給聽到了心底去。

一日品嚐過閨房之樂，只要機體還正常，對魚水之歡，很少有人不纏綣迷戀的，權仲白一向知道他也就是個俗人而已，他不大情願地挪開眼睛，自己進了淨房梳洗，出來後，索性先在窗邊炕上，半是打坐、半是躺靠，練了一套練精還氣的補陽心法，於是神清氣爽、心平氣和，遂上床擁被而臥，不消片刻，也就酣然入眠。

這一陣子，他煩心事多，醫務也勞頓，就是鐵打的漢子也覺得疲倦煩厭。倒是和焦清蕙說開之後，心事為之一爽，晚上休息得都相當好，今夜也睡得特別沈……

一覺醒來，已經是雞鳴時分，東方天色將曙，正是起身鍾鍊身子的大好時辰。權仲白只略略迷糊了片刻，就覺得神清氣爽，昨晚這一覺，睡得特別舒服。

他再一動，就有點發窘了——因昨晚焦清蕙睡前看書，就睡在床外側，兩個人是調了個位置，也不知是誰睡得不習慣，一個往外面滾，一個往裡面靠，現在倒是糾纏在床正中了，焦清蕙整個人靠在他懷裡，令他變作了一個大勺子，這且不說，他那不聽話的手，也不知是何時橫過她胸前，不知不覺，就抓住了一邊椒丘，五指深陷，似乎睡夢中還是用了一點力氣的。

最尷尬處，還在於他陽氣充足，平時一人獨眠也就罷了，可如今受陰氣逗引，自然陽足自舉，那處萬千煩惱根，正正就陷在焦清蕙腿間……這滋味，就別提啦！

軟玉溫香在抱，抱得權神醫好尷尬，他鬆開手，待要退得一退，把焦清蕙從懷裡推出去，可才一動，焦清蕙睡夢中一聲嚶嚀，倒是又靠了過來，還要略皺眉頭，不滿地咂咂嘴，似乎覺得這枕頭好不聽話，該打發打發。

鬧了幾天脾氣，權仲白的怒火也消得差不多了，見小嬌妻雙眉略皺，白玉一樣的臉上被睫毛投出兩彎陰影，紅唇略抿，正因為是睡夢之中，才將楚楚可憐顯露得如此明顯，如是醒時，以她的性子，那肯定是不會讓這樣一面表現出來的。他倒有點起了心思，可想到自己撂下的那番話，這心思又淡去了——於是又要撤身後退，焦清蕙便又貼過來，如是三、四回，他沒那個意思，可客觀上卻促成某樣物事進進出出、進進出出，在某處已有些熟悉的去處外頭滑來滑去、滑來滑去……

於是，他就把焦清蕙給滑醒了……

小姑娘還有點不清醒，她小小打了個呵欠，覺出股間有異，腿根不禁一緊，權仲白禁不住就出了一聲——焦清蕙還納悶呢，過了一會兒才明白過來，她面紅了，忙往前爬了幾步，這才回頭瞪了權仲白一眼：卻是鬢雲欲度香腮雪，轉盼眼如波。雖是嗔怪，可怪得人心裡癢癢……

「你把我褲子弄濕了……」她嗓音還有點點啞。

權仲白反射就回了一句。「不至於吧？我……我這挺——」他忽然會過意來，不禁面紅耳赤，不敢再往下說了，趁著蕙娘進淨房去，忙默唸口訣，又將心法胡亂修行了一番，這才起身梳洗健身。

用早飯時他連正眼都不看焦清蕙，恨不得能只吃面前的一碗飯，也更顧不上挑剔她又吃得意興闌珊，橫豎吃完了飯，便躲到外院去，等焦清蕙打扮好了，遣人出來喚他，這才一道往焦家去了。

上回蕙娘過來閣老府，還是出嫁三天後行回門禮時，如今回門，才剛下車呢，她母親就派轎子來接了。

權仲白倒是要先到小書房去給閣老把脈——他和焦閣老其實是很熟悉的，當神醫就是這個好處，大秦的上層人物，沒有誰不想著和他保持友好關係——從前他還初出茅廬，剛給人把脈的時候，就到焦閣老府上來過，就是日後，只要他在京裡，也是時常過來給焦四爺把脈的。

名分有變，焦閣老的態度卻一直都沒有變，見到權仲白，他還是和從前一樣，笑得牙齒都出來了，好像總在盤算著逗他一逗似的：要不是十多年前，焦清蕙才剛三、四歲，他簡直要犯疑心了——沒準兒從那時候起，焦閣老就看上了他做孫女婿！

「祖父。」他正兒八經地給老人家磕了頭。「給您請脈來啦！」

焦閣老手捏脈門，不給他扶。「真是給我請脈來了？」

權仲白生平最討厭裝糊塗打太極拳，他一掀眉毛，又要跪。「對您孫女說了幾句不客氣的話，給您請罪來啦！」

焦閣老呵呵地笑，倒是又把手伸給他了。「你先扶脈、扶脈。」

於是就扶脈。

「還是和從前一樣，」權仲白倒是滿喜歡焦閣老的人生態度。「您想得開，心氣寬，平時又注重保養，還打著五禽戲吧？和從前一樣常常吃素？脈象以您這個年紀來說，很健旺了。暑天食慾不振，也是人之常情……我給您開幾味開胃消食的藥。」

「我食慾挺好的啊！」焦閣老一抹臉子就出爾反爾了。「昨兒還吃了一碗麵呢！藥，你就不必開了。」他讓權仲白坐。「坐下來說話——你坐那麼遠幹麼？挨著我坐！」

權仲白只好在焦閣老身側坐下，兩個人就隔了張小几，老人家端著茶，尋思了一會兒，顯然正在回憶細節。「聽丫頭們說，她對你挺不客氣的，老故意嘔你。平時說起你就沒好臉色，有沒有這回事？」

君子嘛，從來都不會背著人告狀的，不過君子也不大喜歡說謊，權仲白便不說話。

老太爺笑了。「還聽說，你前幾天衝了她幾句，底下人聽到了些，都說你說得不大客氣，是句句誅心……這丫頭都被你鬧得掉了金豆子。」

「啊——」權仲白有點吃驚。「這……倒不知道她哭了。」

別的指控，他倒是全認了下來。

老太爺的笑意就更濃了。「你知道不知道，蕙娘是從來不掉眼淚的，連小時候被她爹抓著打手心，都打不出一滴眼淚，大眼睛瞪得圓圓的、凶凶的，瞪著她爹，就像是一頭小老虎，她爹打她幾下，她記著數呢。一輩子倒是就被你說哭了……」他拍了拍權仲白的肩膀，欣慰得不得了。「幹得好，真是沒白說你做我孫女婿！」

第五十七章

「您這是在誇我，還是在罵我呀？」權仲白也有點犯嘀咕，他性子直，直截了當就給說出來了。「我這是說哭了她，可不是把她給說笑了……」

「我就是在誇你啊！」老人家很認真。「你能把她說笑了，不算什麼本事，能把她說哭了，才是真箇成了她的夫主呢！夫主、夫主，管不住她，你當什麼夫主呢？」

權仲白有點懵了：他的個性作風，老人家不會不清楚——他本身也不是低調之輩，就算老人家從前不感興趣，難道婚前還不感興趣？焦清蕙進門那個架勢，就是衝著世子夫人的位置去的，背後要沒有焦閣老一路鋪墊，她一個姑娘家，難道是說帶陪嫁，就帶一個票號陪嫁過來了？既然兩邊意志無法調和，焦閣老肯定得給自己的孫女兒鼓勁吧？怎麼如今反而興致勃勃地給他叫好……

「我同你說，」焦閣老肯定也看出了他的迷惑，他略帶狡黠地一笑，倒是和權仲白親親熱熱地說起了女人經。「就是從前的武明空則天娘娘，這不也始終還少不了男人嗎？要是高宗皇帝活得比她久，那也就沒有武周了。陰陽相吸、男女調和，這再出眾的女兒家，心裡也盼著有個能壓住她的男人，不然，這姑爺和小狗似的，你說什麼他都是汪汪汪、汪汪汪，她心裡也沒滋味啊！」

他雖然身分尊貴，乃是一國首輔，可說起小兒女的情事，竟還是這樣津津有味、如數家珍。「別的女兒家我不敢說，可我們家的十三娘，從小性子強、眼光也高，一般人入不了她的眼！你要是不夠強，壓不住她，她一輩子心裡都不得勁，待你也不會太好。你就是得死死地壓住了她，她服氣了你，就聽你的管了——別看她不服氣，她心裡高興呢！以後，你別想著讓她，你也不需要讓她，這姑娘不用人讓，你讓她，她覺得沒勁呢，你想方設法地給她拉後腿、下絆子，她反而高興。」

權仲白奇得說不出話來，期期艾艾了半天才說：「有您這樣可勁兒給孫女婿出主意對付孫女的嗎？您這……這是看熱鬧不嫌事大啊您！」

「這話怎麼說的呢！」焦閣老興致勃勃，他故作不悅。「我還想給你支支招兒呢，你就這樣把幫手往外推？」

「我……我錯了還不行嗎？」權仲白不由得大窘——他倒是不想聽呢，可架不住焦清蕙機變百出，一天這麼幾遍地給他添堵，說實話，除了真正翻臉之外，焦清蕙要拿小手段來捏他，他還真很難和她計較：要當真，她發嗲；不當真，她就變著方子揉搓他。這麼個十八、九歲的小姑娘，和他這個而立之年的大老爺們居然拚得平分秋色，要不是在焦閣老跟前，他還真有些難以啟齒……「請您老多指教指教，不然……我可還真不是她的對手。」

焦閣老剛拿起茶杯，又放下了，他狐疑地瞥了權仲白一眼。「可別你得了真傳，回頭反而欺負十三娘——又給她撂狠話，把她給欺負哭了……」

就說這老爺子哪有這麼心好，原來是在這兒等著。權仲白笑了笑，他倒是沈靜下來，淡淡地道：「您也是知道我的為人的，她平時耍些小脾氣、小手段，也都沒有什麼，我不會往心裡去的。可有些事情，不該做就是不該做，我這也不算是欺負她吧，大家把話說清楚了，該怎麼辦怎麼辦唄。」

畢竟是有脾氣的，老爺子也不禁輕輕點了點頭，他嘆了口氣。「是被當男孩子養大的，不曉得女兒家和男人比，天生就弱……夫主、夫主，她年紀還小，和你差著歲數呢，有什麼不懂事的地方，你就慢慢地教她吧。」

權仲白很懷疑焦清蕙究竟還把不把自己當個女兒家看，從她在很多地方、很多時候的表現來看，她除了很明白自己的美色，並且也很不憚於利用它之外，幾乎是從沒有把自己放在「妾如蒲草」的地位上，就是床笫之間，她也很喜歡在上頭……她要不是個女兒家，不論是在朝在野，恐怕作為都不會小——起碼，是不會比他小的。

「我也不大懂事。」權仲白說。「這輩子怕是改不了啦！我倒不怕她不懂事，我是怕她太懂事。」

這是直接在和老爺子溝通世子位的事了……老爺子呵呵笑。「你們小夫妻之間，有話就直說嘛！我可不管這個，我就管你別被她給壓得死死的。」他咳嗽了一聲，衝權仲白勾了勾手指，又開玩笑。「法不傳六耳，你附耳過來吧。」

還真說了好些蕙娘的故事給權仲白聽，又將蕙娘的性子掰開來給權仲白講。「傲著呢！

你要不如她，她面上不說什麼，心裡從此就把你當敗將看了。待你好是好的，可這好，好得讓人心裡慫氣——瞧你這副樣子，想來是嘗過了這好的厲害了吧？人又實在是真聰明，從小學什麼都有勁，都一點就透，本事也齊全。除了不是個男身，性子又過分冷硬，再沒什麼能挑的了。你別順著她的毛摸，她不吃這一套，你就得和她鬥，要不然，將來你還是得被她耍得團團亂轉，有些事，不知不覺就由不得你了……」

權仲白雖然還吃不準老爺子的用意，可他說的這許多話，簡直是字字珠璣，將蕙娘的性子，十成裡剖開了能有六成，他不知不覺，就聽得住了：知己知彼、百戰不殆，他成名已久，和焦家人來往多，焦清蕙對他的瞭解，畢竟是比較深的，可他對焦清蕙，所知那還真是寥寥無幾。甚至連她吃住上的講究，都只是模糊察覺出一些來，萬不能同老爺子一樣如數家珍。「吃上愛輕口、愛素淡，穿戴上不追求富麗，只尋求一個巧字，又要巧得恰到好處……她花錢從不手軟，常說自己這一輩子，鍛鍊了多番本事，就是為了配得上自己要繼承的富貴。可一個人如只能守著富貴，卻不懂得享受富貴，那就太蠢啦……」

焦閣老頓上一頓，見權仲白若有所思，不免微微一笑：以此人的眼力，真要運足了心思去品評蕙娘，如何品評不出來？只差在願意不願意？有沒有這個心？就好比蕙娘，難道就真這樣有眼無珠，看不出他的為人？這小兒女間恩恩怨怨、情恨糾纏，當長輩的，能幫的也只有這麼多了。

「以你性子，一般小事，也不能和蕙娘大嚷大叫到這個地步。」他改了話題。「她前些日子給我送了消息……聽說，封錦胞妹重病的事，背後恐怕是孫家在鬧鬼？」

這件事會告訴焦清蕙，實際上權仲白等於是默許她給家裡報信。這一點，兩個人心裡都是清楚的。非但焦閣老沒有絲毫忌諱，權仲白也毫無不悅。

他眉頭一皺。「恐怕是八九不離十吧。如果不是封綾自己心不夠寬，這張繡屏，也就是羞辱羞辱封家，給她心裡添點堵罷了。以封子繡的城府，難道還會為此暗中追查源頭，去和主使者為難？他素來城府深沈，又愛惜羽毛，是不會做此不智之事的。牛家、楊家都沒必要暗中做這點小佈置，也就是皇后娘娘，如今情緒已經幾乎失控，睡眠又少……一旦熱血上頭，她做什麼事我都不會奇怪。」

焦閣老輕輕地嘶了一口氣，一時沒有說話，而是逕自陷入沈思。

權仲白回思片刻，也不禁自嘲地笑了笑。「牛家、楊家對這件事大加關注，並不稀奇，怎麼您也……」

「宮事，和我是沒有太大的關係了。」焦閣老略帶疲倦地摩了摩臉，他瞅了權仲白一眼，並沒有正面回答孫女婿的問題，而是繼續逼問：「可這件事，蕙娘怎麼和你吵得起來的？這又關她什麼事了？你且說來聽聽。」

權仲白沒有辦法，只好粗粗地把自己家裡的安排給說了幾句。「……早就有這個心思了，上回進宮，她按著長輩們的佈置，故意只和寧妃說話，挑著皇后針對寧妃，現在後宮中是三家混戰，就為了給明年進宮的秀女騰點地方呢。」

「喔？」老太爺眸中，不禁精光一閃，他又沈吟了一會兒，這才安慰權仲白。「不在其位、不謀其政。你家裡的事，你不是世子，就不好隨意插手作主。他們怕也不是對東宮位有什麼想法，就是出個藩王母妃，對你們家也能多添一個有力的強援。畢竟，看在孫家的面子上，東宮位置，幾年內是不會輕動的……寧妃衰弱一點，也符合皇上的心意。」

「您是說……」權仲白心中煩厭無比，卻又不好和在家一樣，將這不快顯示出來，他順著焦閣老的話往下問。

焦閣老瞅他一眼，笑了。「你還看不懂嗎？雖然大秦后妃，按例是必須採選名門之後，可當今皇上的心可大著呢，他是肯定要限制外戚的。一葉落知天下秋，從吳興嘉的歸宿上，你就該悟出來這一點的。帝王心思如海，可深著呢……別看孫家現在雖然危若累卵，可只要定國侯能把開海的差事辦好，他們家不會有大問題的。越是限制孫家幾個兄弟，就說明皇上越還是要用定國侯、要保太子……」他輕輕地嘆了口氣。「可要保太子，也得能扶得起來才行。心性、品德、手段都可以慢慢地教，但身體卻不一樣……」

或許是想到了焦四爺，老人家默然片刻，才續道：「對太子的身子骨，說話最重的人，當然就是你了。」

出乎權仲白的意料，焦閣老竟沒有提出任何非分要求，他只是重重地捏了捏自己的手心，語氣還是很淺淡的。

「為國為民，這件事你不能不小心處理，對著自家人，什麼該說什麼不該說，你心裡要有數。對著皇上呢……你該怎麼說話、怎麼做事，就得靠你自己的悟性了。」

權仲白心中一跳，一時間多少想法，紛至沓來，他低聲道：「我明白您的意思……」

「國家需要錢啊！」老人家長長地嘆了口氣，還怕他聽不懂。「因人廢事，多少年沈積下來的老習慣了。孫侯一去，開海的事不停也得停，不論牛家還是楊家上位，都不會讓孫侯繼續主持開海大業的，少了他，許鳳佳、桂含沁、林中冕三個毛頭小子，能有什麼用處？那是去跟著蹭功勞的……尤其是楊海東，朝廷的錢，他想著用在地丁合一的花費上，不是不支持開海，可這件事在他心裡要往外推……我當了多少年的家了，我明白的。」

他的眼神無比清澈。「很多事不推一把，不蹭著巴著，從車沿邊上翻上去，這趟車走了，世易時移，就再辦不成嘍……當今的確是銳意改革，可聖意也是會變的，從前昭明帝剛登基的時候，又何嘗不是銳意改革呢……」

權仲白只覺得脊椎骨寒浸浸的，又似乎有一團熱火在心底燒，他猶豫了一下，到底還是給了一點準話。「這件事，我也只能盡力去做。還要看皇上究竟是否尋根究柢，以及娘娘病程如何……不過，撐到孫侯回來，想來還是不成問題的。」

老人家點了點頭，他拍拍權仲白的臂膀。「你也不容易！不過，自在不成人，大家都不容易，還是善自努力、彼此共襄，為廣州多出一點力吧！」

既然都來給老太爺扶脈了，權仲白勢必不能不主動提出，要為岳母以及妻子生母扶扶脈，這也是他體現孝心，給蕙娘做面子的地方。老太爺正好就借著這個空檔，讓蕙娘進來陪他說話。

祖孫倆幾個月沒見，雖然都是深沈人，可畢竟思念之情難掩，蕙娘進了屋一見祖父，眼睛便亮了起來，她也不知用哪裡生出來的委屈，似乎是埋怨老人家。「這一出門子，就不能跟在您身邊伺候了，我看您這幾個月，憔悴了不少呢！」

「是嗎？」老爺子摸了摸臉頰，笑了。「還是我孫女兒心疼人！」他站起身來，親暱地摸了摸蕙娘的後腦勺，卻不提權家事，亦不問蕙娘好，而是讓蕙娘。「妳和我一起見一個人。」

蕙娘不禁有幾分納悶，她立刻收斂了撒嬌的態度，不言不語，在老太爺身後給自己找了個位置。

老太爺一敲磬。「讓他進來吧。」

不片刻，就有一位青年文士碎步進了內室，他給老太爺跪下行孫輩禮。「晚生王辰，給師祖請安，師祖平安康健、壽延百年。」

老太爺「嗯」了一聲。「起來吧，別這麼客氣。你父親在安徽任上還好？」

他顯得輕鬆隨意，蕙娘心中卻是一緊，她緊盯著這文士的玉冠，恨不能透過他的黑髮，望進他的腦子裡去。

雖然未曾通報門第，但此人當是王光進之子無疑了。他父親年前剛從安徽學政右遷為安徽布政使，也算是朝野間正崛起的封疆大吏。王光進中進士那一年，老太爺正是會試總裁，這一聲師祖爺，王辰叫得是不虧心的。

觀此人衣飾，只怕已經出孝。王家的動作，還真是不慢！看來，老太爺的繼承人，在接近兩年的鋪墊、醞釀之後，終於還是浮出水面了！

第五十八章

「護衛一方水土，責任重大，父親素日同我等說起，總是憂心忡忡，萬不敢掉以輕心。」王辰的場面話，說得還是很漂亮的，因有蕙娘在，他沒有把頭完全抬起，只是略略揚起來回話。「這半年來，人是瘦了一些，所幸精神還算健旺。」

「會懂得戰戰兢兢，就是好的。」老太爺點了點頭。「這半年來，安徽境內別的不說，第一個巢湖安寧了，不鬧水患了。皇上很高興，我聽了心裡也舒坦。一方水土，水在土前，水利是永遠都不能放鬆的，你父親幹得不錯。」

王辰面色一鬆，他從懷裡掏出一封信來，雙手給老太爺呈上。「這是父親半年來的一點心得，因茲事體大，不便就上摺子，特令我送一封信來，給您先過目了。」

要送信，什麼人不能送？讓王辰送來，自有用意。老太爺接過信，並不就看，而是擱在一邊，隨口道：「這次上京，住在你父親從前買的小院兒裡？」

王辰說話並不快，在得體範圍內，什麼話，他都要想一想再回答，連個「是」字，都答得很謹慎。「那處離國子監近些，也方便隨時過去上學。」

「啊？你是來上學的？」老太爺裝糊塗。「也是個舉人嘍？還是家裡使手段，給弄了個監生？」

「是舉人。」王辰一點都不生氣，他語氣很從容。「承平元年的舉子，當科沒中進士——」他猶豫了一下，又說：「前年那科，因先妻子病重，就沒應試。這次進京，是預備明年那場會試的。」

老太爺點了點頭。「掄才（注）大典，哪裡是說中就中的？蹉跎一、兩科而已，人之常情，你還算年輕呢！」又問王辰。「文章可有帶在身上？拿來我看看。」

朝廷首輔、日理萬機，即使看在布政使的面子上，能和王辰多說幾句話，又哪會有時間看他的行卷文章？但見王辰呆了一呆，看來是沒帶，老太爺便笑道：「現默一卷出來，能嗎？」

王辰毫不推遲，就當著焦閣老祖孫的面，展開卷紙，只是筆桿輕搖，一行行館閣體便行雲流水般落在紙上，數千字的行文，不過一、兩刻他就已經默完了，呈上來給焦閣老看時，焦閣老又嫌字小，遞給蕙娘。

蕙娘掃了一遍，告訴祖父。「沒有錯字，文理也挺精彩，是篇上等佳作。」

得了蕙娘的溢美，王辰依然面不改色——他肯定是知道蕙娘身分的，這麼明顯，就是在相看孫女婿，得了這個重量級大姨子的認可，他卻依然能將喜悅深藏。

老太爺又和王辰談了幾句安徽風光，得知他長年在福建耕讀守業，也就是父親往安徽赴任後，一家人這才在合肥團聚。他勉勵王辰。「用心讀書，來年有你的結果。」

王辰便起來告辭。「您日理萬機，對父親還這樣關心……」說了一通客氣話，這才退出了屋子。

祖孫兩個目送他出了院子，一時都沒有說話，還是老太爺先打破了沈寂。「妳看著怎麼樣？」

「還是挺好的。」蕙娘勉勉強強地說。「官話說得不錯，沒有閩語口音。」

老爺子不禁失笑。「說了半天，就這一個好？」

「再怎麼說，那畢竟是續弦……」蕙娘還有點不死心。「再說，他們家為了權勢，這種事都做得出來……我是不大看好！」

「為了功名富貴，很多人能做出來的事，多了。」老太爺的語氣有點淡。「他們家做的，也不算什麼。再說，兩、三年前就病重了，那時候，王光進可還在京城呢。這件事，不論是機緣還是有心，他都辦得很漂亮，要比何冬熊老練圓熟得多了。」

蕙娘不以為然，可卻也不再作聲了：連她自己的婚事，她尚且不能作主，文娘的婚事都走到這一步了，再多的反對意見，也只是給老人家心裡添堵而已。

「人品看著還好，倒是不比何芝生兄弟差，年紀放在那裡，談吐也都過得去。」她給王辰找優點。「明年能中進士，那大小也就是個官了。他弟弟在士林間文名很盛，人口也多，家裡雖然倒了，可那也是十年前的事，再過七、八年，慢慢地又有人中舉中進士，也就眼看著旺盛起來。就是他弟媳婦，是山西渠家出身……」

注：掄才，亦作「掄材」，此指選拔人才。

山西幫在早年的政治鬥爭中，徹底站錯了邊，同當時的太子、現在的皇帝結了深仇。自從新皇登基之後，他們的日子不大好過，原來的靠山，倒的倒、撇清的撇清。病急亂投醫，這幾年來大肆投資一些前程看好的政治新秀，王光進就是他們攀附的主要對象之一，渠家甚至把原本打算在家養一輩子的守灶小女兒給嫁到了王家。可以說，王光進雖然算是老爺子的門生，但這個門生並不純正，不像是何冬熊全然站在老爺子這頭，他有半邊臉，還衝著牆那邊笑呢！

「但凡朝野間的能力，也都總是要有個去處的。」老爺子倒不大在乎這個。「山西幫失勢久了，難免化整為零，被有能力的人分別消化。他要只能等著接收我手裡的籌碼，那我反而什麼都不會給他。沒有自己往上爬的決心和能耐，他怎麼和楊海東抗衡？這個人，我看好他很久了。就是先帝也看重他，特別讓他到西北去歷練幾年……果然是磨礪出來，幾乎脫胎換骨，處處都顯得從容自如。妳單單只看這門親事，他是要比何冬熊高瞻遠矚了不知多少倍，這樣的人才懂得辦事。只要有權家和他王家在，我退下來後，我們家再太平十年，應該是不成問題。」

十餘年後，焦子喬也到了能當人事的年紀，外頭的風風雨雨，就要他自己來面對了。

「可……那畢竟是守灶女，渠家的錢，又是堆山填海，根本就使不完。」蕙娘大膽地白了祖父一眼。「您這方方面面都考慮到了，就不為令文自己想想……她那個性子，能壓得住渠家姑奶奶嗎？」

「從小到大，沒虧過她。對她的教育，雖比不得妳，可和一般人家比，也沒有差到哪裡去。」老太爺的態度淡下來。「進士夫婿、閣老家的女兒，陪嫁不會短了她，嫡長媳、前頭元配也無一兒半女……就這樣她還壓不住底下的弟妹，那也是她的命數！我難道還能把一輩子都給她鋪墊好了，由著她任性？還是那句話，走著學不會，跌幾個倒，她自己就懂了。」

他動了一點情緒，蕙娘便不敢再說什麼，只好垂首斂眸，聽老太爺發威。沒想到老爺子話鋒一轉，又把她給拉進來了。

「就好比妳，多麼聰明的人，怎麼妳就是看不懂妳姑爺？從這一開始妳就瞧不起他，我難道看不出來？可我就故意不說，非得到妳自己吃他一虧了，妳才明白從前有多淺薄呢。」

蕙娘面上一紅，雖說老爺子語調很和氣，可她也沒敢拿蒲團，而是立刻跪下認錯。「是孫女兒動了情緒，把他想得太簡單了……」

「兩個丫頭，都設法向我告狀。」老太爺淡淡地道。「讓底下人為妳擔心，可不是什麼好兆頭。」

見蕙娘臉頰豔若桃花，實在是已經羞愧得很了，只眼神越亮、神色隱隱透著堅毅，老人家也就不往下刺她了。「這幾個月，在權家都辦了些什麼事，妳說來聽聽吧。」

蕙娘一五一十、簡明扼要地把府裡過的幾招給老太爺說了。

老人家似聽非聽，等她說完了，他才開口。「妳根本立身不對，思路應該調整。不對在哪裡？不對在妳就是小看了權子殷。如今自己回頭，妳明白了沒有？」

「明白了。」蕙娘咬著唇說。「他這人不笨，只是性情古怪而已，心機手段，他還是有的。」

「說說。」老太爺神色稍霽。

「從洞房夜來說，他恐怕打算拖一陣辰光再同我圓房，為的倒不是體貼我同他陌生，而是削弱、限制我的聲勢，使我初戰受挫，自然而然，士氣大減，他接二連三再加強硬，如我性子軟些，被這麼軟磨硬泡，怕也就漸漸打消了爭位的心思。」蕙娘直挺挺地跪著，從開始和老太爺分析。「不料這一招沒有奏效，恐怕林中頤便著急了，一方面給權伯紅抬房，再不打自己生育嫡子的主意，一心要證明權伯紅可以生兒育女。又在飲食上為難我，試探我的態度，也方便權仲白出招。他讓我和家裡人說，也是為了宣揚我驕傲挑剔的性子，還是為了壓制我在長輩心中的形象。這一招……我回得還可以，只過激了一點，長輩們怕還覺得我做得不夠好，終究是太凶狠了一點，所以把我們打發到香山去，緩和了事態，也能讓雙方都專心生育。畢竟這種事，還是要看子嗣。」

「妳知道要看子嗣。」老太爺慢慢地說。「又如何反把能給妳子嗣的人往外推？」

「我……我是看走了眼……」蕙娘沒有狡辯。「我想著他笨而粗疏，您也知道，小人誘之以利，君子欺之以方，蠢人嘛，那就欺負他蠢……我想著這些手段雖不是細緻到了十分，但料他也看不出來的，漸漸地，他就走上該走的路了……沒想到，他心底是門兒清……」

「妳是小看了他。」老太爺嘆了口氣。「還是傲……從他拒婚那一刻起，妳怕就把他給判了刑。孫女，說了妳多少次了，妳再能，天底下也還有人比妳更能，不好坐井觀天，小瞧了天下英雄。」

蕙娘面紅似火，她終究忍不住為自己分辯。「我……我沒想我是天下第一……」她面上浮起倔強。「我就是沒想到，他……他……」

「妳就是沒想到，他既然不傻不笨，又為什麼看不上妳？」老爺子幫她說完。

蕙娘搖了搖頭，她沒有說話，也不肯看祖父，只是垂下頭瞪著地面。老爺子望著她的頭頂心，打從心底又是嘆，又是笑的，長長地哼了一聲。

「起來說話吧，」他說。「跪得膝蓋不疼嗎？」

蕙娘撲到祖父膝上，軟軟地叫：「祖父……我、我做錯了……」

「妳錯得也不大，除了看錯權仲白以外，其餘幾件事，思路都很清晰。」老爺子說。「為權家女鋪路，也是主母該做的事，他對妳不滿，是妳手法沒對，這件事本身沒錯。現在長輩看妳，恐怕是很欣賞的。可妳也不能忘記，歸根到底，這世上好多事都和子嗣有關，妳看錯他一次，不好看錯他第二次了。」

「這我知道。」她又抬起頭來，自信地笑道：「我、我不會再隨意瞧不起他了。」

「妳也不想想，」老爺子挺得意的。「我會給妳挑個傻子嗎？妳這看錯，簡直是連祖父也一起看錯了。該怎麼對他，妳想好了？」

「對付蠢人，有對付蠢人的辦法。」蕙娘笑了。「對付聰明人，也有對付聰明人的辦法……雖費力些，也不能心想事成，但也不是就不能辦了。」她站起身來，親親熱熱地挨著老祖父撒嬌。「您也不塞個蒲團給我，我這會兒起身都費勁——」

「塞個蒲團？我恨不得塞個爆竹給妳。」老爺子隨口說，見蕙娘瑟縮了一下，難得露出憨態，明知是計，也不禁大起憐意，他改了話題。「在香山，吃住還順心吧？說來也好笑，林中頤這個人，手段始終落入市井……吃穿上虧待人，講出去都是笑話。」

「都挺好的。」蕙娘說。

老太爺又問了些起居瑣事，她都說好。

「再沒什麼不順心的地兒了吧？」老爺子也就漸漸放下心來，隨口又問了一句。

這一問，問出問題來了——蕙娘眉頭一皺、欲言又止，到底還是把話給吞回去了。

「怎麼？」老爺子不禁好奇心大起。「妳是還有什麼不足？沖粹園我也是去過的，那裡雖不說是人間仙境，可也不比蘇杭一帶的園林差了——」

「不是……」蕙娘臉竟又紅了，她抬頭看了看祖父，一跺腳。「嗳，您問娘吧……我、我說不出口……」

「什麼話說不出口？」老爺子模模糊糊的，有點線索了。「妳什麼時候和一般人家的女兒一樣，黏黏糊糊、扭扭捏捏的？」

「是、是權仲白！」蕙娘估計也覺得自己的安排不合適，她滿面緋紅，聲音難得微弱。她又一跺腳，告狀一樣地說：「他修行了什麼練精還氣童子功……我……我……我吃不消……老被他欺負！」

老爺子先是一怔，後竟不禁大樂。「妳娘怎麼說？」

「都說以後慣了就好了。」蕙娘求助般地揪住爺爺的衣袖。「可他老仗著這個欺負我，我、我心裡不忿！」

老爺子樂得前仰後合。「多少人求都求不來的福氣呢！妳就這麼不惜福……」他擦著眼眶邊上的一點淚水。「傻孩子，他有功法，妳就沒有先生？出嫁前讓妳上課，妳倒是認真學了沒有？」

沒等蕙娘答話，他又敲了金磬。「去和江嬤嬤說一聲，令她收拾行裝，從今兒起，跟著十三姑娘和姑爺，去香山住兩個月！」

第五十九章

難得回一次娘家，肯定是要在焦家用飯的。老太爺國事繁忙，今日撥冗在家人身上花費了大半日時間，到晚飯時就要和謀士們一道說話了，所以，午飯就算是團圓飯。四太太特地擺了一桌款待女兒女婿，又令兩個姨娘在門邊小桌坐下吃飯，文娘在屏風後同子喬另設一席：這一隻手數得過來的幾個人，卻要分作三桌用飯……

四太太自己都感慨。「家裡人口少，過了這頭一年，姑爺千萬多帶蕙娘回來走走，免得我們日常幾個人，吃飯都不香。」

焦家人安排出來的宴席，自然是色香味俱全，每一道菜都透著那樣妥當，又照顧到了蕙娘的清淡口味，又為權仲白預備了鹹鮮辣口的飯菜。因權仲白不喝酒，還另有鮮花純露佐餐，四太太自己和蕙娘則小酌內造上等秋露白，這酒微微溫過，濃香傳遍室內，連權仲白聞了都覺得口中生涎，蕙娘更是難得地頻頻露出笑來：因為權仲白不飲酒，她在權家幾乎也從未享過口福，這次回娘家，能夠有特別的享受，似乎讓小姑娘心情大好。

她主動給四太太搛菜。「今兒這鮮江瑤，味道挺足的……」又白了姑爺一眼。「你倒是下筷子呀，自己家裡，難道還要裝斯文？」說著，也給權仲白舀了一勺拆燴蟹肉。「七尖八團，今年螃蟹倒上得早，才剛七月初呢，就覺得蟹肉滿了。這是我們家獨有的手藝，做起來太費事啦，我倒是更愛清蒸，無非是娘照顧到你的口味，又設了這個做法罷了……」

四太太笑道：「妳要吃清蒸的，一會兒還有呢，讓妳姑爺吃吧，別逗他了。」

小家庭裡種種矛盾，自然不會隨意四處暴露。除了老太爺知道內情以外，女眷們都被蒙在鼓裡。權仲白掃了鄰桌一眼，見焦清蕙生母也好、嫡母也罷，望見她發小姐脾氣，全都會心微笑，他自然也予以配合。「我這不是吃著呢？就妳多話。」

這親暱的埋怨，頓時又惹來了長輩們的微笑，蕙娘剜了權仲白一眼。「你就吃著吧，且少說兩句，憋不死人的。」

吃過飯，大家上茶說話，文娘也從屏風後頭出來，坐在母親身後，她給姊姊使了幾個眼色。

過了一會兒，蕙娘站起身進了淨房，出來的時候，文娘就在外頭等著她呢，她一頭就紮進姊姊懷裡。「姊，這麼久才回來看我們！」

現在老太爺對文娘的教養，已經日趨嚴格。雖說蕙娘之前已經在後宅和母親、姨娘相見，但文娘課程未休，竟不能提前回來，勉強按捺著等蕙娘從小書房回來，卻又礙於權仲白在場，不好出面相見。饒是她平時最愛和蕙娘嘔氣，可姊妹倆一分別就是幾個月，下次見面，怕是要到新年後了，這隻愛炸毛的小野貓，今天竟是又馴順又黏人，鑽在蕙娘懷裡，都不要出來了。「少了妳，家裡就更無聊了！」

「妳哪裡還有空無聊……」蕙娘想到王辰，心裡就不得勁——文娘的本事，她清楚得很，這個嬌嬌女，也就只有何家這樣的人家能容得下她了，雖說老太爺口中「王光進這件事，辦得很漂亮」，必然是涵蓋了此事的方方面面，就算王辰元配不是自然過身，可她病重時王光進夫妻根本都不在當地，王辰就算聰明敏銳，面對來自大家長的手腕，怕也是全被算計進去，懵然不知，因此他待文娘，應該是不會太差的……可這終究都是「應該」、「也許」，文娘嫁到王家，隱藏的問題一點都不比她在焦家少。唯一可以慶幸的，也就是有權仲白這個神醫姊夫，文娘這輩子性命肯定是出不了大問題的。

但祖父已經立定決心，此事已不能更改。蕙娘是明白老人家的性子的：天大的富貴，就要有天大的本事去享，有誰要人呵護一輩子，那他就是沒命享用這份富貴。文娘的嬌弱，對於閣老來說，從來都不是藉口。

「最近這段日子，功課都學得怎麼樣了？」蕙娘就板起臉來問妹妹。「多和母親親近親近，也從她身上學些處事的手腕，我看母親這段日子，眉宇間多了好些活氣，想必對子喬終究也漸漸有了感情……她是大戶嫡女出身，一輩子風風雨雨，什麼沒經歷過？妳別寶山在旁不開眼，將來吃苦受累了，再掉頭回來後悔。」

文娘隨意應了兩聲，看著滿不在意——她更感興趣的還是蕙娘的生活。「妳和姊夫究竟怎麼樣了嘛，我瞧著你們是頂親熱的，可就是這麼親熱，反而透了些假……在權家，受了氣沒有？」

就算受了氣，蕙娘也不會告訴妹妹。她淡淡地道：「誰能給我氣受？妳就別管我啦，多想想妳的功課吧——等下次回家，我是要考問妳的！」

文娘頓時沈下臉來，她要走，又捨不得姊姊，腳尖跐（注一）著地。「這麼久沒見面了，妳就一句軟話都不會說……」

如若今天要回沖粹園去，則差不多午後就要動身，時辰快到了不說，二則將權仲白一個人丟在廳裡也不像話，蕙娘嘆了口氣，她究竟是要比從前軟和了——能對權仲白軟些，她為什麼不能對妹妹軟些？「什麼話，妳心裡不清楚呢？還要我說！」

一邊說，一邊兩姊妹就回了廳裡，文娘手還穿在姊姊臂彎裡不肯放開，蕙娘瞥了她一眼，不禁噗哧一笑，她難得柔情，將妹妹的一絲散髮別進耳後，又順帶撥了撥文娘的耳環，低聲道：「真是個傻姑娘……好啦，姊姊也想妳，這成了吧？」

才一抬頭，卻見權仲白若有所思地望了她一眼，蕙娘還以為他是想要告辭，又不好直說，見時辰也差不多到了，便起身告辭。文娘雖然依依不捨，可當著母親、姨娘的面，更重要還有姊夫在場，她也不好意思再多撒嬌，只好眼巴巴地望著姊姊上車去了。

這一次回娘家，回得小夫妻兩個都有心事。待回了香山，權仲白很遵守諾言，一句話也未曾和蕙娘多說，便去料理他的醫務。蕙娘自己靠著迎枕，出了半日的神，越想心裡就越是不舒服：她能接受自己嫁進權家，面對藏在暗處的殺人凶手，但卻正因為外頭世界的險惡，反而對文娘的婚事很是耿耿於懷。翻來覆去悶了半天，如非江嬤嬤過來給她請安，她怕是都走不出這個情緒泥沼。

「江先生坐。」蕙娘對江嬤嬤是格外客氣的——焦家規矩，不分身分，凡是曾教曉過蕙娘一門學問的供奉，不論這學問在外人看來多麼卑微，焦閣老父子都令蕙娘以禮相待——妳要學，就說明用得上，既用得上，就要承這個授業之恩。因此即使江嬤嬤身分特殊，焦家不能以供奉之禮相待，她本人卻從未失了禮數。「這一回，又要勞動您了。」

「這是哪裡說來。」江嬤嬤的肅容微微一動，她為這份禮遇難得地笑了。「姑娘出嫁之前，所學的那些本領，按說已經足夠使用，這床笫間的事要是懂得太多，姑爺心裡犯嘀咕不說，也有失女兒家的身分。想姑娘今番請我過來，是有別的用意吧？」

這是曾在王府內服侍過的燕喜嬤嬤（注二），真要說起來，在內廷裡還是有過職等的。雖然本人一輩子守貞不嫁，但在房事、孕事上卻是個行家。打量蕙娘請她過來，是為了孕事相詢，也不能不說是其善於審時度勢——也就是因為這份坦然的態度，蕙娘和她談起權仲白，倒沒那麼害臊了。

「先生不知道！」她苦惱地說。「這姑爺他的情況，和您教我的還十分不一樣……」便將權仲白的特異之處一一道出。「光滑無皮不說，堅硬長大，同您那裡的玉勢比較，還猶有過之……」她有點臉紅，卻不是恥於此事的私隱，而是恥於自己的無用。「又精通練精還氣

注一：跐，音同「此」，踩踏之意。

注二：燕喜嬤嬤，宮中或王公貴族養來專司主人房事燕好及綿延子嗣之人。

之術，我……我沒一次能壓得過他，總輸得一敗塗地，幾乎連跟上都很勉強。每回事後，總要休息好半天才能回過勁來。」

江嬤嬤神色一動。「練精還氣，可不是一般女子能承受得起的。您承受不了，此事難為補益，長此以往，只怕是要吃虧的。現在您提起這事，只怕還是懼大於愛吧？」

見蕙娘垂首不語，似乎默可，她略略沈吟片刻，便吩咐蕙娘。「其實此事說來玄之又玄，不過也就是脫胎自《素女經》的道家養生之法，這樣的功法，我這裡也有一套。只是從前顧慮到您的身分，未能傾囊相授而已。您常練此法，假以時日，也就能和姑爺旗鼓相當，不至於不諧了。」說著，就將幾句口訣傳給蕙娘，一邊又道：「這畢竟是慢慢才見效用的，現今姑爺既然征撻得您吃不消，那麼我這裡有些手段，雖粗俗些，但卻極見效用，學與不學，卻在您自己了。」

「這種事本來就最粗俗了。」蕙娘想到能報權仲白幾次把她折騰得竟要開口求饒的仇，便覺得渾身血液都要沸騰起來，她絲毫不以身分為意。「再說，短兵相接，比的是手段，又不是身分……您就只管傳授吧！」

江嬤嬤不知想到什麼，眼底竟掠過一絲笑意，她一背手，一本正經地道：「可姑爺既然天賦異稟、長大過人，則有一事，姑娘必須先行辦到……否則，怕也不好教的。」

蕙娘不禁大奇，忙道：「您儘管說——」

江嬤嬤便壓低了聲音，說出一番話來，聽得二少夫人神色數變，臉上不禁浮現紅霞，她有些忸怩了。「這……就不能隨意將就嗎？非得……」見江嬤嬤不說話了，她又一咬牙。

「成吧，這件事就交給我，一、兩天內，一定給您送去！」

焦閣老一席話，說得神醫心事很沈，他今日只叫了十餘個病人，因又都無過分的疑難雜症，隨意開出方子，沖粹園有的藥，就沖粹園裡抓了，沖粹園裡沒有的，他也指明城內藥房，病人們自然是千恩萬謝，權仲白也不以為意。用過晚飯，便讓小廝打了個燈籠，自己在沖粹園中閒步賞月，想到廣州風物，一時也不禁心潮起伏：不論自己這個妻祖父究竟有何用意，保太子，是否還是為了限制楊家，但在孫家起落上，他這句話是沒有說錯的，一旦孫侯去位，只怕廣州開海，就不能像現在這樣轟轟烈烈了。

開海貿易、地丁合一，都是影響深遠的國策變動，承平帝雖然年號承平，可態度是一點都不承平，宮中、朝中都不寧靜，四野也不太平。現在的大秦，看似中興之勢才起，處處都有生機，可危機也和生機一樣濃重。這個龐然大物，就像是一艘載重過沈的海船，許多小事一旦處理不好，都有傾覆的危險，更別說是危及中宮的大事了。權仲白不願過問政事，不代表他不瞭解政事、不參與政事——畢竟，身為朝野間唯一深受皇上信任的神醫，他自己也很知道自己一言一行的分量。

但很多事，不是這麼簡單。要推太子一把，不過是一句話的事，可要保太子一年，那就有無數的功夫等著他做，其中更有好多心機算計，是他所不喜、所不願為的，可既然在閣老跟前許了這麼一句話，他也不可能說不認帳就不認帳……

思緒半晚飛馳，從朝事而發散開去，又想到邊事，還有那生機勃勃的廣州風光，亦時不時在腦海中添亂。權仲白心思紛紛，他索性屏退下人，自己提著燈籠，就著一點在成片黑暗中微不足道的燭光，熟門熟路地進了歸憩林。

今夜雲重，在奔湧不定的雲海之中，星月不過是偶然投下的一束微光，達氏的墓碑只是一道濃黑而硬冷的長影，權仲白在墓碑前站了許久，心思倒慢慢沈靜下來，他拍了拍墓碑頂部，幾乎是自嘲地一笑。「嘿，這一生交遊廣闊，醫好多少人，心事上來，陪我的只得你這一塊石頭。」

可這一塊石頭，究竟並不只是一塊石頭，它所代表的身分，如今已為另一個活色生香、刁鑽難纏的少女占據，她較他要小了近一輪，可心計深沈、手段百出，兼且野心勃勃、霸氣四溢，爭勝之心從未瞞人——這所有種種，權仲白在這塊石頭跟前是不諱言的。「全是我不喜歡的，同我喜歡的，簡直截然相反。」

可她畢竟還是住進來了，理直氣壯地和他分享著他的臥房——甚至還反客為主，把他逼離了自己的地方。只要一想起焦清蕙，她的臉、她的聲音，她那——說也奇怪，在他心裡，她總是睥睨外露，一臉的挑釁——那驕傲的風度……焦清蕙雖不討他的欣賞，雖令他頭疼，可卻畢竟是活潑鮮亮的。死人沒法和活人爭，這一點他明白，可他應在自己身上，他不能不有所感傷：他欣賞的那個，在他心裡只留下幾處眉眼、一點聲音、些許言語；可他不欣賞的那個，卻神氣活現、四處侵略，立雪院變成她的，沒有兩個月工夫，連沖粹園都不見了，變作了她的焦氏園。

最諷刺的一點，她要侵占他所有的東西，卻不喜歡權仲白這個人。焦清蕙對她妹妹，感情是深的，她那一笑、一嬌嗔、一調弄，全然出於真意、出於熱愛，這世上的假，最怕是遇到了真，只這一句話，將她的所有嬌嗔都比出了做作。是啊，雖說夫妻敦倫之事，她極為主動，可她似乎是根本就不喜歡他。她不過是想要將他馴成一條服從的狗，將他之所以成為他的所有人格抹煞。

而他呢？他不能不奮起去保衛他的所有物，去保有這些本來是他的，又輕易變成她的，可論理還應該是他的的那些東西。就算不能馴服她，他起碼也應當令焦清蕙明白她的界線，將他的生活搶救出來——怕是難以全身而退，可起碼，失掉的不能太多。

一想到這個，他就要比想到政事更煩、更畏難，而唯有此事，是歸憩林無法給他任何安慰的。權仲白站了很久，只有越站越煩，他索性又拎著早已經燃盡的燈籠，從歸憩林裡出來，一路摸黑到了蓮子滿。

望著遠處燈火隱現的甲一號，他越發有些沮喪了：扶脈廳雖然也有給他住宿的地方，但焦清蕙沒有干涉病區，一個臨時住處，哪裡比得上甲一號的舒服？

站定才一嘆氣，正待舉步，忽見池中燈火漸起，一艘採蓮小船，自蓮葉間徐徐滑了過來，焦清蕙就立在船邊，手持竹篙，船頭挑了一盞孤燈，此時風吹雲散，漫天萬千星輝大放，和著燈輝灑落，襯得她眉目瑩瑩、柔和溫婉，於一池搖曳蓮花之中，竟有不食人間煙火之感，幾令人疑真疑幻。

即使以權仲白的閱歷，亦不禁心中大動，一時瞧得癡了。他站在橋邊未曾開口，還是焦清蕙舉起竹篙，在他腳前輕輕一點。

「上船嗎？」她問，微微揚起臉來，在橋下看他。「相公？」

事後權仲白想來，這居然是焦清蕙頭一次叫他相公。

「妳想明白了？」他到底還是回過神來，卻並不就動，而是提足沈吟，大有矜持之意。

焦清蕙的神色頓時又是一變，她的出塵就像是花葉上的露珠，只一碰就掉了，餘下的又是那個棘手難纏的世俗少婦——輕輕一跺腳，湖面頓時起了一陣漣漪。「你怎麼就這麼沒趣呀？想明白了、想明白了！還不給我滾上船來？」

一頭說，一頭已經掉頭划開。

權仲白不免哈哈一笑，他輕輕一躍，便跳上船尾，幾步走到船頭，接過清蕙手裡的竹篙。

「還是我來划吧。」他說。「這湖可頗不小，水道複雜，妳會迷路的。」

口中尚未停，瑩瑩月色下，船身已經沒入蓮海之中……

第六十章

「沖粹園所有生活用水，實際上都是從這湖水過濾而來。這湖水看著雖然小，但勝在是活水，和山上幾處水源都是相通的。」權仲白一邊撐船，一邊順口就給焦清蕙介紹。夜風徐來，他也的確覺得精神一爽，口中不禁就笑道：「湖裡的幾處亭臺樓閣，是他們特地堆土建島，都並不太大，可湖心亭裡賞月是很有情調的，妳以後得了空可以常來。天高月小水落石出，秋月也是很迷人的……夏天蚊子太多了！」

再有情調的文人墨客，也不能不考慮現實，焦清蕙從船尾舉起一盤香給他看。「這是不知哪裡來的方子，秘製的安息香。每到夏天燃起，任何蚊蟲都不能近身，味道又淡，要比艾葉好得多了。」

她今天穿著清雅，首飾也穿戴得不多，只做家常打扮，看著倒比平時盛裝時的凌厲要鬆懈了幾分，靠在船舷上和權仲白說話，態度也是前所未有的嬌慵隨意。

「剛才讓人帶話到你扶脈的地方，又說你進了園子。倒是一陣好找，還是丫頭們遇到甘草，才知道你又去了歸憩林。黑麻麻的，連燈也不點就走出來，害我差一點就錯過了……」她伸出一隻腳，調皮地點著水面，權仲白有點吃不住。「別鬧，船翻了就不好玩了。」

眼看湖心亭在望，卻原來裡頭已經點了燈籠，甚至還放了個紗籠——下罩著幾色點心，權仲白將小船泊在亭邊繫住，自己先上了亭子，他才向焦清蕙伸出手去時，焦清蕙自己輕輕一躍，卻已經上了地面，兩個人都有些尷尬。

權仲白多少有幾分負氣，他在亭邊坐下來。「妳倒是準備得很快。」

「我動作一直都不慢呀！」焦清蕙在桌邊坐著，她捧著腮看他。「這不是一想明白，就來找你了？」

他可以十足肯定，焦清蕙的想明白，肯定不是他的「想明白」。權仲白不置可否。「妳都明白什麼了？」

「在宮中挑撥寧妃的事，我的確是有意為之。」焦清蕙沒有正面回答他的問題，反而從兩人矛盾的焦點說起。「一來是看透了母親的心意，當時還以為是為瑞雨鋪路；二來是限制一下寧妃，也算是幫家裡一把。這件事，我做得又對又不對，為家裡出力，在情在理都無話可說，可我是不該從你這裡得到消息，又不聽你的話……」她站起身襝衽為禮。「相公，這是我錯了。」

權仲白有點犯暈了——這可是焦清蕙！他居然能得她的一個禮?!這件事順得反而有點古怪了！

他保持了矜持，只是輕輕地哼了一聲，狐疑地望著小妻子。

焦清蕙也不以為忤，她在亭內來回踱了幾步，又自一笑。「不要這麼吃驚呀，我又不是天王老子，怎麼可能自以為天下第一？你能參透我的種種佈置，那自然是我的同輩中人，從前小看了你，是該對你賠個不是的……別說認個錯，就是對你作出一點讓步，也都不是不能商量。」

她竟顯得如此從容、親切而善於妥協，這同權仲白認識裡的焦清蕙簡直是判若兩人。他有點噎著了，半天才憋出了一句。「讓步，讓什麼步？妳心裡想好了嗎？」

「這自然是想好了的。」焦清蕙挨著他坐下來。「你我二人最大的矛盾，兩個人都心知肚明，我對世子位有意，而你卻絲毫無意。我們兩人都有足夠的理由，恐怕誰也說服不了誰——」

權仲白忍不住道：「我有足夠的理由不爭，可我不覺得妳有足夠的理由爭！」

他會開口，自然是已經不再狐疑擺譜，肯定了焦清蕙的誠意，這個狡猾多智的女兒家有點得意，也有點開心，她笑了。「匹夫無罪、懷璧其罪，我有巨富，你有絕技……相公你告訴我，我為什麼沒有足夠的理由去爭？」

「妳無非就是擔心，沒有世子之位，妳護不住妳的萬貫陪嫁。」大家說破，倒是爽快，雖說矛盾似乎還不可調和，但權仲白倒是來了興致，他曾經一度為焦清蕙熄滅的誠懇，又有些冒頭了。「可我自問也是有些本事的人，雖不能令妳威風八面，但護住妳的陪嫁，令妳享用該有的生活，這還是辦得到的。甚至於將來為妳娘家保駕護航，憑我的面子也不難做到……沖粹園的風光，難道就真比不上國公府？」

「你有這個想法，我不意外。」焦清蕙的態度也很沈穩，她甚至還微微一笑。「如我是你，我也會有這樣的想法。畢竟，神醫的能耐可並不小。但很可惜……相公，我信你不是無能之輩，但我不信你有如此大能。」

「這怎麼說？」權仲白有點不快——這也是自然的事，他語調有些生硬了。「原來妳還是看不起我……」

「那倒沒有這個意思。」焦清蕙用手點了點西北面。「可你真要有如此能耐，恐怕現在達家姊姊，也就不會躺在歸憩林裡了吧？」

這話雖然柔和，但語意鋒銳，幾乎是直指權仲白最大的軟肋，他不禁神色一變，待要說話，又覺焦清蕙所言的確不差：達氏病情，千真萬確，是為朝事耽誤。當時皇上病情不大好，家裡人根本就沒把達氏病重的事傳遞進宮，他是一無所知……

「更別說，你要真有如此大能，也就不會在沒過門之前，就把和我的關係處得這麼僵了。」焦清蕙幾乎是有點同情。「相公，你是當世神醫，醫術毋庸置疑。雖然至情至性、作風特別，但在宮廷中進退自如，多年沒有出事……這的確都是你的能耐。可一個人的力量是有限的，醫術上能為了，為人處事的種種手腕，你就未必一樣能為。要我信你護足我一世平安？難。」

這話的誠懇坦白，並不亞於權仲白當時頭一次拒婚的誠意。雖說忠言逆耳，但畢竟言之成理。權仲白只能報以一片默然，兩人相對良久，他才慢慢地說：「可要就憑妳這虛無縹緲的擔心，就想推我出頭去爭，更難。誠然，我沒什麼本事，可我也不是個傻子，妳要以為妳能略施小計，就把我耍得團團亂轉，那就是妳沒有眼力了。」

「人家不就是看走眼一次嗎？」焦清蕙發嬌嗔。「怎麼祖父說完了你還要說……討厭，下回你要有個什麼疏忽，看我不笑足你一世！」埋怨了一句，她又回復了正經態度。「你要真那樣傻，被人耍得像哈巴狗兒，那也是你自己層次不夠。人要怎麼活是自己選的，你想活得傻，我也能成全你，可你活得如此聰明，我心裡自然也只有更高興。從今後，也會像對個聰明人一樣對你。」

她笑了。「相公你既然聰明，當也明白聰明人處事，有時候是不必兩敗俱傷，即使目的不同，也能攜手合作的。」

這種態度，恰恰是權仲白所不喜歡、不欣賞的，他擰起眉頭，勉強地哼了一聲，終是忍不住道：「今日妳這樣欺壓不如妳優秀的人，他日被人碾壓，妳心中能沒有怨言？如是人人都和妳一樣弱肉強食——若是我和妳一樣弱肉強食，妳又哪來的機會能推動我去爭？我早就把妳壓得一點聲音都沒有了！」

「聰明人要懂得的第一件事，就是求同存異。」焦清蕙悠然道。「相公講求仁道，我講求霸道，雖說道不同，可如今二人一船——」她指了指亭邊小舟。「你不能狠心把我推下去，那就只有同舟共濟嘍！」

權仲白霍地站起身來，他有點興奮了：他們在談的似乎是眼前的局勢，又似乎不止於具體局勢。「妳不肯放棄霸道，要向我推行妳的霸道，卻恰恰是令我放棄了求同存異。以我本心，我要是把妳推下去，豈非從此海闊天空，再用不著為妳頭疼？」

「咦？」焦清蕙不慌不忙，她也站起身來，巧笑嫣然、背手而立。「可相公你還不明白嗎？這聰明人要懂得的第二件事，就是堅持本心。」她伸出手指，一吐舌頭，竟是說不出的俏皮風流。「你如果要放棄你的仁道，來講我的霸道，那你豈不就是承認你自己並不如我？你終究還是輸給了我？我想以你的傲氣，怕不能這麼簡單就認了輸，承認我看不起你，也是有道理的吧？再說，相公仁心仁術，你雖然威嚇了我那許多話，可你真能違背本心，行此種種手段？」

權仲白悶哼一聲，竟不能回話，他左想右想，禁不住道：「妳這不是要無賴嗎？我不忍得，妳反而得寸進尺了——」

「哎，這就是第三點了。」焦清蕙顯然有備而來，她一攤手。「兩軍對陣、各憑本事。我用盡我所有籌碼來對付你，你又何嘗不是用了你所有想用的籌碼來對付我？你能用那些話來壓我，我心裡倒是很佩服你的，要是連那些話都說不出口，你也就太婦人之仁了。」

她的眼睛一閃一閃的，竟能將整張臉點亮，權仲白忽然間發現，他尚且還沒有見過如此……如此……如此鮮活、如此快樂的焦清蕙。

「但不論輸贏，一來風度要有，二來共識要有。你我的爭鬥，無非是觀點不同，世事難料，誰也沒有十成把握，自己的這一套只會對不會錯。」她伸出手來。「鬥是要鬥，爭是要爭，日後遇有分歧，自然各顯神通，先在自己屋裡爭出個結果來了。輸的那方，卻不好暗扯後腿，導致對外不一，反而對二房不利。這君子之爭的規矩，從今日就立起來，相公你說，可好？」

「這怎麼爭？」權仲白不伸手。「就這麼兩個人，還要妳使心機、我用手段的，太累了，我不爭。」

「這討價還價，不就是在爭嘍？」蕙娘悠然說。「難道你連爭都不敢爭，就要放棄你自己的仁道？還是你連爭都不肯爭，就要迫我放棄我自己的霸道？如是不敢……你好膽小！如是不願……好似這又不是你的仁道了吧？」

這一下，權仲白是真的徹底被繞住了，他前前後後細思半晌，正是猶豫難決時，又想到了妻祖父的那番交代——

「你就是要讓她曉得，她是鬥不過你的！」老人家諄諄叮囑。「要不然，她一輩子都不甘心，心不定，行動怎麼會安定？」

「說好了君子之爭。」他把手放到蕙娘手上，還有點不放心。「妳可不許撒嬌放賴，又來女兒家這一套。」

「誰會那麼幼稚……」蕙娘白他一眼，立刻就撒起嬌來。「好啦好啦，來蓋個印！」

說著，她指頭一勾，兩人拇指相印，竟是模仿小兒為戲，來了個「拉勾蓋印、一百年不許變」。

夜風徐徐、星月交映，如此良辰，兩個人談的卻是絲毫都不良辰的話題。

蕙娘很有君子風度，一旦約定，就同權仲白商量。「頭前是我做得不對，算我錯了……如何補償你呢？不如這樣，大嫂有妊期間，我一個月頂多回府三次，令她能安心生產。你瞧這麼補償，你滿意不滿意？」

「不滿意。」權仲白獅子大開口。「妳起碼要在這十個月內，暫緩妳那爭雄爭霸的心思，我才滿意。」

「十個月?!」蕙娘倒抽一口冷氣。「人家才過門三個月！不行！我頂多緩三個月——」

孩子似的鬥了半天的口，兩個人討價還價，商定了賠償事宜：因蕙娘小看權仲白的城府，對其感情造成嚴重傷害，現特地離場休息半年，其間不可經常回府，以安撫權仲白神醫受傷的心靈。

蕙娘很介意。「哪來這麼脆的心……玻璃做的呀！」但還是嘟嘟囔囔地答應了下來，她嘆了口氣，又打開紗籠吃點心，還邀權仲白。「你也吃點，說了這大半天的話，餓死我啦！」

這一場家中戰事，居然是這樣收場，這是權仲白沒有想到的。焦清蕙此人行事，處處機鋒特出，說她是一般的宅門女兒嘛，真不像；可說她跳出宅門了嘛，她又比誰都能爭勝要強……他在焦清蕙身邊坐下，還有點感慨。「也不知道是誰教妳的！這、這麼……」

「這麼什麼？」焦清蕙眨了眨眼。

權仲白索性有話直說。「妳壓不住我，轉臉就來同我合作……又這麼明目張膽地利用我的良心，來滿足妳的沒良心——妳這不是個政客嗎妳！」

「那不然還能怎麼辦？我不能全壓住你，又不能把你給推下船去，不合作，要怎麼辦呢？」焦清蕙哼了一聲，有點沒好氣。「人總要立足實際，接受現實的……這不是政客，這是覺悟。」她白了權仲白一眼，不知為什麼，微微紅了臉。「我一直都是很有覺悟的……不然，怎麼能和你同床共枕，還沒被你氣死？」

說著，她不知何時從腰間掏出了一樣物事，權仲白定睛一看，居然是一條軟尺，他正納悶呢，蕙娘已經插腰站起，喝令他——

「把褲子脫了！」

第六十一章

權仲白真是幾乎要崩潰；在閨房裡呼呼喝喝的也就算了，畢竟是關起門來的事，誰知道別家夫妻在門後都是如何？可要在這光天化月、四面透風的涼亭裡，於討價還價剛剛結束，才剛「想明白」之後，立刻就要他脫褲子……

「我又不是種豬！」他脹紅了臉，有點激動。「妳就是一心要儘快懷孕，這也太過火——」

「誰說要和你——」焦清蕙臉也紅了，她一揮軟尺。「量一量而已，你自己想到哪裡去了！這裡又沒有人，你怕什麼？」一邊說，一邊不由分說，已經將權仲白的腰帶握住。

權仲白再也顧不得，他掙扎起來，可又怕動作太大，焦清蕙跌入湖中那就不大好了……但凡一個人有顧慮，一個人毫無顧慮的時候，勝負總是很容易就見分曉的。

沒有多久，權仲白又一次在小規模遭遇戰中失敗，腰帶宣告失守。

蕙娘一手伸進去，才只一觸，便蹙眉道：「哎呀，怎麼變大啦？先生要平常的尺寸……」

「什麼先生？哪裡來的先生？」權仲白連珠炮一樣地問，他又扭起來，不惜嚇唬蕙娘。

「我還沒洗澡，髒——」

「你快修一修那個什麼童子功！」蕙娘一邊說，一邊好奇地就開始摸索著整個長度。

權仲白啼笑皆非。「妳這樣我怎麼修？」

他也實在是很好奇，焦清蕙是如何能將幾種情緒這樣切換自如的？先還和他對峙得火花四濺、分毫不讓，這會兒又一下子胡攪蠻纏得讓人說不出話來。一頭要人家修童子功，一頭那微涼手指又在柱身上下點來點去……「哎，妳幹麼？還真把尺子就湊上來了！」

掙扎間，也不知誰的手或是腳揮得太高，石桌上連紗籠帶盤子，全都被推落在地，發出脆聲，連著安息香香氣也驟然大盛，兩個人都是一驚。

蕙娘難得失去從容，跳起來去看安息香，急得跺腳。「唉，香盤都碎啦！快走快走，一會兒蚊子來了，那可就受罪了！」

山野之地，毒蚊從來都是不少的。權仲白得此機會，終於可以保持自己的名節。他忙穿好褲子，拉著蕙娘往船上跳，一路用槳，還不忘埋怨蕙娘。「以後閨房裡的事，就放在閨房裡做，這是家裡現在人少，要不然，被人撞見了，豈不是顏面掃地？」

「我哪裡知道你今晚會不會回院子裡？」蕙娘還理直氣壯的呢。「這要是你還拿腔拿調的，要住回外頭去呢？你要是不讓我碰，上床就睡呢？先生又著急要——」

「妳怎麼忽然又多了一個先生！」權仲白幾乎是用喊的了，不如此，他無法發洩自己的心情。「她要這個尺寸幹麼？這種東西，妳也好隨便給人！」

「是祖父給我物色的房事先生。」蕙娘白了權仲白一眼。「王府燕喜嬤嬤出身，也教導我有些年頭了……」

她難免有點臉紅。「至於要尺寸幹麼……不告訴你！」就不告訴權仲白，難道神醫想不出來？即使他也是見過世面的人了，仍忍不住氣血上湧，幾乎衝鼻而出，只好顧左右而言他。「怎麼搞的，從訂親到成親，滿打滿算也就是兩年，哪來的有些年頭？」

「我本來是坐產招夫的嘛。」蕙娘說。兩個人一道上岸，她踮著腳尖，按著權仲白的肩膀，要去解船頂綁著的氣死風（注），偏偏人又矮點，踮著腳尖也搆不到。「哎——你就不會幫我一把？」

權仲白也是有點被衝昏頭腦了，本來他自己解下來，輕而易舉，可被清蕙那句話給鬧得神思不寧、浮想聯翩的，就沒多想，蕙娘一說，他就把她抱起，和抱個小孩兒一樣，令她解下燈籠來——卻是作繭自縛，軟玉溫香在抱，更是心潮湧動起伏，幾乎難以忍耐！就是今天早上，才剛剛擦過一次槍，卻沒作戰，神醫也是人，也有色迷心竅的時候。等蕙娘解了燈籠，他才想起來自己做得不對，卻再禁不住了，手一鬆，令蕙娘緊挨著他，慢慢地滑下來……

兩個人回房和洗澡的速度都很快，權神醫好像根本就不記得他這幾天都住在外院病區，和蕙娘一起進了甲一號，他居然主動去西翼淨房裡洗澡，快快地就清爽出來，掀簾子進了東

注：氣死風，即氣死風燈，是燈籠的一種。顧名思義，氣死風是不容易被風吹滅的意思。

裡間，回身還關門落鎖……好在，丫頭們都是聰明人，見兩夫妻手拉手進了甲一號，東西兩廂，此刻都是門窗緊閉、寂然無聲，似乎連人都不在裡頭了，多多少少，還是給小夫妻留了一點顏面……

蕙娘給權仲白量尺寸的路，走得特別艱辛，打從一開始，它就不平常，壓根兒達不到江嬤嬤的要求——平常時和意動時的尺寸都要。

她伏在權仲白腰邊上，手持軟尺，很生氣。「我這還什麼都沒幹呢……你不要臉！」

有個人雖然身子不大爭氣，但言辭還是挺鋒利的。「妳真好意思說。」

「……哼，算了！」她也自知理虧，只好轉移話題，多少有幾分好奇地瞪著眼前的物事。「真和畫上的不一樣……」

「北邊回民有行赫特耐（注）的習俗，」權仲白半坐著，他的眼神在蕙娘腰背間游離不去，刺得蕙娘背上一陣癢癢。「那是極清潔的，不容易藏污納垢，也不大容易生病，就是女方也受益。我學醫後不久就聽說此事，自小便行了這禮。」

非但如此，他似乎有定期除毛的習慣，身體也十分清潔。和春宮畫裡黑糊糊、亂糟糟的一團毛比，真不知賞、賞心悅目了多少……蕙娘自己也有點臉紅，她不覺地摀住雙唇，瞟了權仲白一眼，再看看眼前那物，有點猶疑不定了——如此長大，自己雖不是櫻桃小口，但看著似乎也真容納不了……

權仲白見她情狀，真是腦際轟然一聲，理智只有最後一層皮，還都綳得死緊，他嚥了嚥嗓子，聲音粗啞。「妳要量就快，不量，就把尺子放下。」

見那東西已經從硬而至樹立，現在更是斜指天際，蕙娘也有點吃驚。「我不是連碰都沒碰嗎……還是你不要臉！」

一邊說，她一邊拿軟尺量起來，側過頭，臉枕在權仲白腹上，眼睛都瞇起來了。「長是這些……寬是……噯！你、你別搗亂……」

最後那聲音，一下子軟得不成樣子。蕙娘手一顫，尺子差點掉下去。

往常兩個人做這件事，權仲白雖不特別排斥，可也從沒有特別主動過，未到真箇銷魂時，大概一應溫柔，只是為了令她不那樣難受。畢竟他尺寸過人，蕙娘要承受他始終有一點難。

可也許是因為今日他受過一次挑勾，又或者是說得蕙娘半年不能輕舉妄動，他心裡高興，今天他爭勝之心也強，一出手就直奔右邊重點，長指一夾一擰，蕙娘魂都給擰飛了，她一掙，恰逢權仲白坐起來，臉頰正好一路就滑下去，香而且軟的微張雙唇不巧便擦了那東西一下，兩人都驚得倒抽了一口氣。權仲白手上本能一撚一緊，蕙娘羞得掙扎起來——臉還埋在那左近呢，越發是鬧得不堪了。

小別勝新婚，怎麼說都是好幾天沒有敦倫了，對身體健旺、初嘗情事的年輕男女來說，

注：赫特耐，即「割禮」，指穆斯林男孩割掉陰莖包皮的儀式，為阿拉伯語的音譯。

本就有火在心裡燒呢，又被這一天反反覆覆的挑勾、對抗給刺激得都比平時要更容易動情，權仲白難得地主動，他居然頭一次比蕙娘更急，蕙娘還沒著急呢，他倒著急了，腰一挺便頂了進去。

蕙娘有些痛，便故意報復地運著勁兒。

權仲白退也退不出，要再往裡，又怕她疼，急得汗珠一滴滴落下來——他也不是沒有別的招數，只是伸出小指頭，撓了撓蕙娘腰側，蕙娘就禁不住格格直笑，渾身一鬆勁，在她長長的呻吟聲中，權仲白終於抵達最深。他淺淺地呼了一口氣，有幾分戲謔。「寬是多少呀？」

蕙娘白了他一眼，睫毛隨著他淺淺的動作，一搧一搧，像是一雙被捕著的蝴蝶。「寬不盈寸——呀！你——嗯……輕、輕些……」

「妳是想死呀還是怎麼？」權仲白禁不住要笑，他又頂了蕙娘幾下，頂得她眼睛都睜不開了。「嗯？寬不盈寸？妳自己摸摸，你們家寸這麼長？」說著，竟握住蕙娘的手，要帶她去摸。

蕙娘這時候反倒害羞了，她死死地閉上眼。「不要——」

也就是因為從今早到今晚，她把某人給招起來了好幾次，權仲白這回特別地狠，等到他完事時候，蕙娘已經氣息奄奄，腰瘦得動也動不得了。她勉強聚集精力，半天才爬起來，從凌亂的被褥間摸索出軟尺，孜孜不倦，又去繼續未完成的量體大業，一手窸窸窣窣地在權仲白那裡點來點去。「長若干，寬若干……啊！你怎麼——」

「叫妳又招我……」權仲白也無奈了，他強忍著把焦清蕙提溜起來。「量好了就老實點，別亂看亂摸了，睡覺！」

話雖如此，可被那東西抵著，蕙娘如何還能培養睡意？她便和權仲白瞎扯。「我爹說，床笫間的事情，最能移性了，好多女兒家就是栽在這兒了，因自己青澀，一旦為男人得手，頓時就沒了主意，任其予取予求、百依百順……一般人家的女兒，倒也無甚不可，畢竟也是天性。可我卻不行，不能因此為贅婿隨意左右，所以打從十三歲上，我就跟著江嬤嬤上上課，卻也只是學些……」她含糊了過去。「從未學過取悅他人之道——先生說，我要再學了這些，怕一般人消受不了。」

這倒是解釋了權仲白長久以來的一個疑問，他「喔」了一聲，正要說話，蕙娘又白了他一眼，似乎在說「哪想到遇見了你這個冤家！」。

權仲白不由得苦笑起來，他和蕙娘咬耳朵。「還想不想做了？」

蕙娘一僵，飛快地搖了搖頭，有點委屈。「腰眼疼……」

「那就別說這個啦！」權神醫下了結論，自己卻也不由得感慨。「你們家人教妳，真可謂是不拘一格了。」

「這算什麼？」蕙娘揉了揉眼睛。「我會的可多了，全都告訴你，嚇死你了……」她似乎有些睡意，漸漸地就不說話了。

權仲白雖然心猿意馬，但卻也不出聲吵她，室內慢慢地安靜了下來。

過了一會兒，焦清蕙夢囈一樣地道：「哼，你嫌我不擇手段、進取心強，換作我是你，我比你還仁厚呢……坐產招夫，你當和你想的那樣簡單……」

這在睡意朦朧之際溜出來的一句抱怨，或者是褪去了所有的壓抑和偽裝，竟顯得這樣嬌滴滴的委屈。

權仲白倒不禁失笑，他就著帳外微光，細審焦清蕙的容顏，口中卻是分毫不讓，沒了從前的風度。「換作妳是我？我的事情，妳又知道多少……」

第二天早上起來，蕙娘揉著腰，給江嬤嬤送了尺寸，江嬤嬤動作也快，半下午就帶了兩個陽勢過來，給蕙娘講課。

「男女之事，有時猶如兩軍對壘。您兵力未足之前，自然要用種種手段擾亂敵軍軍心，削減他的氣勢。這些奇門小道，雖然不登大雅之堂，可立心卻正，不是為了勾引姑爺耽溺女色，只是為了緩解您的壓力，令您可以從容習練這健身強體的功夫。」江嬤嬤木著一張臉，多麼難堪而勾人的事，被她說得簡直讓人打瞌睡。「伸手，手以濕滑為上，如握箭、如拈針，貼緊而不過分用力……」

她在陽勢外頭貼了好些果丹皮。「用力要均勻，手上要染紅，紅色層次不亂，可不能把這一層果丹皮給帶下來。您多練練，注意這兒、這兒、這兒……」

從前江嬤嬤講課，開始還有丫頭偷聽，可後來連蕙娘都昏昏欲睡、得過且過。今天她的士氣卻很高，同江嬤嬤學了一刻，自己正在練習呢，前頭卻來人道——

「少爺請少夫人過去扶脈聽說話。」

這還是權仲白第一次把沖粹園的這一部分向蕙娘開放，她自然不會掃興。「那就備轎吧。」

江嬤嬤也就起身告辭，她把兩樣物事給蕙娘留下了。「您千萬多練，這是熟能生巧的事，再有幾處地兒，您別忘了。下回過來，我要考的。」說著就出了屋子。

蕙娘倒是對著這兩根東西有點發愁，她好潔，這上頭貼了吃食，她是不會隨意收藏到密處的，可要這樣大剌剌地放著，又顯然不合時宜。思來想去，只好隨手把兩樣東西往一個空匣子裡一關，便著急地出門上轎，去權仲白的私人病院裡找相公了。

第六十二章

因為沖粹園當時建造時，就是圍繞權仲白本人的需求而建，雖說病區和後院幾乎只是一山之隔，但紅牆假山配合得好，蕙娘在沖粹園住了一個多月，都未有在無意中窺見過病區內的情況，這一次進去，她是很新鮮的。正好園內小轎是不帶頂的，剛好左顧右盼，將這一排排井然的屋舍給看了個飽。

雖說如今玻璃也不是什麼太稀罕的物事了，但這也只是相對於蕙娘的身家來說，事實上安裝玻璃窗戶，不但所費特昂，而且護理不易，一般巷院人家也很少負擔得起，就是豪門世族，也不會吃飽了撐著，連儲藏室都給換上玻璃窗。可別看權仲白平時幾乎沒有花錢的概念，一旦花費起來也實在是不手軟，這一排排的屋舍裝的全是玻璃窗子，有些窗戶還上了木板。

來引路的甘草見蕙娘好奇，便同她解釋。「有些藥材是見不得光的，只能早晚開了窗子通通風。」

光是要維護這些藥材，那就要許多人手了。蕙娘點了點頭，忽然有點好奇。「你們少爺醫術這麼好，怎麼都沒有徒弟？多收幾個弟子，他起碼就不必出宮了還要這麼忙啦！」

甘草不善言辭，聽蕙娘這一說，只是微微搖頭，笑而不語。

此時一行人也到了病區，隱約可見幾個病人在小院子裡曬太陽，見到蕙娘來了，都遙遙地拜祝——意態是很恭敬的，只都缺腿少胳膊的，還有些蒙了一隻眼，又有人某處吊了繃帶，瞧著可實在是不大好看。

「這都是上過檯子的。」甘草見蕙娘望著自己，便又解說，他偏只說這一句話就沒下文了。

蕙娘氣得都樂了。「下回我過來，讓桂皮給我引路。」

這麼嘔他，甘草也不在意，只是嘻嘻地笑。引著轎子一個轉折，順著長長的甬道又走了一射之地，便可以遙遙望見假山後頭的角門，還能看見角門外一排小廝坐著等待，排在最前頭那個，還侍奉著一位面帶病容的老爺狀病人。

蕙娘看見，也不禁嘆了口氣，她不理會甘草，只和石英閒聊。「都說他宅心仁厚……其實，能等得起的，也多半都是有錢人。」

此時桂皮已經小跑著迎了出來，因石英在，他對蕙娘分外殷勤，立刻就接了話口。「在京裡還好，能到香山等著的，確實要有錢有閒，不然誰家也等不起……少爺也就是在香山，能三不五時歇一歇了。就算這樣，全國各地過來的病號也都是數不勝數，常常能排出一百多號去。」

說著，石英已經攙扶蕙娘下了轎，進了被簡單粗暴地取名為扶脈廳的院子。只見此處穿堂其實是一個敞軒，後有通道直接連往剛才那些房舍，西邊屋子裡隱約可見層層書架，東邊則是權仲白平時扶脈、開方子的所在，佈置得絲毫也不文雅，並無多寶格等物，除了一張特製、有擱手的扶脈桌以及幾張椅子並一張診床、好些器具之外，連一點家具都沒有了。權仲白本人正坐在桌子後頭，埋頭不知寫著什麼。

這裡是他的地盤，蕙娘不過是個門外漢，自然而然，兩人氣勢攻守有所轉變，權仲白連寫字的意態都那樣從容洵美，透著他的魏晉風姿，他的眼睫垂注在筆尖，修長的手指扶著筆，一搖一動，工整而寫意的字跡便一行行流了出來。蕙娘在屋內站了一會兒，他都未曾抬起頭來，她也不好亂動人家的器械物事，豈不好生無聊？只好扶著病人坐的椅背，微微偏著頭，打量他寫字的模樣。

唉，權仲白要是難看一點，那就好了。她禁不住胡思亂想，一時又覺得事情並非如此：真要和個莽張飛同床共枕，她也受不住的，可權仲白如此風度翩翩，望之似神仙中人，她又也不大滿意，真要說哪裡不滿意，又確實有點說不出來。

正難得地胡思亂想時，權仲白已經寫完了一篇病案。

他將紙頭推到一邊，掃了蕙娘一眼。「坐呀！」

「我不要坐。」蕙娘擺擺手。「那是病人坐的地方，不吉利。」

「妳也有如此講究的一面？」權仲白有點吃驚。「還當妳百無禁忌呢，原來也這麼怕死。」

「我一向是很怕死的。」蕙娘毫不諱言，但她不想多談這個話題。「喊我過來做什麼？

人家正做功課呢！」

「剛才宮裡傳訊，東宮又犯了老毛病，這一次吃了我開的藥都不見好。」權仲白告訴她。「一會兒這裡事情完了，我得進宮一趟。既然進了宮，寧妃那裡，就必須得拿出一個回話。」

說君子，權仲白真是君子的，定下了二房「兩人商量著辦」的章程，有點什麼事，他也不藏著掖著、自作主張。

蕙娘也就不走神了，她眉眼一凝。「看來，你是初心不改，還是不願意為我們家的女兒鋪路了？可事實上入宮之事，既然已經無可挽回、勢成定局，好些事你不做，也只是錯過機會而已，妃嬪們是不會感激你的。」

「妳一定要記住這點。」權仲白的神色嚴肅起來。「同妳說的一樣，在府裡，妳我兩個是一體，其餘人也許要更外了一層，尤其在宮事上更是如此。我出入宮闈多年，能保持一定的信用，得到皇上和娘娘們的愛重，全因為從來超然於任何爭鬥之外。起碼，明面上我不會扯誰的後腿——一旦失掉這點，很多事勢必會變得非常麻煩，難免就要淪為宮廷鬥爭的工具。以後，家裡的事再說，可在宮中，妳絕不能隨意臧否褒貶，免得惹來不必要的麻煩，將我扯進漩渦，再難獨善其身。」

事實上，權仲白就沒有獨善其身過。昭明末年驚心動魄的政治鬥爭，他哪一次不是把渾水給蹚得渾身濕透？蕙娘想反駁，可一轉念也就釋然了：那都是牽扯到廢立的大事，主角全是權傾天下的幾個大人物、根基深厚的幾個大世家。也許對權仲白來說，後宮爭鬥，雖然影響也很深遠，但還著實沒到要他牽扯進去的層次……

「你能有這樣的認知，不是糊塗度日，我也只有高興的分。」她乾淨利索地讓了一步。「日後在宮中就算要有所行動，我也一定會安排得不見痕跡，不會給人以口實——你別這樣看我，我會這樣說，事前肯定就會和你商量！」她嘆了口氣。「你也要知道，隨著我們族女入宮，你肯定不能再和從前一樣，萬事不問、萬事不管了。」

權仲白咬著細白的牙齒想了想，搖了搖頭。「族女入宮，終究是說不清的事，就算我們要送，皇上也未必看得中，後宮妃嬪也許還會出手阻撓。我素來特立獨行，和家裡立場未必一致，宮中的幾個聰明人也都很清楚……算了，這件事以後再說吧，先且說說，我對寧妃該如何交代？」

「你的意思呢？」族女不入宮，豈不是白白犧牲了雨娘的婚事？要雨娘為家裡略做犧牲，她身為權家女兒自然責無旁貸，可要犧牲了這一輩子，還沒給家裡換來任何好處，小姑娘恐怕要嘔血了！蕙娘不置可否。「我看，你索性就裝傻充愣到底吧，一句話而已，你很可能根本就沒放在心上，當作沒這回事，過去也就過去了。」

「妳當寧妃是三歲女娃嗎？」權仲白瞅了蕙娘一眼。「能在牛淑妃和皇后的眼皮子底下生個兒子，可比妳想的要難得多了。」

「就因為她心機內蘊，也不是三歲女娃了，」蕙娘真不願坐權仲白對面的椅子，可站著又覺得自己像是在被問話，她有點焦躁，索性拉權仲白。「你起來……好歹也帶我在這裡走走嘛，我還是第一次過來呢！」

權仲白也無奈，他究竟是有風度的，只好帶著蕙娘出了院子，從甬道又一路穿進了一排屋子。兩個人還是頭一回並肩漫步，都覺得有點古怪。

蕙娘一邊左顧右盼，口中一邊道：「就因為她也不是三歲女娃了，心底還有什麼不清楚的？我如此作為，你說我不是故意，她信嗎？不論真相如何，她都肯定不信，那要如何解讀，就是她自己的事了。我是為了娘家舊怨扯她一把呢，還是出於家裡的授意？可話又說回來，兩家是結過親的，聯盟多少也有幾分牢固，怎麼毫無徵兆就變臉了？這不像是我們家的作風……你不管怎麼解釋，她心裡肯定都只會認為，是我自己出於娘家舊怨，隨手拉了她一下。」

她分析起寧妃的心理，有理有據、條理分明，權仲白也只有聽了不作聲的分。或許是出於扳回一城的心理，他指了指面前的一扇窗戶。「這是存放一些病變標本的地方，妳要進去瞧瞧嗎？」

隔了玻璃窗也能望見，這層層架子上存放的全是各式玻璃罐，裡頭或是風乾的、或是用液體浸泡，全是人身上的部位……要是從前，蕙娘也就是看上幾眼而已，可自從經歷過一番生死，看見這樣的物事，她便打從心裡懼怕反感，只看了一眼便別過頭去，從脊椎骨底下往上發毛，偶然一轉眼，又看到一個罐子裡盛了一雙眼珠……她怕得一把抱住權仲白的手臂，面上卻不肯認輸，只顫聲續道：「既然如此，你不妨將錯就錯，只說是我想和她開個玩笑，也有些探探她底細的意思，倒沒想到那一位反應如此劇烈……我心裡也過意不去呢。」

「這會兒這麼說，是能敷衍過去。」權仲白眉頭一皺。「可萬一家裡人把族妹安排進宮……」

「真到了那時候，你還怕她想什麼？」蕙娘淡淡地說。「恐怕你是怎麼說，她都不會信嘍。」她有點不耐煩。「一句話而已，哪來那麼多事？她心要細到這個地步，連一句話都容不下了，豈不公然又是一個孫氏？要怨要恨，她得恨整她的人，怪我做什麼？她能肯定我就只和她一個人搭了話？一晚上進進出出的，她就一直只盯著我？你只管把心沈到肚子裡，理直氣壯一點，人家不會拿你怎麼樣的！」

這一套無賴邏輯，說得權仲白很痛苦，他又想挑刺，又挑不出刺來，渾身都不舒服。

「妳這是擺明了欺負她不能和妳較真……」

「要不是這種事本來就無法較真，」蕙娘慢悠悠地說。「我又怎麼會這麼做呢？一句無關緊要的問候而已，威力能有多大？我看，孫氏多半是因為衝我示好，卻沒得回應，心裡也有些沒滋味罷了。反正這麼多脫身的話口我都給你擺出來了，你是要裝傻也好，要辯駁幾句也好，那就都隨你去說了。」

權仲白欲語無言，實際上糾纏於這樣的人事糾葛中，他覺得非常沒有滋味，可換句話說，蕙娘都讓步賠罪了，為她擦擦屁股，他也沒什麼好說的，她提供的藉口也都的確相當有力——只是到底是意緒難平，見她從容不迫、隱含得意的樣子，他心裡就不大高興。

「這就是我平時給人截肢、開刀的地方了。」他沒有回答蕙娘，而是向她介紹。「要進去看看嗎？裡頭有特製的檯子，全國應該就只這一處。好些地方上的同儕都特地過來取經，有些人回去也照著置辦，都說很實用的。妳一路過來見到的那些患者，都是在這上頭動的刀子，床上還有血槽呢，可看之處很多。」

蕙娘頓時臉色一白，她反射性地就又抱緊了權仲白的臂膀。「我不要逛了，回去吧回去吧。事情說完，你也該進宮了——今晚回來不回來？」

「怕不能回來。」權仲白又想起來和她商量。「四弟想過來香山住一段日子，已經提過幾次了。我看他意思，還是想把雨娘帶來，多半不是為了自己，而是為了雨娘開口。他有此心意，我們自然要成全，這次回府，我就向爹娘開口了？」

蕙娘還能有二話嗎？「儘管來住，我也多一個人說話。」她不禁一皺眉。「就是這裡沒有內外院的高牆，四弟過來，不好安排住宿，難道都住在一個園子裡嗎？讓他住在你這裡，又實在太陰森了一點。」

「這麼大的地方，怕什麼？」權仲白不以為意。「他就是住在外頭，肯定也要進園子裡來玩耍的，妳擇個遠一點的地方讓他住著也就是了。」

兩人商議已定，蕙娘唯恐權仲白還要惡作劇，讓她去看別處，說些「我這裡還有幾處廳堂，裝了各種蟲豸，都是可以入藥的」的話，便忙催著權仲白收拾出門，她自己則回了甲一號，預備繼續學習新技藝。

可一進門，眼睛一撩，她就是一怔。

多少年來的規矩，在她出門的時候，丫頭們會進來收拾屋子，做些換水換香、鋪床疊被的雜活。自從她過門以後，因為晚上過得比較熱鬧，衣服時常是東一件、西一件的，出門一次回來，屋裡大變樣也是常有的事。今日自然也不例外，出門前還有些凌亂的屋子，如今已經窗明几淨，被收拾得極為整潔。

所謂的極為整潔，就是不該出現在檯面上的東西，全都被收拾了起來，這其中自然也就包括了她剛剛隨手翻出來的木匣子。

她踱到原本安放匣子的櫃子跟前，若有所思地拉開了櫃門——

一如所料，格子中空空如也，這匣子居然不見了！

第六十三章

雖說沖粹園本身已經足夠精美，但要接待權季青、權瑞雨兩個客人，怎麼都要做一番準備。綠松不在，石英順理成章接下了這份工作。蕙娘順便就把管事的任命給定了下來。

「妳爹專管同宜春票號聯繫，等他從山西回來，我還有一些事交給他做。」蕙娘一邊翻看花名冊，一邊滿不在意地和石英閒聊。「至於其餘那些莊子，也不指著他們掙多少錢，就讓香花她爹、螢石表哥一家、方解的叔叔……」

她陪嫁過來的下人不少，能受到重用的，要嘛是可以絕對信任的關係戶，或者就是手段靈活、才能過人，憑本事吃飯之人。蕙娘的陪嫁需要經營的就有十幾處，如她在小湯山的溫泉別業、在京郊密雲一帶的田莊等等，也需要人維護。自然是各有事做，不愁吃閒飯，可真正最出息的，那還要數跟在主人身邊經營家事的大管家，又或者是獨領一門重要生意的門人管事。

焦梅拔去頭籌，看來大有往大管家之路發展的苗頭，石英一家對蕙娘都是感激涕零，石英說話，要比從前更直接一些，她挑了幾處毛病和蕙娘商量。「別人都好，石墨那位表哥，才剛簽了契沒有多久，他從外頭進來的，那肯定是圖咱們家的利，讓他去鋪子裡管事，會否用心不純之下……」

「那就要看他做帳的本事了。」蕙娘微微一笑。「現在究竟是無人可用，家裡帶來的人，就只有這麼多了，也不能一下就把能人都給帶走了……妳家那位，又要在少爺那邊做事，不然，讓他過來管事也好，給他個大管家做。」

桂皮走的就不是內宅管事的路線，因此石英不以為意。「您這話要被他聽見了，他怕是樂得能睡不好覺！先頭聽人說，這府裡的下人們是兩年一放，咱們剛好錯過了去年的那一輪——」

和聰明人說話，的確省心。蕙娘笑了。「是啊，桂皮同我提過了，他們這一批小廝，連上一批的當歸、陳皮、現在藥鋪裡做二掌櫃的，都還沒有說親呢！正好等到明年七、八月，大家一起辦婚事。妳的那些小姊妹們，也能自己從容物色，看準了誰，好和我咬咬耳朵了。」

這還是蕙娘第一次這麼直接地談到丫頭們的歸屬，石英眉頭一跳，她隱晦地問蕙娘。「這消息……也要和綠松送一份吧？」

蕙娘不禁一笑。「不著急，妳先自己知道，這件事，還得和相公商量著辦。」

能在蕙娘身邊立足，沒有簡單人，很多事根本就不必明說，大家心裡也都是有數的。石英有些吃驚，卻自然不會多說什麼——她還以為，以少夫人的作派，自己沒有幾個嫡子傍身，是絕不會抬舉通房的。畢竟，避子湯可不是什麼好東西，十有八九，喝過了就難以懷孕，即使能有個孩子傍身，那也多半是先天不足、過分孱弱。一般來說，家裡是會給特別準備幾個美貌而溫順的丫頭，來充當這種通房。真正要做女主人臂膀，能在嫡子後生育一、兩個庶子、庶女，被抬舉為姨娘，預備著壓制女主人三十歲之後家裡新進那些小妖精的，才是真正的心腹。

可以自己這批丫頭的年紀來說，要等到那一天，怕是就熬得久了點……可抬舉不抬舉，就得看男女主人的心意了。綠松被留在立雪院，第一個最羨慕的人就是孔雀，可她是不敢和綠松爭的，她沒那個本事。可現在，看少夫人的意思，是要由著姑爺自己挑……

「底下一批替補上來的小丫頭。」石英就把話題給轉開了。「這些年冷眼看著，也頗有些伶俐的。改明兒，我令她們也進屋裡來，由您親自看看？」

蕙娘一點頭，就不再說這事了，石英也不敢再提。

當晚，權仲白沒回香山。

第二天一大早，蕙娘打拳回來，就看到石英領著幾個小丫頭，在收拾堂屋裡的陳設。堂屋裡的擺設，也就是取個身分，貴重雖貴重，可沒有多少愛物，也算是很適合的考題了。蕙娘籠著手，站在門邊看了一會兒，見其中面目平凡、手腳利索者有之；神色嬌憨、面容俏麗者有之，便不禁微微一笑：這個石英，辦起事來還真是滴水不漏！

一如蕙娘所說，寧妃根本不可能過分糾纏她的表現，也就是多說一句話的事，她要大作文章，反而顯得自己心胸狹小。

權仲白在京城多滯留的一晚，倒是因為大少夫人。他非但給大少夫人開了方子，還為她親自挑出上等藥材，難免就耽擱住了，第二天回來，便埋怨蕙娘。

「妳背著我答應這麼一回事，也不和我說一聲。」

「事關大哥大嫂，再怎麼小心都不過分的，你難道還會說不？」蕙娘小小刺權仲白一下，見權某不悅，她心情就比較爽快。「再說，脈是你把的，方子是你開的，藥是你挑的。三關你都把住了，大嫂要再出事，也賴不到保胎方子上啦！」

千求萬求，求來的這一胎，大少夫人怎麼可能會故意出事？當然，權家規矩如此，別人是否有想法，那也是不好說的。這些糟爛污，權仲白不是不懂，只是厭惡。

他搖了搖頭，情緒有點低落。「只盼著大嫂一舉得男吧，這樣，家裡也就安定得多了。」說到末了，還要瞪蕙娘一眼。

蕙娘也以白眼回敬。「定下你們家規矩的人，又不是我，你看我幹什麼？還不如去看你爹、你娘、你祖母，誰要他們把我說給你的！」

兩個人把話說開了，倒也不是沒有好處：從前蕙娘要噎權仲白，也就只能委委婉婉、隔了一層皮來捏，現在她盡可以直指核心，照樣說得權仲白無言以對。權某雖然不快，但亦真找不出話來回擊。

他恨恨地進了淨房，再出來時，又免不得好奇地問：「妳平時一個人在院子裡，都忙些什麼？我聽甘草說，昨天他過來的時候，那個燕喜嬤嬤正給妳上課呢！」
「噯，反正受用的人是你，」蕙娘意興闌珊。「問那麼多做什麼？再說，今天先生不大高興，還敲打了我幾句……她親手做出來的練習器具，居然丟了。」
「丟了？」權仲白大為關心。「妳這麼鬧不行啊！從前沖粹園雖然人口少，可也從來沒丟失過一點東西，怎麼現在四處看著井井有條，反而還把這麼重要的東西給失落了！」
「這有什麼重要的？」蕙娘不禁失笑。「不知道的人，還當你真的寬不盈寸呢……就別人看著了，不也只有羨慕的分嗎？」
見權仲白的眼神，在她口手之間遊走，她紅了臉。「看什麼？死郎中，傺成朝伐想好事！（死大夫，你成天不想好事！）」
她雖然明知權仲白的癖好，曉得吳語特別能撩撥他，可也只有心情極好，又或者想要調戲他一番的時候才會祭出這一招來。
權仲白面上一紅，有點狼狽。「焦清蕙，妳就不要被我抓住妳的癖好！」
「我是正經人，哪裡有什麼癖好？」蕙娘是洗過澡的，正往身上搽這個、抹那個呢，見權仲白望住她不放，她嘻地一笑。「不好意思，天癸剛上身……今朝伐得！（今天不行！）」
明知天癸上身，還要這樣招他！權仲白臉色更黑了，他哼地一聲。「丟東西這件事，可大可小，妳只別忘了我告訴妳我不納通房的那幾句話。」

「你既然這樣想，那就你自己來說。」蕙娘正缺個話口呢，趕忙打蛇隨棍上。「這麼吃力不討好的事，我可不說的。就是家裡爹娘跟前，到時候也一併都交給你了，可不要又說我讓你來揹黑鍋。」

「我說就我說。」她又讓一步，權仲白自然痛快地答應下來。「至於家裡，妳更不必擔心了，我們家最重嫡子，絕不會讓正妻不痛快的。因通房不能生育，有沒有也就無關緊要。我爹多少年了，連通房都是從前我娘提拔的那幾個，就是幼金，還是幾年前繼母作主，納的幾個丫鬟裡，有一個避子湯失效才生下來的……這也是因為家裡幾兄弟年紀都大了，不然，根本不可能讓孩子落地。」

這樣說，小巫山肚子裡那一胎，豈非很危險了？庶長子生在前頭，對任何世家來說，都是後患無窮的一件事……蕙娘若有所思，又怕權仲白看出來了，因此她沒往深裡想。「那我可就交給你了，到時候沒準兒也要做作一番——你可不許嫌我虛偽！」

從權仲白的面部表情來看，他顯然是正嫌棄她的虛偽。蕙娘也懶於解釋，她哼了一聲。「你不是很看重丟了的那兩根東西嗎？不這麼做作，可絕對是再找不回來的了。」

權仲白似笑非笑。「妳就只為了找回兩個假陽具，就要作這一場戲？」

他用詞大膽，幾乎有些粗俗，又帶了醫生職業性的理直氣壯，蕙娘臉上有點發燙，可她好勝心起，一點都不願示弱，一揚頭，更是語出驚人。

「那就是假的，也是我男人身上的東西仿製出來的，隨隨便便就落到別人手裡，可不是小看了我焦清蕙？」她玩笑一樣地點了點權仲白。「你可仔細點，假的被別人看幾眼也就罷了，這真東西既是我的，別人連看都別想看，看一眼，挨收拾的是她，要是被別人摸了、碰了、親了、用了呢……挨收拾的人，可就是你了！不把你給閹了，我這個焦字，倒過來寫！」

這下輪到權仲白吃不消了。「妳怎麼這麼霸道啊……算了算了，這幾天不要說這個。」他純陽之體，保持到三十歲上方才失落，陽氣充足自然是遠勝常人。蕙娘聽江嬤嬤說了幾句，也知道權仲白雖然極力壓制，但他應該是比常人更容易動心，慾求也更旺盛，以至於她甚至都應付不了。要知道，從前江嬤嬤只傳授了一些基本功夫，其餘的學問，連教都不肯教，據說「姑娘天生體質好，一旦學得太深，將來反而容易夫妻不諧」，這就可見權仲白的厲害了……什麼魏晉佳公子、不食人間煙火、幾是神仙中人，其實私底下還要比普通人更貪婪得多呢！

「為什麼不要說？你怕了？」她扯開一邊衣襟，挖了一指養顏美容的香膏。「噯，背上實在難搽，相公——幫我？」

美人新浴，微露肩背一角，回首巧笑嫣然，雙指輕搖，淡白色膏體順著指頭往下流……權仲白霍地就站起身來，含怨瞪了蕙娘一眼。「喊個丫鬟進來幫妳搽！我睡覺了！」

蕙娘再贏一局，心情不禁又是大好。見權仲白倒在床上，無疑是在修行童子功，她不免噗哧一笑，這才收斂心神，一頭慢慢地收拾自己，一頭便對著玻璃鏡沈思了起來。

過了一會兒，似乎坐得不舒服，她還漫步到了窗邊，一手若有所思地撫上了窗邊琴案上的焦尾古琴。

一樣是夜色深濃，甚至連焦尾琴都沒得兩樣，似乎除了季節、地點的不同，這份星空下的靜謐永遠都不會轉變，可這一回，屋子主人的神態，究竟是大不一樣了。

第二天一大早，蕙娘就同權仲白提起了石英和桂皮的婚事。「聽說桂皮家裡已經在辦聘禮了，我的意思，還是跟著家裡的規矩走……等明年秋天行了禮，石英照舊做我身邊的管家娘子，如何安排桂皮，就由姑爺自己作主吧。」

權仲白無可無不可。「他們自己覺得這樣好，那就這樣辦便是了。」

「下人們的婚嫁可不是什麼小事。」蕙娘在孔雀手上的盤子裡東挑西揀。「唉，天氣還是熱，金銀都不耐煩戴，就戴這個貓眼石的簪子吧。你自己主意定下來了，放誰出去，留誰下來，她們也才能做自己的打算不是？沒得前途未卜的，倒是耽誤了也不好。」

她抬起頭，衝孔雀笑了笑，又轉過身子。「好比綠松，我都打發過立雪院幾個月了，收用不收用，你也給句話呀！那樣好的姑娘家，你要是不喜歡，也無謂耽誤人家的青春……」

權仲白臉色一沈，他語氣生硬，似乎又端出了那凜然難近的架子。「妳倒是賢慧！我還什麼話都沒說，妳就替我想好了？可惜我早已經下定決心，這一輩子是不會納什麼通房、小妾的，倒是白費了妳的一番苦心！」

他雖然身分高貴，但平時風度翩翩，在院子裡是很少擺架子的，即使被蕙娘氣得動了情緒，也很少沈下臉來說話。院子裡這群丫頭們，只知道主人夫婦關係並不如膠似漆，時時還有齟齬，上回關著門，姑爺還把姑娘給說出了眼淚。現在他臉色一沈，眾人都先有三分畏懼，由石英領頭，一個個接連矮了下去。

蕙娘有點吃驚，又有些不舒服。「哪有這樣的道理……我總有身子沈重的時候，姑爺這麼做，恐怕長輩們不會怪你，倒是來怪我——」

「那就讓長輩們同我說！」權仲白連飯都不吃了，他站起身。「以後不要再提這種話了！誰家丫頭不是女兒，不想嫁出去做個元配主母的？不是你們做主子的威逼利誘，哪個願意為人做妾，一輩子穿不上正紅裙子？就真有此等人愛慕財勢，那也必定心性輕浮，不可親近，一經發現，一定要攆出去遠遠地發賣了才好！我看妳那個綠松也從未想到這頭去，妳就不要枉費心機了！」

這話說得很重，蕙娘不禁面色微變，一群人更是大駭。

等權仲白拂袖出了院子後，石英第一個跪著上來安慰蕙娘。「姑爺有口無心，姑娘您別往心裡去……」

焦清蕙雖然金尊玉貴，可到底也是從姨娘肚子裡爬出來的，權仲白會說這話，可見是動了真怒，丫頭們哪有不擔心的？這姑娘再厲害，一旦姑爺認真動氣，還不是只有被說哭的分？上回就鬧得老太爺出手了，難道這一回，還要去請老太爺？

蕙娘怔了半天，才輕輕地嘆了口氣，擺了擺手。「算啦，他不情願，我難道還牛不喝水強按頭？」她多少帶了些歉意地掃了孔雀、香花等人一眼。「就沒想到，這才一提起，多少男人趨之若鶩、恨不能高呼『娘子賢慧』的事，倒和要他的命一樣，話說得這麼難聽……他沒福分是他的事，我就是捨不得妳們。」

二公子一提到這事，連結髮妻都衝了這麼難聽的話了，丫頭們難道還敢生出別的心思來？從孔雀起，一個、兩個都紛紛垂淚。

「我們也沒敢有別的心思，只是姑娘一片抬舉的好心，倒被姑爺給衝成這樣……」說著，不免又反過來安慰蕙娘，都道：「今日真委屈姑娘了，姑娘千萬別和姑爺計較，他古怪得很，京裡人都是知道的……」

蕙娘還是有點悶悶不樂，她嘆了口氣，令石英。「過幾天，妳讓人把綠松接回來吧，有些話，我要當面叮囑她。」又扭頭吩咐孔雀。「還有養娘，最近得空，也很可以到香山來住一段時間……妳們都是我心尖上的人，權仲白沒有福氣也就罷了，這親事可要妥善說了，萬萬不能委屈。」

跟在十三姑娘身邊做事，累是真累，可沒有誰不是累得心甘情願。幾個丫頭眼眶都紅了，孔雀更是珠淚欲滴，她捏著衣角，說出同儕心聲。「我們也等閒見不著外頭的人，這婚事，還得姑娘給我們作主……」

蕙娘望著她笑了一笑，她輕輕地拍了拍孔雀的手。「從小一起長大，這情分還用說嗎？

放心吧，就看在這情誼上，也一定會給安排個好歸宿的。」

不過，眾人也都明白——石英不過是仗著父親的關係，拔了頭籌，要說身分，其實孔雀和桂皮也是相配的，奈何她同綠松都被長相給耽誤了，現在要說親，她就得跟在綠松後頭挑了。少夫人的意思很明白：抬舉通房，綠松是第一個被抬舉，這要挑女婿嘛，綠松也得先下手挑，她不開口，別人誰也不能搶先。

也就是因為這個，蕙娘雖說是「過幾天」，可第二天一大早，綠松就被眾多陪嫁萬眾一心、各顯神通地送到了甲一號，蕙娘一見她就笑了。

「妳來得正好。」她說。「我有事和妳商量呢！」

第六十四章

綠松給蕙娘說笑話。「昨天下午，消息就送到香山了，您養娘親自到姜家作客，令我出去吃了頓飯，話裡話外，都說讓我挑當歸，說那是少爺身邊出來最有體面的小廝，現在府裡做個管事，面子可不小，又天花亂墜地吹了他好些好話。我說這得姑娘作主，今兒天才濛濛亮呢，香花她爹就來了，說是要往您這裡送東西，可以把我搭過來……從前對我，他可沒這麼殷勤。」

「他也應該對妳殷勤一點。」蕙娘見到綠松，話總是要比從前多幾句的。「只是妳不四處賣好，這好也就沒人知道罷了。」

要真正拚寵愛，什麼都是虛的，就只看主子聽誰的話那才是真。幾個大丫頭都有交一份人事安排建議，蕙娘採信誰的方案最多，只有個人心裡清楚。

綠松笑了。「我不要他領情，我和他們家又沒交情，這還不是為了您嗎？他性格活泛，最能結交朋友，自己嘴巴又牢，與其做個掌櫃，倒不如放在府裡，更能發揮他的作用。」

地位越高，越覺得自己是孤家寡人，這話決計不假。蕙娘自己不過是掌握了一點財富，尚且談不上有多大的權力，已經覺得要將身邊這群人團結在一起，要花費些許心機。可要連身邊這群人都無法駕馭，她又能有什麼能量？石英、孔雀、雄黃……她身邊的能人雖然多，但也都有所求，唯有綠松，雖說權仲白為她開脫了一句，可到底還是白白地揹上了一個「欲為通房而不得」的名聲，這想要往上爬的態度是給坐實了的，可她連半分埋怨的態度都沒露出來，見了面，還惦記著給自己通報其他人的態度……

越是能幹、越是忠心、越是體貼，蕙娘就越不會虧待她。「妳看中了誰，只管告訴我，就想要外聘做個秀才娘子，也不是辦不到的事，我身邊出去的大家婢，怕是連窮舉子都要爭著娶呢！只若要找個舉人身分，他自己條件就不會太好了……少不得要費些心機，把他提拔起來。」

「婢女出身，找讀書人也沒意思。」綠松搖了搖頭，沒和蕙娘客氣。「他有出息了，嫌我；沒出息，我嫌他。說親還得門當戶對，您給我作主便是了，我沒什麼想法。」

綠松長期在內院生活，幾乎從不出二門一步，從前在焦家，倒是不少人有意給她說親，但都苦於沒有門路——她的婚事，若沒有蕙娘點頭是下不來的。畢竟，在焦家內部，能娶到綠松，幾乎也算是一步登天了，可隨著蕙娘身分上的變化，她倒是沒有石英吃香了，畢竟，一個次子媳婦的內院，油水可絕不比她的陪嫁產業更豐厚。

次媳的地位可以改變，但女兒家的青春卻拖不了那麼久。蕙娘心裡也不是不為她著急的，她輕輕地嘆了口氣，難得地提起了一個早已經遠去的人。「要是焦勳在，你們倒是天作之合……」

「他的身分，我配不上。」綠松搖了搖頭，不肯再提焦勳了，而是問蕙娘。「您把我喊回來，就是為了這件事？」

看其神色，似乎還對蕙娘有幾分不滿，嫌她小題大做……蕙娘對住綠松，真是脾氣都要軟上三分，她哭笑不得。「這可是關係妳一輩子的大事，妳就這麼不上心？」

不過，特地接她回來，一方面是要把戲給作到十分，裝模作樣，也都要親自安撫綠松幾句；一方面，蕙娘自然也是有事要交代她的。從前她大有希望晉位為通房的時候，有些話蕙娘不大高興說，現在她要往管家娘子這條路走了，她倒又覺得能和綠松交代點心裡話。

「這半年間，我會儘量減少回府的次數，即使回府，恐怕也是在相公陪伴下，蜻蜓點水，住住就走。妳在立雪院，也不必太活躍了，遇到什麼事都不要牽涉得太深，多看多聽，少開口。尤其是大嫂的孕事，妳特別不要打聽。」

綠松瞳仁一縮：從前喊「權仲白」，至多客氣一點，喊「姑爺」，現在，姑娘口中竟帶出「相公」了……

看來，姑爺到底是比姑娘想的要有本事一些的，十三姑娘的本色，她綠松瞭解得還不夠清楚嗎？

「雖說現在大少夫人有了身孕，」她多少帶了一絲欣慰。「您給她添堵，不大妥當，可不管家裡的事，卻也不好放下和長輩們的關係……」

「還不是他的意思。」蕙娘有點無奈，她沒瞞著綠松，三言兩語，就交代了自己和權仲白的「交易」。「雖說我們本來就有此意，也算是順水推舟，可既然他這麼要求，多少還是要做得漂亮一點，自己知道避嫌。這半年，非但我不能經常回去，就是妳，也不能經常過來了。」

見綠松眼底似乎有些笑意，蕙娘也實在是怕了綠松的嘴了，她搶著又說：「有些事，還是現在先交代妳幾句，免得經人傳話，不大穩妥……妳在立雪院也住了這幾個月了，大嫂身邊最得寵的陪房，妳瞧著像是誰？」

像權家這樣的大家族，當然不論內院、外院事務，都有一定的管事在辦，一個蘿蔔一個坑，絕非一朝天子一朝臣。大少夫人雖然入門十多年，在府裡也算是根基深厚，但她的陪房距離滲入權家管事階層，還有一段路要走。現在權家內院的管事，多半還是為權家自己族內的下人家族、太夫人、兩任權夫人的陪房所構成。要看大少夫人的心腹，就只看她的下人裡，誰的職司最重要，多半也就八九不離十了。

綠松毫不考慮，她斷然道：「雖說得寵的陪房娘子有好幾個，可要說她最看重、也最能為她辦事的，也就是巫山的嫂子小福壽了。那是她的陪嫁大丫頭出身，雖說生得好，可硬是沒捨得開臉做通房——那是要服避子湯的，一輩子可不就廢了？配了人以後，在府裡慢慢地從雜事管起來，現在已經管著府裡的好些瑣事了，就連大廚房都要和她打交道結銀子……在府裡也是很有臉面的。」她有些猶豫，又道：「雖說她也是『機關算盡太聰明，反誤了性命』，現在正尷尬著呢，可到底是大少夫人一路看大，連親事都是大少夫人牽線的，只要巫山生個女兒，只怕也還是會和從前一樣，熱衷於抬舉她的。」

進門才三、四個月，人人都明白立雪院和臥雲院的尷尬關係，綠松領著一個白雲，帶著繼續住在京城國公府附近的幾戶人家，還能蒐集到這些資訊，這就是她的能耐了。蕙娘點了點頭。「我知道妳的意思，要把小福壽拉過來，我們現在還沒這個能耐，再說，她一家子都姓林，就為了家裡人想，她也是拉不過來的，要拉她，反倒可能反被她和大嫂算計一招。她現在怕是正愁沒有地方獻功討好賣忠心呢，我們犯不著為她做這個人情。」她若有所思。「可見微知著，要瞭解一個人，最好的辦法，就是問一問她最親密的人，對她是什麼評價。」

自然，如在平時，小福壽提到大少夫人，哪怕只有一句不好，也都算是她不知好歹。可現在就不一樣了，大少夫人可能生下嫡子，巫山的存在就有幾分尷尬，心慈一點，那就等孩子落了地再說，不論是去子留母還是去母留子，都算是給巫山一個機會。要是心狠一點嘛……胎兒落了地，那就是權家的子嗣，對子嗣動手，始終是犯忌諱的，可還沒有落地前，它也就是一塊肉而已，按權家長輩對嫡子的重視來說，沒準兒也就睜一隻眼閉一隻眼，由著大少夫人安排了。

大少夫人是心慈還是心狠，是「防患於未然」，還是「能兩全其美，就兩全其美」，從巫山的命運——從福壽嫂子對巫山命運的預測，多多少少，就能揣摩出個大概來了。

綠松神色一動。「您是懷疑……」

那一晚加了馬錢子的藥湯，究竟是不是五姨娘的手筆，除了蕙娘，也就只有綠松最清楚了。蕙娘雖然沒有明確地提過，但綠松有腦子，她不會自己想？除了五姨娘之外，還想要蕙娘性命的人，也就只有權家的幾個主子了。這三個月來，對權家局勢也有了初步的瞭解，要說大少夫人最有嫌疑，綠松是不會吃驚的。

「凡是做過，就不可能不留下痕跡。」蕙娘慢慢地說。「一個人做事的手法，就像是他的書法，什麼時候轉，什麼時候勾，什麼時候用勁，什麼時候收筆，那都是藏不住的習慣。見微知著，福壽嫂能告訴妳的事情很多，其中大部分，也不是妳問出來的。」

「奴婢明白該怎麼做的。」綠松的態度就鄭重得多了，她猶豫了一下，又道：「她是大少夫人身邊的紅人，雖然自己也有個家，可時常在內院住宿，和白雲其實就是對門。據白雲說，那也是個聰明人，很懂得看人眉眼，幾次辦事，都很見功底……我也接觸過巫山幾次，她這個性子，略淺薄了一點，比較張揚不好控制，如讓大少夫人自己挑，她可未必會挑中這位，怕是巫山她哥哥嫂嫂的意思……這樣看，此人也算是有野心、有想法的了。現在局勢變化了，她很有可能想給自己找條出路，要是主動向我們靠攏……」

「送上門的肥肉，有不吃的道理嗎？」蕙娘的唇邊浮起一絲微笑，她閉上眼睛，夢囈一樣地說：「不過，妳可不要問任何和藥有關的事，這個查出來，她也沒好果子吃的，所以即使知情也絕不會說出真話，只能徒然暴露了我們而已。要問，妳就旁敲側擊地問點大嫂這一胎的事吧。」

「您是說……」綠松難得地被搞糊塗了。

「傻呀！」蕙娘數落綠松。「就不該把妳留在立雪院，那地方被權仲白住久了，簡直浸透呆氣，連妳都被染得呆了。」她提點這丫頭。「就有這麼巧嗎？十多年不能生，忽然間，通房有了，她也有了？巫山沒能耐借種，她可就不一定了，五月份不是還回娘家住了嗎？就她自己不想，恐怕娘家人都未必不想，畢竟世子夫人同一般的少奶奶，差別可大了去了。」見綠松難得地怔住了，她一撇嘴。「要是沒這回事，當然我們也不能栽贓，可要是有呢？她做過的事，瞞住我們容易——我們沒有根基，瞞住府裡別人也不難——她的確是個聰明人，可要瞞住她自己一手帶起來的心腹，怕就沒那麼簡單了……」

權仲白對她接綠松過來密談的事，是有一點意見的。「不都說了，這半年妳得置身事外的嗎？還讓她過來，怎麼，妳不能出場，就讓她代替妳鬥？」

「誰要鬥了！」蕙娘氣得拿腳去踩權仲白。「還不是你！硬要把話說得那麼難聽，我不把綠松叫回來說幾句好話給人看，給她物色個好婆家，以後誰還幫我做事？」

這也是正理，權仲白嘟囔了幾聲。「要我出面的是妳，我做了事，又是妳來挑毛病……」也就不再抱怨了。

他對綠松的親事，還是比較熱心的。「我手下好些藥僮小廝，後來年紀長大，都被奶公安排到藥鋪裡做事了，現在雖然年紀還輕，但以後做到奶公那樣的位置應該不難。尤其以當歸、陳皮幾個，人品人才都好，倒也都還沒有說親，妳要是覺得好，那就找天安排綠松和他們彼此看看，合適的話，也是美事一樁。」

此人也算是有些城府了，怎麼還天真如此？如果世子之位旁落，將來恐怕連他奶公在藥鋪裡的管事地位都保不住，更別說這些小廝們了。

蕙娘只是笑。「好啊，她心氣高，我和她說了，儘管挑，她不點頭，我是絕不逼她的……就看她自己喜歡哪一個了。」

她又為孔雀發愁。「也是心氣高，我知道她，她還喜歡俊小子，這身分還要相當……嘶，這可不大好挑啊……」

這說到孔雀，權仲白便不說話了。蕙娘看了他幾眼，見他神色淡淡的，好像沒聽到她的自言自語，她不禁微微一笑：這個人，感覺倒還是敏銳的。

「對了，妳的陽勢到底找到了沒有？」權仲白又問她。「這麼兩、三天了，如沒找到，豈不是耽誤了功課？」

「江嬤嬤早就削了另一對給我了！」蕙娘臉紅了。「那一對就是找到了我也不要啦……」她嘆了口氣。「你放心吧，等綠松的親事定了，我看，它也就該出來了。」

她這話也只說對了一半——才過了七月半中元節，她養娘廖嬤嬤剛進來看過了蕙娘，孔雀就捧著一個匣子來找蕙娘，一進門，她就給蕙娘磕頭。

「耽誤您的功課了，找您請罪來的。」

第六十五章

蕙娘讓孔雀起來。「妳不說我也知道，是誰轉交給妳的？」

看得出來，孔雀鬆了一口氣，她眼圈有點泛紅。「姑娘真是明察秋毫……是方解給我拿過來的，這盒子和您慣常收藏鐲子的小匣子很像，她還以為是我落在屋裡的。您知道她的性子，一向最謹慎，自然也沒打開看過，給我擱下了就走。我沒當回事，也就放在一邊，到了晚上要歸檔的時候，一打開我便傻眼了……她是好心，可倒是把我給架在火上了，給不給您送過來都不好辦……」

孔雀雖然刻薄了一點，但跟著蕙娘一起長大的，她不會不懂得蕙娘的性子，偷個陽勢這麼短視的事情，她也是幹不出來的。

「我知道妳心裡也委屈。」蕙娘嘆了口氣，她讓孔雀。「坐下來吧，在我跟前，妳什麼時候變得這麼拘束了？實話和妳說，要不是姑爺牛心古怪，妳和綠松，我都想留在身邊使的。可私底下和姑爺提了幾次，姑爺都是那樣回話……這也是他沒有福分！只是家裡人多，我也煩難，有些事，姑爺立定了心，可我要不說明，丫頭們還以為是我小氣不能容人，這可就麻煩了，指不定就有誰有了些不該有的想頭……」

這話實際上已經點得很透——蕙娘也就是借著陽勢失蹤的事做個話口，推著權仲白，把他的心思擺到檯面上來。孔雀眼圈紅了。「不管姑爺怎麼說您，我們明白您的，您心地好，這是絕了將來的不才之事，給大家都保留體面。若不然，有人起了不該有的心思，姑爺又是那個態度，她還能有活路嗎？自己都活不下去了……可惜，我沒福分跟著您，服侍您一輩子……」

提拔大丫頭做通房，簡直是再天經地義不過的事，有的人家，四個陪嫁大丫頭，全不放出去也是常有的事。孔雀這話，實屬常情，她能明白這一點，不至於對蕙娘生出埋怨，也就免了她撫慰之勞，倒不枉是廖養娘的女兒。

蕙娘也頗為欣慰。「就是成親配人，難道不是服侍我一輩子？妳娘都和我說了，她覺得陳皮人不錯，也是姑爺親自使喚過的，家裡人丁興旺，在府裡頗有體面。妳意下如何？」

權仲白手底下的小廝，也就是陳皮和當歸混得最好了，兩人的地位、年紀、才幹、相貌都相差彷彿，所差者，只在當歸也是煢然一身，隻身賣身進來服侍的，而陳皮卻是國公府的姜家，一家子在各院服侍的都有，廖養娘向綠松力薦當歸，是有她的道理在的。

孔雀咬著唇，久久都沒有說話，半晌才道：「我聽姑娘吩咐，反正，姑娘不至於虧待了我……」

這嬌撒得好，理直氣壯之餘，還帶了些狡黠的試探，把蕙娘逗得頗為開心，她逗孔雀。「那就真把妳配給甘草了啊……」

這一次，孔雀面上一紅，卻沒有作聲，蕙娘心中一動，倒有些吃驚。「怎麼，妳——」

「我就聽姑娘的吩咐……」孔雀扭捏了半天，才憋出了這麼一句話，她一扭身子就跑出去了，把簾子甩得一陣蕩漾。

蕙娘托著腮看她的背影，想了半日，才不禁甜甜地一笑。

「人心真有意思……」她喃喃自語。「離奇的事，有的是呢。」

她把廖奶公找來說話。

陪嫁過來這十幾房下人，有丫頭們的親戚、有家裡兒女還小，因能幹而入選的青年管事、也有蕙娘本身的關係戶。廖奶公在焦家已經是榮養起來，很多年沒有職司了，但老太爺既然把他一家跟著蕙娘陪過來，肯定是有用他的意思。

過去幾個月，丫頭們還算有事忙，管事們卻閒得慌，也就沒人給他尋摸事情來管。到了香山之後，權仲白的張奶公又時常回沖粹園來服侍，蕙娘有些事是直接交代給他去做。如今張奶公南下去採買藥材了，焦梅也去山西看帳了，沖粹園的事，自然而然就歸攏到了廖奶公手上，幾個丫頭們安排職司的時候，全都把他給跳過去了，默認他就是沖粹園的常務管家，可蕙娘一天沒開口，廖奶公就一天沒有以管家自居，什麼事情，不是蕙娘交代給他做，他連問都不多過問。

廖養娘能成為蕙娘的養娘，自然也不是沒有本事，從奶公到奶兄弟姊妹，廖家一家，雖有小瑕疵，但大體來說，是可以讓人放心的。

「這一批丫頭裡，別人也都罷了，」蕙娘開門見山。「等到明年府裡放人，男婚女嫁，我們帶來的小廝也有要娶妻的，府裡的人家看中了我們的也很多，唯獨方解，不可以再留了。你在我們自己人裡尋個才具一般、老實一些的小廝，就在下個月成親吧，成親以後，放到小湯山去，讓他們看著莊子……也算是她在我身邊服侍一場了。」

廖奶公神色一鬆。「這件事確實尷尬，孔雀年紀小，拿不定主意，不然，一經發現，立刻就拿來尋您把話一說，也就鬧騰不出這麼大的動靜了……」

「也都是順勢而為，」蕙娘漫不經意。「小事而已。倒是九月交帳，掌櫃們都要回京，往年家裡自然安排在會館住。今年恐怕是都要集中在沖粹園這裡，那就不能不安排住宿了。雄黃不知能否及時回來，我今年也正打算親自盤帳……到時候，我們這裡的帳房，您得留神物色敲打，先訓練起來。」

又和廖奶公商議了半日盤帳的人選，廖奶公若有所思。「這一去也是大半個月了，雄黃年紀還小，從前未能接觸過多少實際帳務……要不要往山西送封信，派人看看情勢？」

「有焦梅在那裡，出不了什麼幺蛾子的。」蕙娘的語氣有點淡。

廖奶公便不敢多說了，告退之前，他慎重給蕙娘磕了幾個頭。「多虧您明察秋毫，不然，孔雀這丫頭一輩子都要被耽誤了……」

都知道她的脾性，底下人沒有別的事，是不敢進來打擾的，石英帶著幾個小丫頭，在西廂房屋簷底下裁草紙——蕙娘連用的一張紙，都要丫頭們將底下人送來的上等好紙再行加工一番。她隔著窗子看著這群青春少女流暢而輕盈的動作，忽然生出幾分煩躁：這麼幾十個人，也是拉幫結派、明爭暗鬥的，一點都不消停，在權家都還沒站穩腳跟呢，就已經隔山打牛，拚了一記。權仲白口口聲聲「光風霽月，不耐煩玩弄心機」，實在是不知天高地厚的言語。這群人精子算精明過人了吧？可他們得彼此一心互相幫扶著，才能壓住外頭櫃上那些精靈古怪、老於世故的掌櫃們。超人的財富，沒有超人的本事，根本就守護不住！他倒好，只用一心一意扶他的脈，別的什麼事，都自然有人為他打理得妥妥貼貼，他自己呢，只需要端出神醫的架子，對著什麼事都挑挑揀揀的，露出一臉的嫌棄來。無非就仗著自己是個男人——可的確，就因為他是個男人，在多少事上都占了優，朝事、家事都不說了，就是房事，也……

蕙娘一把拉起了窗簾，她又開了櫃子，取出一個木匣打開，一臉苦大仇深地瞪著那兩根傲然矗立的黃木物事，想到權仲白仗著自己純陽之體做下的那諸多惡事，她咬著牙哼了一聲，又再猶豫了一下，終於還是做起了她的日常功課。

過了七月，京城又再熱鬧起來：除了各地秀女抵京預備閱選之外，也是因為城裡又要辦喜事了。吳尚書的幼女興嘉即將出嫁，所嫁還是太后兄弟，宣德將軍牛德寶的長子，京裡的眾多眼睛，自然也都盯在了吳家的陪嫁上。

蕙娘這一陣子，也就是一個月裡隨權仲白進京一、兩次，兩夫妻見過長輩，有時候連立雪院都不回，權仲白直接就把她給帶回了香山。雖然還能見上大少夫人幾眼，但在如此嚴防死守之下，她也就能望見林氏逐漸豐滿起來的腰身和臉龐——多年得子，權家上上下下都不敢怠慢，現在大少夫人已經用不著管事了，只是一心安胎進補，她自然是比以前要豐滿得多了——甚至連和大嫂說幾句話，都要先想一想，免得無意間刺激到她，稀裡糊塗地就算是破了戒。可就是這個樣子，她也免不得聽說了許多吳興嘉的排場，什麼送嫁妝的車隊，能從吳家巷口排到城門；什麼某幾車駕，有若干軍士防護，一望即知，那是裝了吳姑娘首飾的花鈿車。以一般人家的排場，首飾能裝一輛大車也就夠了，可吳家硬是給女兒裝了有四大車的首飾，據說其中大部分都是吳嘉娘若干年來蒐集的鐲子云云，又說她的陪嫁，光是田地就有千頃，更別說其餘田莊了。

不過，不管是誰這麼議論，在焦清蕙跟前，到末了也都免不得歸結為一句——「這幾年出嫁的姑娘，怕也就是她的嫁妝，能和妳比一比了。」

這所謂的比一比，根本都還沒把宜春票號的份子給算在內呢！蕙娘聽人談吳興嘉，唇邊的微笑就從來都沒有褪過色。

權仲白多少也知道一點焦家、吳家的恩恩怨怨，他有點感慨。「別的事不說，這件事她應該謝謝妳，要不是妳，她的嫁妝怕也沒有這麼奢華。」

蕙娘並不太在意這個。「嫁妝給多了，也要看她能不能經營。吳家除非陪一座金山、銀山過去，不然，坐吃山空，按她那樣的作派，沒有幾年，再多的嫁妝也要用空啦！」

「那就難怪妳祖父要把票號給妳陪過來了。」權仲白逗她。「要不然，兩、三年後，妳的嫁妝銀子怕也就不夠使了。」

「把宜春票號陪過來，其實是勢在必行。」蕙娘輕輕地吁了一口氣。「一年上千萬、過億銀子的進出，這買賣能簡單得了嗎？要想拿得住他們家的份子，身分、手段都不能差了，子喬年紀還小，沒這個本事的。」

兩夫妻現在講話，倒的確要比從前坦誠不少，權仲白也愛噎她，不再追求什麼風度，他挺光棍的，一攤手。「換作是我，每年銀子不少我的就行了，別的事，我管他個球。」

蕙娘瞥他一眼，眼神如絲，憐憫絲毫都不掩飾。「所以你就沾不得家裡的生意……銀子憑什麼不少你的？要把你擠出去，辦法多得很！票號內部就不說了，就是他們老西兒自己，也多得是人眼紅宜春的生意做得大。票號就是這樣，越大越紅、越紅越大，其餘幾間票號，以盛源為首，沒有一個不盼著宜春倒楣的，每年真刀真槍，上百萬兩銀子的商戰，說出來就像是一部書，三天三夜都講不完。當年出了一點錢，現在就穩坐大股東的位置……真是美得你！」

「妳難道還少銀子使？」權仲白嘟囔了一句，看蕙娘眼神一亮，似乎又要長篇大論，他忙逃避一樣地說：「好啦好啦，知道妳是女中豪傑，行了吧？這世上只有妳不願做，還沒有妳不會做的事，成了吧？妳派去山西查帳的那兩個管事，不是昨天剛回來嗎？妳去和他們談妳的大事，我要出去扶脈了。」

為了把她看住，現在權仲白有點時間，都儘量待在香山，也因為蕙娘家居實在無聊，打理完沖粹園事務，她連個說話的人都沒有，就連在湖心亭賞月，都要等權仲白從病區回來了，看他精神還好，她才能纏著他一道過去。權仲白漸漸開始抽時間陪她在園子裡消磨一點時光，他本不是愚鈍之輩，對蕙娘的一點佈置，哪能沒有察覺？就連方解忽然不在人前露臉，給蕙娘抱琴的丫頭換成了年紀還小的碧璽，他都提出來問了蕙娘一句。兩個人倒要比在立雪院裡熟悉了一點，起碼蕙娘身邊的管事丫頭，權仲白多半都能叫上來名字了。

「我本來就很少有不會做的事。」蕙娘難免有點得意，她靠在窗邊，眼神一閃一閃的。「起碼，不會同有些人一樣，說不過我，就要夾著尾巴出去扶他的脈。」

權神醫手一頓，他看了蕙娘一眼，有點咬牙，想得一想，又自一笑。「真的什麼都會？」

「怕你不成？」蕙娘一挺胸，神采飛揚。「你能考我什麼，是我該會而不會的？那我也就服了你啦！」

「那妳做頓飯給我吃，裁件衣服給我穿吧！」權仲白乾淨利索地說。「主持中饋，難免烹烹煮煮、縫縫補補，我這兩個要求，不算過分吧？」

兩夫妻一邊吃早飯說閒話，石英等丫頭自然要在一邊服侍，從石英起，幾個丫鬟都忍不住偷偷地笑。

蕙娘面上一紅。「妳們笑什麼……」她轉了轉眼珠子。「說得是，一般人家的主母，自然是廚藝、女紅都要拿得起來……」

一邊說，她一邊望了權仲白一眼，見權神醫眼底有些笑意，像是被春風吹皺了的池水，在自己跟前，難得有這樣放鬆的一面，周身風流流轉，似一硯水墨蕩漾……蕙娘剎那間竟有些微暈眩，她忙搖了搖頭，將這觸動給搖散了，才續道：「可男主外女主內……」說著，焦清蕙理直氣壯地一伸手。「給錢買菜裁布，養養家呀，相、公！」

權仲白身上可能已經有五、六年沒帶過錢了，他一摸腰，自然摸了個空，再左右一看——這甲一號裡，現在連一張床都是焦清蕙的陪嫁，就有銀子，肯定也是她的陪嫁銀子，和他沒多大關係。要叫丫頭們去扶脈廳那裡取呢，扶脈廳裡似乎也沒有放銀子的習慣，從前張奶公在的時候，帳房是張奶公管，現在張奶公回鋪子裡去，焦清蕙派人接管了帳房，同他手底下的茯苓一道管著帳，但沖粹園的用度從前是府裡撥給——也是因為當時人口少，花費少。前陣子回府，他還聽見母親提了一句——自從蕙娘過去，現在內院的帳是不往家裡走，全是二房自己消化……

他忽然發現，自己成親四個月來，除了給焦清蕙提供一個沖粹園住之外，似乎大部分時間，是吃她的、用她的，沒給過一分錢養家。

蕙娘見權仲白的臉色陣紅陣白，有點尷尬，簡直要比大暑天吃個甜碗子還受用，她托著腮，又柔和又同情地望住權仲白，待他發了一陣窘，才笑道：「不要緊，姑爺，我曉得，你會扶脈嘛！不能掙錢，有什麼打緊？」

兩人一席懇談後，彼此都算是放下一點面具，說起話來真是毫不客氣。權仲白噎焦清蕙噎得狠，焦清蕙笑話他也不落人後。

此時他正是被噎得難受：誰都知道，權神醫扶脈是不收診費的，一應吃穿用度，似乎都是家裡出錢，蕙娘這句話，倒也沒有說錯。

「真要這麼說，我也能養得起妳！」權仲白苦思了半天，眼睛忽然一亮，他得意洋洋地說：「妳的宜春票號，不也是妳家裡給的？雖說沒有分家，我名下沒多少財產，但我娘的陪嫁，注定分到我頭上的那些，一年也有一、兩萬銀子的出息，兩個人吃飯的錢，那肯定也是有的。」

蕙娘還沒說話呢，丫頭們互相看了看，都笑起來。

石英現在，比較來說是最敢說話的。「少爺，一、兩萬銀子？就咱們沒住進來的時候，沖粹園一年怕都不只花這麼多呢……」

「好啦、好啦。」蕙娘見好就收。「談錢多俗？少爺要收起診費，不上一、兩年，肯定也是廣廈連雲的巨富身分，妳們就只是嘴快，該打。」

丫頭們妳看看我、我看看妳，不敢說話了。

權仲白「哼」了一聲，悻悻然地站起身來，忽然聽到袖中微響，他想起來——「我這兒有銀子呢！那天我一個人上街，桂皮給我備著買零嘴、上酒樓的！」一邊說，一邊從袖中隨囊裡掏出一個荷包來，裡頭居然是滿滿的碎銀子。權仲白把荷包往蕙娘跟前一倒，一亮牙齒。「這麼十幾兩銀子，夠一桌上好席面了！八冷八熱、四葷四素，飯後還能有鮮果敬奉。

娘子，為夫錢變出來了，就等妳一展手藝啦！」

他身上慣常帶什麼東西，蕙娘是最清楚的，隨囊裡除了一點手巾、薰香之外，也就是偶然放幾本小箋，哪想得到桂皮考慮得周到，倒是給權仲白扳回一城的機會。蕙娘笑容一頓，這回，她連飯都吃不下去了，多少有點慌張地道：「你瞧，雄黃和焦梅進來了……你快去忙正事吧，中午回來吃飯便是了。」

權仲白哈哈一笑，他很從容。「不要緊，妳不是常嚷無聊嗎？今日我就在內院陪妳了，生火起油鍋可不是什麼輕省活計，我也好歹能幫妳打打下手不是？」

眾人笑聲中，蕙娘頭一次失去從容，黑白分明的眼珠子滴溜溜地轉個不住，看看權仲白，又多少有幾分狡猾地瞟瞟石墨，倒是現出了桃李少婦特有的靈動嬌憨，權仲白看在眼裡，唇邊笑意越濃，可他正要開口，雄黃同焦梅已經一前一後，進了屋子。

在這兩個日後的得力手下跟前，幾乎是本能的，焦清蕙臉色一正，又端出了那從容而矜貴的架子。

第六十六章

要在宜春票號看帳，可不是什麼輕省的活計，單單是宜春票號每年給各股東看的明細花冊，就是一本厚厚的書。全國一千多個州縣，沒有宜春分號的地方是屈指可數，這些票號年年的支出開銷、盈利流水，就是一筆極龐大的資料；還有宜春票號拿了這些銀子在手，自己從事的放輕帳拆借、買廠辦實業等投資行為，又是極為繁雜的現金流水。其中可以做手腳的地方很多，要挑毛病，首先就必須看懂這本帳，然後再從每年同期支出裡挑刺找瑕疵。

如果蕙娘是誠心發難，她還會讓雄黃帶著自己的帳房團去盤原始帳，但這就有點開戰的意思了，現在和宜春票號還不需要走到這一步，讓雄黃過去盤帳，不過是表明態度，也算是亮亮自己的爪子，更重要的，還是想看看票號那邊是什麼態度。

這麼大的機構，雄黃一個人，哪怕只是先看總帳，再蜻蜓點水地查明細，肯定也得費不少功夫。但她看著，是要比在自雨堂的最後兩年精神多了，人雖然瘦了一點，但雙眼閃亮、紅光滿面，說話也有精神。

給蕙娘請過安，雄黃便笑道：「同您說的一樣，他們該做的手腳，是沒有少做，不過同往年比，也沒有太多的不同，進出也就是幾萬兩……」她掃了權仲白一眼，沒有帶出具體的數字，只含糊道：「今年結出的分紅，應該同往年一樣，每年都增長有一成左右。」

以票號的規模，每年利潤還有一成的增長，可見這速度是有多可怕，具體的盈利數額是有多駭人了。權仲白沒去扶脈，在蕙娘身邊旁聽，倒不是為了摸清妻子的陪嫁底，他實在是有幾分好奇的。聽見雄黃這一說，心底隨隨便便一估算，亦不禁咋舌：焦清蕙僅僅是這一項，一年的收入，可能就頂得上好幾個州縣的歲入了！

焦清蕙卻是慣了這驚天的富貴，她眉眼絲毫不動，反而顯得異樣的沈靜而冷凝，對雄黃的彙報，一時並未表態，只是垂首用了一口香茶，又注目焦梅。

「前些年，朝廷花錢多。剛剛改朝換代，皇上抓得也緊，」焦梅看起來就沒有雄黃那樣高興了，他也一樣掃了權仲白一眼，字斟句酌。「票號和一些地方銀庫互相拆借，是沒收利息的，實際上現銀有很大一部分是挪作了這種用處，利潤這才增長得比往年要少了，可從前年起，朝廷和西北通商已經初見成效，年年收的商稅就是一筆不小的數目，戶部的壓力減輕了，各地銀庫也就能漸漸地緩過來……」

「這些話，不必瞞著姑爺。」焦清蕙似笑非笑地衝權仲白遞了一個眼神，她像是從冰一樣剔透的冷靜裡又退出來了那麼一瞬，有了一點少婦的風情，像是在說「你能將宮中情況告訴我，我又為什麼不能在票號的事上信你一次？」，可這嬌媚也只是曇花一現，就又被聽不出喜怒的音調、看不出情緒的微笑給代替了。「梅叔意思，今年的利潤，是應該要更多一些的？」

「老太爺特地把陳帳房派到山西，」焦梅說，他扭頭衝雄黃解釋了一句。「妳爹怕分妳的心，便沒有進去看妳。我們兩個和票號總掌櫃李氏都談過了，據李氏說，今年盛源那邊的動靜的確很大，怕是想要走從前宜春的老路，隨著他們家選中的王布政使，一步步把宜春頂掉，起碼是頂出一點位置來。單單今年一個夏天，各地的擠兌風潮就有四、五起。是用舊年的人情問當地銀庫拆借，才把銀子都付出來的，但這麼弄利息高，損失的確是大……喬家幾位爺都說，是該要增本金了。大爺、三爺意見最堅決，二爺有些遲疑，他說，他還想看老爺子的意思。」

焦清蕙「唔」了一聲，她的眉眼，這才活動起來，見雄黃有失落之意，她先向她輕輕地點了點頭。「這麼大的盤子，妳要接過來，還得再多磨礪磨礪……這一次，妳幹得頂好，連山西那邊都送信來誇妳。也累著了，回家休息幾天，再過來我這裡當差吧。」

雄黃年紀畢竟不大，在權仲白看來，她雖然不是糊塗人，可的確也涉世未深。知道自己不過是被打著的那張幌子，小姑娘是有點失落的，得到主子勉勵，這才振作起精神來，給夫婦兩個請過安，便退出了屋子。

焦清蕙看了他一眼，眉眼一挑，似乎是在問他「你還不走？」。見權仲白不給回應，她也就不搭理他，而是逕自問焦梅。「二爺都有些遲疑，看來數額是高的。這一次稀釋本金，按大爺、三爺的意思，各家要增資多少？」

「三百萬兩。」焦梅面色凝重，緩緩地道。「大爺的意思，今年底現銀交割，重劃份子。現在三爺是站在大爺這邊，二爺還在猶豫。」

權仲白不禁輕輕地倒吸了一口冷氣——廣州開埠，所花的錢財他多少是有數的，一千多萬兩也就到頂了。這還是朝廷咬著牙，幾乎淘盡了家底才拿出來的銀子，為了這個，起碼有四、五個貪官巨蠹人頭落地，家產抄沒充公。可現在，焦梅輕飄飄一句話就是三百萬兩，四家增資那就是一千二百萬兩，就這還是稀釋本金，宜春票號本金之巨，可見一斑了！這一支雄厚的資本，在適當的時候，能有多大的力量……就這麼粗粗一想，他都覺得頭皮有些發麻：如此鉅額資產，就掌握在這麼單薄的人家手中，也實在是有些駭人聽聞了。

「三百萬兩，喬大叔還真是獅子大開口，想要稱量稱量我的筋骨了。」焦清蕙似乎絲毫都不意外，她冰一樣的冷靜，竟似乎一點都沒有破綻。「祖父是什麼意思？這件事，陳帳房知道嗎？」

「沒有當著我說，」焦梅猶豫了一下。「想來，是衝著您來的，也不會特地告訴閣老大人。畢竟您也知道，閣老年紀大了，也有些鎮不住啦……」

權仲白的在場，顯然使得他有些忌諱，焦梅一邊說話，一邊不斷回望男主人——換作以往，他也早就起身告辭了，可現在，權仲白著實有幾分好奇，這鉅額的資金，實在是激起了他的興趣，他很想知道，這三百萬，焦清蕙是拿出來呢，還是另想辦法，挫敗喬家的招數……三百萬兩，怕就是國公府一時都籌措不出來，難道焦家竟有如此底氣，說話間就能拿出這一筆鉅款？

「三百萬現銀，我們哪裡拿得出來。」焦清蕙對他的存在，並不發表任何意見，她拿起茶杯沈吟了半晌，又露出一個慵懶的笑來。「喬大叔動靜挺大，還以為前頭那一小招就是他的試探了，沒想到他的第一招，就出得這麼凌厲。」

焦梅看來是經過深思熟慮的，他獻策。「咱們自己的陪嫁銀子，加上今年的分紅，雖湊不夠那個份額，可再往娘家挪借一點，也就盡夠了……」

「誰要跟他起舞？」焦清蕙的語氣沈了一點，神色不見什麼變化，可焦梅卻立刻閉上了嘴巴，屋內一時沈寂下來。權仲白想要說話，可幾經思量，又閉上了口。過了一會兒，焦清蕙才道：「和喬二叔、李總櫃都聯繫一下，忽然增股，又是增加本金，幾百萬投進去，一、兩年內不能回本，誰家也沒有這麼多現銀。增資可以，喬大叔得把章程給我拿出來，他憑什麼認定要增一千二百萬兩才夠？這些錢砸下去，能不能反而逼死盛源票號？別肚大腿細，反而騰挪不便，突然肥了各地的貪官。去年一年收益沒有往常多，我總要一個說法吧？喬大叔要是不方便來京，讓李總櫃過來也行，都不能過來……」她猶豫了一下，徵詢地看了權仲白一眼，到底還是沒有把話說出口，便道：「那就由陳帳房過去。現在是九月……明年四月之前，喬大叔要能把我說的這些文書都做好給我過目，五月前，我會給他一個確切的答覆。」

幾百萬的事，她幾句話就給安排下去，態度從容自信，連一點磕巴都不打。就是焦梅，三、四十歲的壯年漢子，在這麼一個嬌滴滴的小姑娘跟前，居然低眉順眼，看得出來，是打從心底就服氣，已經徹徹底底地被她揉搓得沒有一點傲氣了……要說權仲白不吃驚，那是假的。因他身分，這三十年來，他也算是見識過各色各樣的巾幗英雄了，有城府深刻、手段狠辣的，有輕描淡寫、心機內蘊的，也有爽朗豪邁、膽色過人的，可如同焦清蕙這樣，手段且高、決斷且快、下手且狠的，的確是生平僅見。

也無怪她這樣想要拿捏自己了……這念頭竟從他腦中一閃即逝：以她的眼界，是看不上他的，而她的追求，也同他大相逕庭。動一動腦筋，就是一百多萬兩的進出年入，看他這個除了扶脈用針以外，幾乎無權無勢、一無是處的「死郎中」，自然是怎麼都看不出好來……

把焦梅給打發下去以後，蕙娘站起身邀權仲白。「相公不是要我做一頓飯你吃、裁一件衣你穿嗎？現在也快到吃午飯時候了，咱們該去小廚房了吧？」

看她胸有成竹的樣子，倒像是已經有了定計，權仲白有點吃驚：從早飯時開始，除了起身去一次淨房之外，他幾乎沒有和焦清蕙分離過，怎麼就那麼短短一小會兒，焦梅還在跟前，她在維持她的主子形象之餘，還能做出種種佈置？

內廚房就在甲一號附近不遠，權仲白幾乎從未來過此處，環顧左右，見各色器皿幾乎一塵不染，正要誇獎蕙娘時，幾個廚師都過來給他行禮，石墨還在一邊介紹——

「這是春華樓鍾師傅的高徒，這是裴師傅，原本出身揚州綠英茶社，一手翡翠包子是極有名的……」

不過四、五個廚師，居然個個都有來歷，其中一位師傅他居然還認得——從前在蘇州的時候，他也算是位名廚，曾被慎重介紹給權仲白認識。他這才知道自己平時享用的美食，實在沒有一道是沒有文章在內的——就連焦清蕙對他們也甚是客氣，以某廚呼之。眾人寒暄一番，他們就都避讓到了外頭，將小灶給蕙娘讓了出來——火是已經燒得了，各色鍋碗瓢盆也都備好。

焦清蕙挽起袖子來，用金鈎掛上，一邊道：「按姑爺給的銀錢，一餐就用十幾兩銀子，想來是挺富裕的人家了，有一、兩個使女打下手，也不算是奢侈吧？」

權仲白不可能沒風度到這個地步，實際上，看著焦清蕙手腳輕快，半點不露生澀，他已經有些不祥的預感，只好輕咳一聲。「那就讓她們給妳幫個忙也好。」

蕙娘自然衝石墨一招手，石墨二話不說，上前撈出一簍蝦送到蕙娘身邊，自己返身就去揉麵，蕙娘拾起簍子來，往一鍋燒滾的水裡一倒，拍拍手合上鍋蓋，站在一邊衝權仲白只是笑；這邊又有螢石上來為她刮好了一段鹹魚，端在盤子裡送上來，蕙娘於是親自將它安置在蒸籠裡，放到火上，由螢石看火拉風箱……

片刻後，蝦得了，石墨又換上一鍋水來，待得水沸，麵也抻好了，蕙娘抓起麵來往水裡一放，過了一水後自己撈出來，清水一沖，那邊高湯又滾，於是兩碗鮮蝦麵便做得了，火大氣旺，魚也蒸得。

蕙娘微笑道：「相公請用飯。」

她只一倒、一端、一抓、一撈，一頓飯居然也就做好，別說臉上，連手上都是乾乾淨淨的，略無髒污，那對挽袖子的臂鈎，實在是無用武之地，站在當地微微笑，倒很像是一頭猛虎輕嗅薔薇，透出無限的慈愛來。權仲白看她神色，不禁就好一陣磨牙，他吹毛求疵。「十多兩銀子，妳就置辦了這個？」

「喲，不當家不知柴米貴。」蕙娘不慌不忙。「石墨，給姑爺報報帳。」

「是。」石墨脆生生地應。「這蝦是莊子裡清水養著，只餵米粒的九節蝦，市面上一般是買不著的，年中買米都要花費百兩銀子，也就出上一百來斤，一斤便算一兩，也不計人工了。魚是東北黑龍江捕的大鰉魚，取其最豐美的一段，一上岸便——」

「好了好了！」權仲白捂著腦袋。「別說了，我頭疼！」

見蕙娘和婢女相視一笑，他到底還是忍不住問了一句。「這麵又有什麼講究——這究竟都是誰安排的？」

「麵吃一口湯，麵沒什麼，就是上等白麵而已，頂多小麥好些。」蕙娘笑盈盈地說。「湯裡用料難得一些，是拿真正最上等金華蔣腿、兩年母雞、我們莊子裡自己養的豬肘子燉出來的，火候上還有特別講究……單單是腿、雞、肘，搭上送來的路費，十幾兩銀子也就花沒啦！」

她將麵裝好，自己收拾了一個大盤子端起來，舉案齊眉，一臉的賢良淑德。「至於誰安排？自然是我嘍！相公，請用飯吧！」

權仲白僵在原地，好半晌才吐了一口氣，他點了點蕙娘，又點了點石墨，恨恨地道：「妳的陪嫁裡，能人還挺多！」

吃過這一餐湯鮮味美、五蘊七香的熱湯麵，權仲白下午就進城去。「也到了給封綾把脈的時候了。我今晚未必回來，妳別等我。」

蕙娘知道他忙，並不大介意，只埋怨他。「若早上進去，下午你就能回來了……」

「就早上進去，下午估計也回不來，宮裡要知道我進城，難免又要請我過去了。」權仲白順口解釋了一句，便出了沖粹園。

一路策馬進了京城，權仲白卻並不直接去封家，而是先回了良國公府，給長輩們請安。權夫人正得空，見到他來，自然高興，兩人稍事寒暄一番，權仲白便開門見山——

「焦氏一系在宜春票號，似乎遇到了一點麻煩。」

第六十七章

這才不到半年的工夫，仲白這個連家裡的生意都絲毫不上心的浪蕩子，也會曉得關心媳婦的陪嫁了……

權夫人心裡，真是百感交集。她沒有接兒子的話頭，而是讓他在炕桌對面坐了。「怎麼還不給二少爺上茶？」

待權仲白喝過了半杯茶，她這才猜測。「是宜春票號的掌櫃、股東們，給焦氏氣受了？」

「他們家現在是分了三個股東？」權仲白草草交代了幾句。「其中兩個聯合起來，想要逼她在份子上讓一步的意思。」

「從前要和你說這個，你只是不聽。」權夫人藉機數落了權仲白幾句，見兒子摸著秀逸挺拔的鼻梁，很明顯，又是左耳進、右耳出，她輕輕地嘆了口氣。「宜春票號的股東其實並不算太多，從前剛做起來的時候，也就是喬家、焦家。焦家占多少份子，外人無由得知，但經營上的事，一直是老總櫃同喬家商量著辦。再有，當年為了打開局面，贈與了一些乾股，這你心裡也是有數的……現在隨著他們家越做越大，閣老當首輔的年限越來越長，宦海風雲起伏，從前送出去的乾股，現在也都漸漸地不提了，不知道他們內部是怎麼算的。我們家這半成乾股，又算不算多。」

其實，權家這半成，還是算上了先頭達氏帶進來的兩分，才湊上了百分之五，權仲白多少也知道一點內情：這些年來，權家是只管收錢，從不插手票號經營。現在要開口為焦清蕙說話，一來股份不多，恐怕發揮不了太大的作用；二來，他很清楚繼母的性子，再欣賞焦清蕙，這種牽扯到大額銀錢的事情，沒有和父親、祖母商量，她是不會開口的。就算達氏帶進來的這兩分，按理來說該是他這個相公作主，但當時既然給了家裡，現在再說這話，就有點不地道了。

「我這也就是給您先帶句話，打打伏筆。」他一貫是直來直往。「人都說進門了，關鍵時刻總要表示表示。總不能她一換了姓，就被人打臉，一旦傳揚出去，我們家的臉要往哪裡擱？這種事，一向是你們最忌諱的不是？她新媳婦怕不好意思開口，我為她說兩句話……幫不幫，您自己和爹商量吧。」

權夫人嘆了口氣。「這話，你該直接和你爹說的，這麼大的事，你往我身上一推……還不是看我好說話？」

雖不是親生，到底是一手帶大的，權仲白和母親還比跟父親更能說得上話，權夫人看他臉色一沈，就有點頭疼，她擺了擺手。「得得，我知道，你還生氣呢……其實，給雨娘說崔家，並不算委屈了她。東北三省，還沒有誰敢給我們家臉色看，崔家長子，你沒有見過，我們是見過的，人也相當不錯，年紀不大，辦事卻很老練……」

權仲白搖了搖頭。「這件事，我說了你們不聽，你們說了我也聽不進去，還是別談的好。就是兄弟們，心裡也不是沒有意見的——四弟提了幾次，想帶雨娘到香山散散心，您也讓她過香山住一段日子，出嫁前，快活幾天算幾天吧。」

「你這話說的！」雖說權仲白體恤妹妹，權夫人自然開心，可她到底還是嗔怪地埋怨兒子。「好像雲娘、雨娘不是出嫁，是賣身去做奴隸一樣……雲娘還不是一舉得男？她婆婆待她也不錯。」

「她婆婆待她算不錯？」權仲白哼了一聲。「我早就說過，楊家內部恩怨糾纏，她婆婆可不是什麼簡單角色，第一個和許家世子夫人楊七娘的關係就不會太好，可他們家善久，心裡掛念得最多的還是七姊，瑞雲過去，第一個，和大姑子、婆婆的關係就難處。第二個，生兒育女壓力也大……唉，木已成舟，都是不說了！你們心裡，何曾念著兒女終生的適意呢？瞧見楊家上位機會大，可不就忙不迭地結了親了？」

見權夫人被說得沈吟不語，他也緩和了口氣。「算了，您也不能作主，還不是由著他們擺布……最近府裡情況怎麼樣？大嫂那裡，都還好吧？」

自從林氏有了身孕，焦氏次次回來請安，仲白都在邊上盯著，就是想和焦氏說幾句私話都沒機會。焦氏也有意思，眼看著自己就要落後一大截了，卻還和吃了定心丸一樣，不動如山，一點動作都沒有。也就是她院子裡的那個大丫頭，有時候和臥雲院的人搭上幾句閒話而已……這對權夫人來講，簡直不能算是動靜。她打量了二兒子一眼，多少有些心不在焉的遺憾：看著萬事不管，其實他心裡什麼不清楚？這樣的人，偏偏就是這樣一個性子，連伯紅和他都是一樣，不是沒有能力，就是天生的沒有那份心。一點都不像父親，反倒像是自己素未謀面的那位「姊姊」。如能更似國公爺幾分，自己哪裡需要費這麼大的思量……

「都還挺好的，」她也就揭過了剛才權仲白出言不遜那一頁。「今兒伯紅陪她回娘家去了，不然，你正好再給她扶扶脈。」說著，權夫人若有所思地一皺眉。「這孩子幾個月了來著？胎坐穩了沒有，就敢出門……」

「三個月了，六月初懷上的吧。」權仲白順口一說。「胎氣挺旺盛的，我看是沒有太大的問題。」

權夫人屈指一算，面色一緩。「噢，這也就三個月了……」說著，就自己沈吟了起來。

權仲白一頭霧水，也懶得多加過問，準備去封家給封綾把脈了。

年紀輕輕就來一場小卒中，雖說封綾恢復得還算不錯，但到底大傷元氣，三個月了，她的右半邊身子，還是不那麼靈便，右手根本就抬不起來，別說做繡活，就是端一杯水，都得用左手扶著。

權仲白在她右手上使勁摁了幾下，又問她。「疼嗎？可覺得燙？」

杯子上還冒著白煙呢，封綾卻似乎一無所覺，她姣好的眉眼上掠過了一絲陰影。「只覺得微溫……」

封錦背著手在妹妹身邊站著，他玉一樣的容顏滿布陰霾，在屋內沒有說話，可等權仲白扶完脈告辭出屋，他卻要親自送權仲白出去。

「子殷兄，舍妹這病，如堅持用藥，可還能痊癒否？」

「難說。」權仲白搖了搖頭，在這種事上，他一向是不瞞人的。「事實上現在喝藥，已經沒有太大的作用，定期針灸也只是輔助，更多的還是要看她自己。兩、三年裡，要是心境平和，一點點慢慢康復，將來縱不能和常人一樣，至少會比現在要好得多。但要重新刺繡，那怕是沒什麼希望了。」

封錦臉色一黯，半晌都沒有說話，權仲白也不開口，兩人慢慢走出了院子，一路順著逶迤的迴廊，迎著這萬里晴明的秋色走了老長一段，封錦才輕輕地道：「縱是齊眉舉案，到底意難平。《金玉兒女傳》裡的這句話，說得真好。從前一無所有的時候，總想著那些官老爺們，出入八抬大轎、行動百十隨從，就有煩難，也不過是錦繡堆裡的無病呻吟。誰曉得到了今日，才明白人世間，有很多遺憾，並非權勢或者金錢可以彌補萬一的。」

「子繡兄看得算透了。」權仲白卻沒動情緒，這種事，他實在是見得慣了。「越是位高權重、生殺予奪，往往就越不把『命』字看在眼裡。絕大一部分人，都是悔之晚矣。人頭落地簡單，可要把落下地的人頭再接回去，卻是難了。」

這話似乎隱含玄機，封錦聽了，眼神不禁一閃，他沈默有頃，直到把權仲白送到門口，看著他上了馬，才又行前幾步，親自牽著馬韁，仰首對權仲白道：「子殷兄是慈悲人，救人性命也視若等閒，可我封子繡一生恩怨分明，有恩必報。子殷兄有能用得上我的地方，千萬不要客氣——這個情，比您救了我自己還要大、還要深。」

他究竟是風姿絕世，可以說是毫無疑義的當世第一美男子，如此尊敬地揚著頭，這麼真誠地說出這一番話來，即使是權仲白亦不能不為此動容。他想要說話，可封錦話鋒一轉，又低聲道——

「但有仇也不能不報。子殷兄，東宮身子究竟如何，還請您給句準話。子繡雖然沒有多大能耐，但必要時候，一定是能還上您這個情的。」

看來，封子繡百般手段盡出，還真的查到了坤寧宮裡——從孫家的動靜來看，只怕孫夫人一心守孝，對這迫在眉睫的危機，還懵然不知呢！就是後宮之中，曉得封綾病情的也沒有多少。

權仲白眸色微沈，他在馬上彎下腰，湊近了封錦的耳朵，輕聲道：「東宮情況，不是你這個身分可以輕易過問的，想要知道，你可以讓皇上來問我。否則，子繡就是在為難我了。」

這話說得不軟不硬，隱含著不以為然。封錦沈吟不語，同權仲白對視了片刻，他撤開手鬆了馬韁，又燦然一笑。「是我魯莽了，子殷兄請慢走。」

以封子繡的靈敏，話問出口，不論自己回答不回答，其實都勢必透露出一定的訊息，也許他問出來，就沒打算他會正面解答……

權仲白點了點頭，他催馬前行，緩緩地出了巷子——直到轉過巷口，他都能感覺到封子繡冰涼的目光，黏著他的後腦勺不放。

這一回，權公子雖然心裡有事，可卻沒有再回良國公府，他直接策馬連夜回了香山，在扶脈廳裡叫了幾個人來，吩咐了他們幾句話，這才回去甲一號——蕙娘已經睡眼矇矓，卻還未上床，還在燈下靠著等他，極為難得地，她手裡居然拿了針線在做，雖然半天才動幾針，但在焦清蕙身上，這已經算是極為難得了。

權仲白看到她手裡已經快被搓縐的青布，忽然醒悟過來，不禁大覺有趣，因朝政風雲而堆積的重重心事，頓時又消散了開去。他在蕙娘身邊坐下，輕輕地推了推她的臉頰。「睡吧，明天再做也不遲的。」

會繡個荷包，並不代表她就能裁剪縫製出一件能給權神醫這等身分的人穿出去的衣服，焦清蕙的女紅顯然還沒有廚藝好，她做得有多為難，是瞞不過人的。

才從迷糊裡醒來，蕙娘就反射性地把那團布往身後一藏。「怎麼回來了？不是說今晚就不回來了嗎？」

「心裡煩，懶得在城裡住。」權仲白看她眼餳（注）骨軟，面色通紅，顯然是已經睡過一覺了，迷迷糊糊間，平日裡那含而不露的威儀也好、矜持也罷，幾乎全為嬌憨取代，不知不

注：眼餳，音ㄧㄢˇ ㄒㄧㄥˊ，北平方言，形容眼睛無神。

覺，他聲音也軟了。「怎麼不上床去？」

蕙娘打了個小呵欠，不自覺就蹭過來——偎著人肉，是要比偎著迎枕舒服些。「才要睡的，聽說你回來了，就等你，沒想到你又折騰了這樣久……」

「喔，有點事。」權仲白隨意敷衍了一句，便想起來說：「妳那個票號的事情，處理得如何了？我已經同家裡打過招呼，看母親口氣，似乎還未能定下章程。妳要是用得上我們家的幾分股，下次進京，妳開口也好，我開口也好，看妳意思吧。」

權家有宜春票號的乾股，蕙娘哪裡還不知道？她又打了個呵欠，懶洋洋地低聲道：「暫時還用不上呢，承你好心啦……三分而已，也派不上多大的用場。」

「是五分——」權仲白說。「前頭貞珠過門的時候，陪了兩分股進來，達家現在只有一分了。」

達貞珠沒有子嗣，這份陪嫁以後肯定是落在權仲白頭上——若非這門親事，權家也不至於力保達家度過這種種風波，達家是肯定不會討要陪嫁的。其實說起來，就以他年年的分紅收入，支持蕙娘的奢侈生活，已經毫無問題。只是蕙娘看沖粹園的帳面，從來都沒體現過這份收入……

她揉揉眼睛，睡意消散了一點。「這股份跟人走了，怎麼沒給號裡送信呀——喔，想必是你們自己做的交割……達家和你們家的帳，一直都是一起給的。」

會讓權仲白在一邊旁聽，就等於是默許他漏出消息，蕙娘此舉，不無投石問路之意。沒想到權仲白回饋得這麼及時體貼，這一次，他的反應終於能讓蕙娘滿意了。她舒心地掩著嘴打了個呵欠，一踢足，淺淺欠伸了一記，勉強被相公取悅了，有了撒嬌的情緒。「人家為你做了半晚上的女紅……蜷得腳都痠了。」

見權仲白這會兒又愣怔起來，望著她似乎在等下文，蕙娘不高興了，她踩了權仲白一下。「傻呀？我不想走路，把我抱上去……」

這抱上床去後該做什麼，自然不用多說了。權仲白這才明白過來，他忍不住說蕙娘。「妳這個嬌——」

「嬌」字才出口，蕙娘眼睛一瞪，拳頭就捏起來了，權仲白臨時改了話頭。「焦——清——蕙，妳這個焦清蕙，還真是嬌得很！」

說著，便站起身彎腰去抱蕙娘，蕙娘這會兒還不樂意讓他抱了，她去拍他的手。「我自己有腳，自己會走！」

權仲白反手一扣，握住她的脈門往頭頂拍，他和焦清蕙開玩笑。「妳不是挺喜歡這麼對我的嗎——咦？」

沒等焦清蕙回話，他就將她拉得坐起身來，正兒八經地把她的手腕擱到了自己腿上，閉著眼睛細細地給焦清蕙扶起了脈。

雖說兩夫妻時有不諧，但畢竟是一家人了，權仲白想起來就會給蕙娘把把脈，倒並不限於時地。他對焦清蕙的脈象是很熟悉的：限於父系，先天元氣其實有幾分虛弱，但勝在後天保養得好，她自己養生功夫也做得好，身體還算是康健紮實，體質中平，沒有什麼大毛病……脈力是很強健的。

可這一會兒，她的尺脈要比從前旺盛了一些，雖只些許差別，在權仲白手裡，就覺得有點不對了。

「妳的小日子距今，也有二十多天了吧？」他一邊扶一邊問，倒一時沒往別地兒想，還在醫生的角色裡。「上回房事是什麼時候——」見焦清蕙拿眼刀伺候他，權仲白才忽然醒悟過來，自言自語。「喔，是兩天前。嗯……三天前、四天前……」

他一路扳著手指，捏了有十多個數，這才一拍手。「沒錯啦，是小半個月前那一次不錯了，胎氣育成——」

說到這裡，兩人面面相覷，睡意和乏意全都不翼而飛：胎氣育成，脈象漸顯……如無意外，再九個月之後，他們就要往上升一輩了。

說不清的情緒，立刻從權仲白心底一掠而過，是喜悅、興奮、擔憂、懼怕又或者是感慨，卻是真說不清……他半晌都沒有說話，只是極為複雜地望了焦清蕙一眼。

如他所料，焦清蕙也正逕自沈思，她眼中不時有光彩閃過，看得出來，這個突如其來的喜訊，對她也有許多不同的意義。

第六十八章

這個好消息，不論是權仲白還是焦清蕙都不想大肆聲張，也就是權仲白過了幾天，和權夫人提了一下。「最近天氣漸漸冷了，她有點風寒，來回顛簸，對病情更不好，我讓她這個月別進城了。」

以仲白的性子，作此安排一點都不稀奇，可焦氏在長輩跟前一直都是很謹慎的，忽然一個月不來請安……

權夫人不動聲色。「那就別讓季青和雨娘過去了，免得她還要支撐病體招待這、安排那的，又不能好好休息了。」

「這也不必吧。」權仲白主要是心疼雨娘。「等她好了都十月了，香山還有什麼好玩的？雨娘也住不了多久就要回來預備出嫁……還是就讓他們過來了再說。」

「雨娘的婚期定在明年這個時候呢，來年開春還是可以過去住一段日子的——」不能出門坐車，但在沖粹園裡可以隨意活動……權夫人還有什麼不明白的？她笑了。「傻孩子，媳婦有好消息了，那是天大的好事，有什麼好藏著掖著的？你說得對，焦氏日子怕是還淺吧？頭三個月不能折騰，就讓她在香山安心養胎吧。」

和這麼一個人精子繼母打交道，權仲白也沒脾氣。「我們都不想這麼早說呢，前三個月胎沒有坐穩，萬一流產，長輩們也操心。」

「這話說得是。」權夫人也道。「這件事就暫時不要聲張，連你岳家，都等三個月後再說吧。最近朝中也不太平，又在打嘴仗了，老人家操心的事多著呢，就不讓他再為蕙娘操心了。」

大少夫人是六月裡有的身孕，現在也才剛剛坐穩，小巫山早一點，五月有了好消息，臥雲院裡兩個孕婦正是嬌貴的時候，現在忽然爆出來二房也有了身孕，以大少夫人的性子，不感覺到壓力幾乎是不可能……母子兩個沒有明說，但彼此也都是心知肚明。

權夫人比較慎重。「我看，還是別讓季青他們過去了，一去就是客，焦氏又要耗費心神了。」

「這回不過去，等到來年她身子沈重，更沒有機會了。」權仲白卻不這樣看。「她平時也少個人說話，再說，身邊的丫頭能幹著呢。讓雨娘過去也好，一來她散散心，二來也能陪陪嫂子。」

權夫人是雨娘的親娘，多客氣一句，那是她做人的習慣，權仲白心裡難道還不清楚？他略堅持了幾句，權夫人也就沒了二話。

打發走了權仲白，她又叫過雨娘來叮囑了半日，瑞雨都一一地應了，她這才放下心來。

等晚上良國公回來吃飯，權夫人便告訴他。「二房焦氏也有了身孕了，聽仲白說，才是剛有了半個月，這幾個月，我就不讓她進城了。」

大房、二房接連傳出好消息，良國公也是高興的。「好嘛，她倒是挺旺夫家的，這一過門就連著帶了三個喜訊。就讓她在香山好生養胎，那邊環境好，又清靜，今年過年，他們要是願意，都可以不必回來過了。」

把大房、二房分開，大家安心拚肚皮，誰也不必費事琢磨著出招……良國公這一番安排，還是盡到了當家人的責任，權夫人自無異議。她低聲道：「我看，還是別讓瑞雨和季青過去了吧？免得焦氏又有些事忙，萬一這一胎沒保住，她要埋怨我們呢。」

倒是良國公不以為然。「就讓他們過去也好，不然，雨娘心裡還不知道怎麼埋怨我們不疼她呢。」

因為雨娘的婚事，權仲白明顯是持不贊同態度，現在家裡對著瑞雨也是有點尷尬，不寵一點，好像真是坐實了權仲白的指責一樣，權夫人尤其尷尬，她不好多說什麼，只好含糊答應，心底也不是沒有嘆息：繼室難為，即使權家已經足夠和睦，兄弟姊妹的感情都相當不錯，但自己這個繼室，其實也還是束手束腳的。這要權仲白是她自己肚子裡爬出來的，她早把他給拾掇得服服貼貼，又哪裡會養出這樣的性子……

「對了。」說到這裡，權夫人免不得再為蕙娘爭取一下。「宜春票號那裡，就要過來送紅利了。往後，這筆帳就放在焦氏那裡結，是否更方便一些？」

在兩房之間，權夫人更傾向二房的事，眾人根本已經心照不宣，良國公沈吟片刻。「也好，沒讓焦氏把人安排進大廚房裡，多少也辜負了她的一番安排，可現在要有所動作，難免又驚動了林氏……以後，和宜春那邊結帳的事，就讓焦氏出面去做吧。五分乾股，雖然不是什麼大數目，但聯合上達家的一分，再加上她自己有的那些，想必稍事合縱連橫，也能和喬家長房鬥得旗鼓相當了。」

「娘那邊……」權夫人輕聲請示。

「等娘問起來再解釋吧。」良國公沈聲道。「那二分的利，實際上應該歸給仲白，娘也是心知肚明，我們無非就是怕他有了錢就更不聽話了。現在焦氏過了門，他自己也要多一點錢使才好，不然，她還真以為府裡貪她的那點便宜……且等一等，看看仲白這幾個月行徑如何，焦氏要表現得不錯，能把他校正過來一點，這錢以後就結給他們自己支配，不要歸公了。」

這一年二、三十萬兩的分紅，不管是在二房還是在國公府，總之不歸權夫人管，她沒所謂，卻覺得以焦氏為人，怕未必會吃下這筆錢——舊人已去，陪嫁猶在……沒有人比她更懂得繼室心裡的微妙情緒了。但她沒有和夫君頂嘴，只是笑著給他換了一盞新茶。「這樣也好，就看誰的肚皮更爭氣了……人再能耐，也能耐不過天，天意屬誰，真是改都改不了。」

「嗯。」良國公倒是想起了什麼，他叮囑權夫人。「現在都是有身孕的人了，什麼動作都得歇一歇，臥雲院那裡，妳派個懂事的老嬤嬤過去坐鎮，別讓林氏自己窮折騰，把孩子給折騰掉了。還有巫山也看好了，她沒見識、年紀又小，那就更不懂事了，萬一這孩子出了事，多少年盼來的第三代，就這麼折了，意頭不好。」

會這麼說，那意思就是要長輩們出手保住巫山了。權夫人有點吃驚。「可這要是巫山生了個男孩……」

良國公看了她一眼，似笑非笑。「是不是，生下來再說吧。」

夫妻這些年，權夫人自忖自己也是個精明人了，可良國公的決定，很多時候她也還是沒法吃透。她微微一怔，便也不再多問了，話鋒一轉，又談起了別的事。「北邊送信過來，婷娘人已經在秦皇島上岸了，你看，我們是不是要派人去接一接？老太太最近常常問她，看得出，老人家是很惦記孫女的。」

「動靜還是別鬧得太大了。」良國公猶豫片刻就下了決定。「這次選秀，瞄準後宮去的人家不少，吳家不說了，還有鄭家、何家、白家、李家，也都是躍躍欲試。婷娘身分不高，別人本來也不會把她放在心上，我們過分鄭重其事，反而會惹來不必要的注目。」

權夫人自無二話，她對此次選秀的內情，也是有所耳聞的，略微尋思，便也覺得良國公的安排更為穩妥，正要委婉同他商量別事時，外頭又來了人給良國公報信。

良國公出去了半日，回來時神色已經有了變化，那一點怒火雖細微，卻也瞞不過權夫人。

「怎麼？」不愧是多年的夫妻了，權夫人從他的神色上，都能看出一點端倪。「是仲白那小子又給你添堵了？」

「那倒沒有。」良國公語氣發沈。「是孫家忽然有了動作……往南邊派了信使，不知是去聯繫誰了。」

封家變故，到如今已經有幾個月了，這件事看起來不過是一樁常見的不幸，知道此事的人，也就是嗟嘆一句而已，日子還不是照樣要過？可對於真正瞭解內情的人來說，封錦現在就像是一把剛回爐打磨的利劍，劍尖的亮紅還沒有褪呢，這一劍該怎麼刺？會刺向何方？說得大一點，幾乎連整個朝局都要受到震動。就在這個節骨眼上，嫌疑最重的孫家忽然間往南邊派了人，這有心人能不多想嗎？

「怕是去給善久的七姊送信了吧。」權夫人說起這事就犯嘀咕。「一個娘養的雙胞姊弟，差別就這麼大！善久和封子繡幾乎沒有一點來往，就和不認識一樣……」

封子繡出身寒微，他的大姑姑封氏，當年曾是楊閣老屋裡的九姨娘。

「人家是不認識。」良國公說。「閣老獨子，自小金尊玉貴地在正太太院子裡養起來的，和他在名分上來說幾乎沒有一點關係。封子繡不大認他，一點都不稀奇。就是他們家七姑奶奶，也是因為在江南時就結了善緣，不然，發達後他哪裡還會認！」他沒有再繼續這個話題，而是話鋒一轉。「妳說巧不巧？就是前幾天晚上，仲白在沖粹園還找人前去說話，幾個人漏夜出了沖粹園，居然不知去向……當天下午，他才到過封家。」

封家、沖粹園、孫家，這三個點兩條線，被良國公提得是乾淨利索，有心人稍微一聯想，便不難猜出事情進展。

權夫人倒抽了一口涼氣。「居然還真是孫家……看來，他們家真是氣數到了，宮中這麼閒閒一招，居然也激起這麼大的動靜，可真是屋漏偏逢連夜雨，人倒楣起來，喝涼水都會塞牙。」

「坐山觀虎鬥也就是了。」良國公不在意。「一邊是拐了彎的親戚封家，一邊是靠著皇后的親六姊寧妃……聽妳說著，這楊七娘也是個聰明人，該怎麼取捨扶植，她心裡有數的吧。至於許家，和孫家又沒有親戚，更犯不著為孫家賣力了。這些事，我們不用去管，真正要上心的還是仲白的表現，這麼大的事，根本就不往家裡送信帶話……」

他雖沒有說完，但神色陰霾，顯然是對二房有很深的失望與不滿：如果不是焦氏有了身孕，恐怕亦會受到遷怒。

權夫人輕輕地嘆了口氣。「就以雨娘的親事來說，最近他沒有去外地走動，都算是因為有了家累牽連了……」

委婉地為焦氏說了一句，見良國公神色稍霽，權夫人不禁心中就打起了小算盤：讓自己派人到臥雲院，想必沖粹園那裡，也是要派擁晴院的人過去了？深宅後院，其實並不像外人想的那樣寧靜安閒，什麼人都有，什麼事都能出，尤其是權家規矩如此，老一輩都是真刀真槍拚上來的，對小輩們的想法，心裡也不是沒數。別的可以睜一隻眼閉一隻眼，子嗣大事，自然容不得一點含糊。

她不禁換了個姿勢，顧不得再為次子說幾句好話，已經陷入了深深的沈思之中……

比起國公府裡正進行的權衡與防範，沖粹園的氣氛要單純得多了。這裡遠離京城，人口簡單，要不是九月已到，各處鋪子的總掌櫃都過來向主子少夫人奉帳，她幾乎是飽食終日、無所用心——本來還打算自己同掌櫃們打交道，現在可好，子嗣為大，蕙娘只好將雄黃細細叮嚀一番，自己藏在背後垂簾聽政，令雄黃和這群猴精猴精的商人們周旋。

雖然還沒過明處，但得到長輩的許可，她也就不再進城了：雖說香山進城，路不算難走，但不管是乘轎還是坐車，五十多里黃土路，總是難免顛簸。按權仲白的話說，「頭三個月是最不穩當的，如果胎兒不好，稍一妄動就有可能流產」。

雖說胎兒若好，似乎妄動也無妨，但蕙娘可冒不起這個險，就是再不以為然，她也只能接受這個事實：對權家來說，她的肚皮還要更比她的才幹重要，就有百般手段，現在也不是作耗的時候，還是安安生生、耐下性子來安住這一胎為好。

宜春票號那頭，喬家畢竟是有風度的——或者說，他們終究還是尊重焦閣老和良國公的，得了她的回話，想來也就自去籌備她索要的那些資料，努力證明這一次增資，非得增到一千二百萬兩。但蕙娘卻沒有四處挪借的意思，在她這裡，這事就已經算完了，她現在最重要的工作，一來是安穩養胎，二來就是學習權仲白給寫的孕期保健要點——不只是她，從石英起，甲一號所有在編的丫鬟全都自發地挑燈夜戰，一律在最短時間內，將這洋洋灑灑幾大張紙全都吃透嚼盡，免得萬一掉了鏈子，在自己這裡出了什麼紕漏，那真是不用任何人說，自己都沒臉在蕙娘身邊服侍了。

至於權瑞雨和權季青過來小住所要安排的瑣事，早就被石英拿去做了，以她的能力和焦梅的配合，處理這點小事，豈非是處處得體？等這對少年兄妹進沖粹園時，已經是色色齊備，連毛病都挑不出來了——權瑞雨被安排在蓮子滿附近的雙清館，權季青就住在後山附近的快雪樓。

雙清館距離甲一號並不遠，權瑞雨過來找嫂子說話方便，自己一時興起，要泛舟湖上，或者往後山攀登，都很容易行動。至於快雪樓，景色也好，因在山腳，距離甲一號很遠，同蕙娘頻繁碰面的可能性就不太大，權季青自己要去後山賞紅葉，或者是出門玩耍，都有便道行走，就是去權仲白的醫館玩，附近也是有角門的。

這番安排，顯然很現殷勤，小姑子、小叔子都很滿意。

權季青倒背雙手，笑咪咪地逗權瑞雨。「以後我早起就去山上鹿苑餵幾隻鹿，有些人不知能否也起得早來，同我一起過去呢？」

沖粹園後山占地也很大，除了權仲白的藥園之外，還飼養了一些珍奇動物，也不知是為了玩賞還是備藥，蕙娘得了閒也是上去踩過一遍山頭的。聽權季青說法，他以前也來過這裡，獨獨只有瑞雨還是頭一次過來。

她一個宅門裡長大的小姑娘，聽說有鹿、有山，那還了得？忙央求蕙娘。「二嫂，早飯我就不來同妳一道吃了，我上山餵過鹿再下來做功課好不好？」

明年就要出門，課程是永遠都上不完的，權瑞雨這次過來，自己服侍的丫頭不說，還有四個嬤嬤候在一邊，權夫人每天還給她排了半天的課。蕙娘也怪可憐她的，便笑道：「妳不用三餐都過來，這裡地方大，不好走……不如這樣，早上起來，先上過課，讓妳四哥下午帶妳去後山走走，要是山上人並不多，也許還能去幾處名剎參拜一番呢。」

「我不要去廟裡。」瑞雨一擺手，語調輕盈得像是要跳起來，任誰都看得出來，這小姑娘此時是真的快樂。「都是些泥雕木塑，有什麼意思？能每天上山玩玩，就已經喜出望外啦！」

權季青望著妹妹，眼神裡也寫滿了笑意——他自然是很疼瑞雨的，否則，也不必擱下家裡的種種事務，專陪瑞雨到香山來住。要知道，蕙娘未必有空帶著瑞雨四處散心玩耍，他這是已經把自己打量成一個伴當（注）陪遊了。他也大大方方地邀蕙娘。「二嫂也能時常同我們上山走走，橫豎妳一人在家，也是無聊。」

按說這麼近的親緣關係，是不用太過避諱，但蕙娘現在哪裡會上山？她正要隨口推辭，雨娘已經白了哥哥一眼。「四哥沒見我們進來時候那一排屋子？算盤聲打得我都聽見了，二嫂正盤帳呢，哪有空和我們上山！」

她衝蕙娘一擠眼，神態很親熱，似乎正在邀功——也不知是權夫人特地交代，還是她自己悟出來什麼不對，看來，權季青雖然茫然無知，可自己懷孕的消息，卻沒有瞞過瑞雨。

蕙娘衝權瑞雨輕輕地豎起指頭，「噓」了一聲，兩個人都笑了。

雨娘站起來就拉權季青——他正也是若有所悟，正來回打量這對姑嫂，眼波流轉，不知正想些什麼。「哥你來過這裡，就陪我四處走走！你上回說的湖心亭……」

她拉著權季青的胳膊，同蕙娘告別，蕙娘笑著將他們送出堂屋，兩兄妹走了一段，權季青又單人跑回來衝她道歉。

「不知道二嫂身子不便，」他看了蕙娘的丹田一眼。「還拉著雨娘過來叨擾，實是我沒有考慮周全。本想著嫂子一人在沖粹園也是寂寞，雨娘過來，也有個伴……」

他這麼敏銳，又這麼客氣，蕙娘自然也禮尚往來，連聲說了幾句「不必在意」之類的話語。

權季青又深深地望了蕙娘一眼，露齒一笑，再謝她。「正是您忙碌時候過來……」他語含深意。「陪嫁太大，也頗傷腦筋……那嫂子忙，我不耽擱您了。」

說著，便轉身去追瑞雨。蕙娘在當地站著，略略歪過頭想了想，也就自己進屋去了。

這天晚上，權仲白自然要設宴款待弟妹，蕙娘因為要忌口的東西多，又不能喝酒，兼且最好也不要久坐，不過吃幾口菜，就藉口身上不好，回甲一號休息了。等權仲白回來了，照例給她把把脈，覺得一切無異，兩夫妻這才各自洗漱、上床休息。

蕙娘和權仲白閒聊。「雨娘也就罷了，四弟今年也十八歲了吧？不像三弟，走武將的路

注：伴當，跟隨作伴的僕從或朋友。

子，也不像大哥。」她頓了頓，繼續說：「四弟就沒想著找個營生？就是舞文弄墨、票戲寫唱詞呢，好歹也打發打發時間，別成天遊手好閒的，人都養廢了。」

「票戲、寫唱詞、捧戲子，是最費錢、最沒出息的營生，」權仲白不屑地說。「純粹是為了給廢物們打發時間用的，我們家從來都不養這樣的子弟。我算是沒有出息的了，對文武都沒有興趣，那也是學了醫。大哥學了畫，三弟學了兵，季青對生意、經濟有興趣，這兩年都在學看帳、學買賣進出之道。」

他忽然想起來。「對了，他和宜春票號也打過交道，妳要是有什麼票號上的事，需要多一個人問問情況，倒可以找他。」

蕙娘這才明白了權季青話裡的意思，她不禁微微一笑。「能和票號打交道，這也是個聰明人啊！」

先是看肚子，再是談票號，又有拿回香山一事賣好在前，這個權季青不但聰明，而且似乎還很愛抖機靈。

對權仲白的提議，她也就是這一句話帶過，卻未置可否。

第六十九章

長輩們想讓國公府過個安生年，有誰還敢作耗？蕙娘第一個要安心保胎，她沒往焦閣老那裡送消息，是怕自己這裡出了什麼狀況，讓老人家平白擔驚受怕。但她不說，不代表她身邊幾十個丫鬟能守口如瓶，這消息沒能瞞過權夫人，當然也就沒有瞞過焦閣老。老人家立刻就又給安排送了一批孕婦進補常用的藥材，還好，這一次沒有下權仲白面子的意思，不過是擇各地藥材最豐美者，品質雖然上尖，但數量卻並不多。

這一次過來送藥材的是四太太身邊的姜嬤嬤，給蕙娘送了單子，自然也要轉達長輩們的問候，她還為老太爺帶了話。「這批藥不是從昌盛隆採買的，姑娘可以放心地用。」見蕙娘有點吃驚，她又補了一句。「您不知道，原來吳家前些年重金收購了昌盛隆的二分股份，老太爺也是才知道，當時就說了，以後再不用昌盛隆的藥——這回過來，太太還讓我問問姑爺，城裡還有哪些藥鋪是能信得過的？最緊要是貨源上等、手腳乾淨，價錢都是次要了。」

說者無意，聽者有心。這話由姜嬤嬤來遞，她本人是沒有絲毫懷疑的，畢竟也是焦家老人了，焦、吳兩家的恩怨，姜嬤嬤心裡有數，可落在蕙娘耳朵裡，這就和一根針掉進了湖心似的，免不得要激起陣陣漣漪。她眉頭微微一皺，並沒有繼續盤問姜嬤嬤——這要是能收到更多消息，老人家也就不是讓人帶句話而已了。看來，祖父雖然面上不顯，但私底下可沒少查這個案子……

「藥鋪的事，就別打擾姑爺了。」她和聲說。「姑爺最近忙著呢，這一問，他少不得又要費心思篩選……還是讓鶴叔出面物色吧。」

四太太對下藥一事的真相，根本茫然無知，會隨口吩咐一句，也是人之常情。可吳家多了嫌疑，並不代表權家身上的嫌疑就被洗脫了，兩家都有理由盼望她死……就是要查案，也不是一時半會兒的事。吳興嘉雖然簡單了一點，但那是因為她年紀還小，養得又嬌，吳家其餘幾位長輩，那可也都是人精，就要對她下手，一定也會做得小心，動作太大，反而只是打草驚蛇。

至於權家，就更別說了，蕙娘在國公府，連睡覺都恨不得睜開半隻眼，她會這麼欣然地跟著權仲白到香山，實在也是因為這種精神緊繃的日子，是個人都過得不舒坦。從太夫人到權季青，只要是個主子，幾乎都不簡單，更別說還有四叔、五叔那麼兩戶已經分家出去的近親，大戶人家，恩怨利益糾葛太複雜了，誰知道他們有沒有什麼必要的理由，強烈地希望她死呢？

把人更想得壞一點，達貞珠現在雖然躺在歸憩林裡，可看權仲白的表現，明顯對亡妻情分很深，對達家，他也一直都是很關照的。達家人怕是比誰都不想他續弦，這麼多年的老牌世家了，就算一時失意，誰知道有沒有藏著什麼後手……

蕙娘摸了摸肚子，又輕輕地嘆了口氣：不是不想查，自己還立足未穩呢，根本就沒到查的時候。雖說現在看來，大嫂最有嫌疑不錯，而自己這一、兩個月來用心觀察，沖粹園內院那幾個管事，多半都還是對權仲白忠心耿耿，從出身來說就絕對可靠，並且自己也已經不著痕跡地將權仲白的人都排除出了幾處重點，全換上了自己的陪嫁，在沖粹園裡，她應當是絕對安全的——可現在雨娘和權季青來這裡消閒度假，很多事又說不清了……

忽然間，她有點想念綠松了：這丫頭、孔雀和甘草的婚事眼看都有眉有眼了，她還在國公府裡消磨時光，竟然一點都不著急……

畢竟是有了孩子，蕙娘的膽子比從前小了一點兒，權仲白當晚回來和她一道吃晚飯的時候，她就要求他。「以後還是儘量回來陪我吃中飯吧，就在一處地方，沒必要還分開用飯。」

沖粹園的確算是「一處地方」，不過這一處地方，大得勝過皇家園林，從扶脈廳到甲一號，乘轎子走得快那都還要近一刻鐘，這一來一回就吃個中飯，對時間是極大的浪費，因此權仲白一怔。「怎麼，從前妳一個人用飯，也未見如何，倒似乎還挺自在的，現在有雨娘陪妳了，妳還要我回來——」他一下子就想歪了。「是雨娘小姐脾氣重，同妳合不來嗎？」

「說什麼傻話。」到底是有求於人，蕙娘的態度，透了些親暱的責怪，她給權仲白挾了一片燒肉。「嚐嚐這個，家常菜細作，最有滋味了……雨娘和我處得挺好的。」

蕙娘這倒沒有說謊，兩個人都並不愚鈍，權瑞雨和她之間沒有半點衝突，現在林氏也不在，雨娘不必擔心過分和二嫂靠近，反而引來大嫂的不快，自然要未雨綢繆，為將來的萬一做點功夫。蕙娘看她，像看一隻小貓，從前她要撓自己，少不得略施懷柔手腕，現在這隻貓兒蹭過來打呼嚕了，她也就順手撫摸兩下。以她守灶女的見識和談吐，兩人要說不上話，那還真挺難。不過是十多天工夫，權瑞雨就已經相當黏她，畢竟——「二嫂比我大不了多少，好多話說」。

「可你畢竟是我的相公呀！」她話鋒一轉，雙手又一捧臉，望著權仲白柔柔地笑。「相公不在，我心裡好掛念，哪裡還吃得下飯？根本就沒有胃口。」

權仲白好一陣惡寒，他瞥了焦清蕙的如花俏臉一眼，自然也看不出多少端倪，只覺得她這樣柔聲說話，雙眸含笑，倒比從前那暗含盛氣的態度還更……更……

明知是假，還要中這個美人計，權仲白自己都有點唾棄自己了，可沒奈何，人長得美的確是有優勢，就算連一邊的丫頭都明白，焦清蕙說的絕不是真話，自有她的用意，可權仲白被那雙盈盈的水眸一望，自己心裡便一軟：人家現在懷著孩子呢，妊娠初期，何止口味，連性情都跟著大變的婦人他也不是沒有見過，一點小要求，答應了也就答應了。

「妳不用裝出這個樣子，只好好和我說，」到底還是要拿拿架子。「多大的事，我難道還會說不？」

他不像蕙娘，在沖粹園說話，很多時候不大經過腦子，蕙娘是永遠都有話可以堵他，有舊帳可以翻的。權仲白話一出口，也想到在立雪院的往事：就那麼屁大的事，他卻硬是不肯為蕙娘開口。見小妻子檀口一張，似乎有話要說，情急之下，便往她嘴裡塞了一塊肉。「我看妳一向食量小，現在也該漸漸多吃一點，免得開始害喜，妳反應要是重點，那就麻煩了。」

蕙娘脾性好潔，別說這麼直接塞進口中，就連生人筷子碰過的菜餚，她從前也是沾都不要沾的。在外宴席很少進食，倒不是真嬌貴到一口都吃不下去，實在是這個潔癖難改。權仲白從前沒給她挾過菜，倒沒觸犯這個忌諱，現在這筷頭點在她舌上，她心裡便很是古怪，就像是次次被他把脈時一樣，總覺得為人壓制，有種極不快的迫力，令她亟欲擺脫。

——可權仲白畢竟是她相公，為了表示親密（主要是體現自己的賢慧從容，多氣他一點），她也沒少給權仲白搛過菜，這回絕的話語無論如何說不出口，只好幽怨地白了權仲白一眼，把話頭給嚥下去了。

見焦清蕙眉頭微蹙、楚楚可憐的樣子，權仲白多少也猜出她的講究，自知小勝一場，不禁心情一爽，就有興致問她。「妳那些陪嫁，盤帳都盤了有半個月，究竟規模多大？我看掌櫃們這兩天才紛紛啟程回去。」

「陪了多少鋪子過來，單子上都寫得清清楚楚呀！」蕙娘見權仲白的神色，哪裡還不明白？陪嫁單子這麼俗氣的東西，肯定是不入權神醫法眼的。「今年是雄黃第一次出面，肯定會碰上一點磕磕絆絆的，她年紀小，綠松又不在，焦梅不管這一塊，女帳房要握住局面，肯定得多做些水磨工夫。」

其實蕙娘能讓女帳房管外頭鋪子裡的帳，甚至讓她直接去接觸掌櫃，已經超出一般人的見識。權仲白行走江湖這麼久，也是第一次聽說這種安排，他一時來了興趣。「妳怎麼安排的？說來聽聽。我看妳前一陣子睡前老看帳冊……要不是這孩子來得不巧，妳是打算親自出面盤帳的吧？」

「不許說他來得不巧！」蕙娘白了權仲白一眼。「我兒子來得最巧了，什麼時候來都是巧的！」見權仲白有點沒趣，她又添了一句。「再說，這些心機佈置，你又是最不喜歡、最看不起的，我告訴你幹麼？告訴你，不是找牆撞嗎？」

「誰說我看不起城府功夫了？」權仲白忍不住就是要和她抬槓、就是要駁她。「妳有心機在家裡使，好好的日子，過得那樣殺氣四溢、凶惡驚險的，這不是沒事找事嗎？至於和掌櫃們從容周旋，那也是題中應有之義，做生意的人最講求機變，要壓住他們，沒點心眼肯定是不行的。」

娘子太能掙錢、太能辦事，一般的姑爺多多少少總是會有點不舒服的——齊大非偶嘛，當年蕙娘親事難說，多少也有這個原因。妻強夫弱，那是肯定不能長久的。可權神醫實在是有幾分本事，別的不說，臉皮就特別厚，他自己多少年來只顧往外敞開了花錢，現在說到蕙娘的嫁妝生意，還是這麼坦然自若的：要是她不挑破，恐怕他一輩子都不會知道沖粹園的種種花銷，實際上已經從二房的私帳裡往外走了……大富大貴人家出身，就是再悲天憫人，也多少有些不食人間煙火的氣質，權仲白不是不把錢看在眼裡，在他的世界裡，似乎根本就沒有阿堵物的容身地，他都感覺不到錢的存在。

「也不必使什麼過分深刻的心機手段，」蕙娘便多少和他說了些生意上的事。「只要家裡還有權，他們就不敢亂來的。三十多個掌櫃，彼此業務都有往來，帳多少知道一點，但關係融洽的不多，掌櫃和帳房之間也都不是同鄉，這樣互相提防、互相疏遠、互相監視，他們能做手腳的地方很少。就有做手腳，因帳管不在一處，看帳也多少能看出不對來。」

她輕輕地呷了一口湯。「如是我親自盤帳，無非也就是吹毛求疵，挑出幾處錯誤，各自敲打一番，讓他們多明白明白我的斤兩……不過，從前也都是接觸過的，他們都知道我的為人，今年不出面也無妨。換作雄黃就不能這樣做了，她要建立起權威來，畢竟要面對掌櫃和帳房的雙重壓力……但不走出這一步，以後想做她爹那樣的總帳房也難。也是她將門虎女，今年還算是做得不錯。」

她沒往下說，但權仲白也明白她的意思：當東家的出面查帳，那自然是查出各種花頭都無話可說，可忽然間空降一個嬌滴滴的小姑娘來做總帳房，以後要對他們的帳橫挑鼻子豎挑眼了，非但掌櫃心中不快，這麼一個「二主子」，也很容易招致各大帳房心裡的不滿。看焦清蕙的意思，她倒是放手讓雄黃去做，自己只是冷眼旁觀……

商海風浪，有時可不比政界風雲簡單，只是錢來錢往，很少牽扯到無辜百姓，一般也並不會出很多人命。在權仲白心裡，他接受起來就比較容易，也就更能欣賞焦清蕙的才華——人精子小姑娘，他實在見過不少，就是瑞雲丈夫楊善久的雙生姊姊，現在許家的世子夫人楊善衡，那也是個人在稚齡便折衝樽俎（注一）、進退自如的角色。可這些姑娘家，沒有一個不是窩裡橫（注二），琢磨內宅鬥爭那全是到至高境界了，一個眼神、一句話，都有三、四種涵義，可要她們和外頭的男人們打交道，一個個就全瘸了腿了：從小在內宅裡長大，接觸過多少外頭的事情？一年到頭連門也不出的那還在少數嗎？市井中千奇百怪的訛財手段，坑蒙拐騙偷搶挪，下三濫的手腕可真是多了去了，對管著陪嫁的莊頭、掌櫃，她們也得陪笑臉，為什麼？真要和這群大老爺們鬧擰了，人家出工不出力，遇見什麼麻煩那就往上報，赤裸裸就是拿捏主人，要換人，那也不是那麼簡單的，一莊一鋪，換個不適用的人上去，那全得給鬧得歇菜趴窩，別說掙錢了，當年不倒賠就算好啦！

好在一般的下人，心裡也都有數的，事情不會做得太過分——有些掌櫃是沒簽賣身契，可有家有小，真鬧翻臉，他們也沒有好果子吃。大家心照不宣，主強僕弱時，少分潤一點，主弱僕強時會出什麼事，那就不好說了。焦清蕙這麼一段話，其實最重要就是第一句——家裡有權，下人們不敢過分的。有了權，她腰桿子就硬，再從容施展手段，這些掌櫃們自然也就都只能老老實實，賺著自己該掙的那份錢了。

不過，手段和靠山，終究是缺一不可。她拿不住雄黃這個帳房人才，就沒有雄黃拿住帳房掌櫃們的今日，歸根到底，還是焦清蕙自己才能過硬……權仲白想誇焦清蕙，又有點不是滋味——她嘴裡可從沒有自己一句好呢！可他畢竟從來都是有話直說的性子。「其實，妳是挺厲害的，一般人家的小姑娘，比不過妳。」

這個自然，蕙娘嗤之以鼻，也沒有被誇讚的喜悅，她沒接權仲白的話頭。

兩人沈默著用過飯，權仲白又關心她。「宜春那邊，好像這個月底也要過來奉帳了，妳知道他們今年過來什麼人？」

「這還不知道，可能是李總掌櫃親自過來。」蕙娘滿不在意地說。「第一年嘛，動靜總是要大一點的……」她又輕輕地拍了拍肚子，衝權仲白溫柔一笑。「好在妾身有護身符，也不怕他。」

權仲白看到這做出來的溫柔，明知蕙娘是裝出來的，就更是說不盡的抓心撓肺，好像被人捏準了一條筋在慢慢地挑，也不知是痛楚還是銷魂。他輕輕地一抖，不免也稍微展示自己的「城府功夫」。「妳都把話說得那麼明白了，喬家要還把我們兩家放在眼裡，也不會繼續催促的。頂多話裡話外，再給妳施加一點壓力——」他若有所思。「不過這麼說來，過幾天，家裡也該來人了。」

權神醫鐵口直斷了一把，居然沒有說錯，不過幾天，良國公府就來了人，一來是給瑞雨、季青送點秋衣；二來是給蕙娘送些補身的藥材；三來，國公爺親自把張奶公打發過來了——

注一：折衝樽俎，音ㄓㄜˊ ㄔㄨㄥ ㄗㄨㄣ ㄗㄨˇ。折衝，拒退敵人攻城的戰車；樽俎，古時盛裝酒肉的器皿。折衝樽俎指在杯酒宴會間，運用外交手段取勝敵人，後泛指外交談判活動。

注二：窩裡橫，有在家稱雄之意。

「家裡人口少，管事不夠使，就借少夫人的帳房用用，也更省事一點……從今往後，咱們家、達家在宜春的六分股，便還煩請少夫人操心結帳了。」

綠松也跟著張奶公回來探望主子，她和蕙娘對視了一眼，主僕兩個都不禁微微地笑：國公府也的確是大手筆，自己這才剛有了身孕呢，長輩們的賞賜就跟著來了。

「我這年小德薄……」她照例是要客氣一番的，張奶公當然也很堅持，兩邊走了個過場，蕙娘也就接了這份重任。讓張奶公和雄黃交接去了，她這裡還要招待個燕喜嬤嬤——太夫人操心孫媳婦，給她派了個經過事情的老嬤嬤過來，指明了要「雖不說貼身服侍，可好歹也帶在身邊，一旦有事，也能鎮住場面」。

良國公府行事，的確處處奇峰突出，這賞呢賞得直接，埋眼線嘛，就更是埋得很直接了。

長輩賞賜，蕙娘還能說什麼？自然好言慰問一番，令人將她帶下去安頓了，她和綠松到裡間說話。

「是大少夫人……」綠松對這件事也有自己的看法。「府裡把票號這幾分股給您管，對她是不小的震動。這個季嬤嬤，恐怕就是她在擁晴院給您求出來的。」

第七十章

會把綠松這個得力臂助留在京城，蕙娘也是有幾分不得已：石英雖也是個能幹人，可比起綠松來，她始終還是更把自己放在最前。人不為己，天誅地滅，蕙娘也不能指責她什麼，但石英得到的機會，肯定也絕不會有綠松多。雖然她身邊也很缺一個貼心人，可這麼一個獨當大任的機會或者擔子，她也自然要先交到綠松肩頭。

綠松也很少讓她失望，不過是一個月不到的工夫，她和巫山的嫂子小福壽已經很能說得上話了。「現在都是要巫山養胎，很少讓她出院子。別的衣食住行當然沒有任何虧待，比一般的姨娘都上心。大少爺偶然也去探望她幾次，但次數不多。這幾個月，夫人還派了兩個人過去，照看大少夫人和巫山。家裡人不多，三少爺在府裡待的時間也不久，事情就很少了，沒鬧出什麼不該有的動靜。」

把幾個人都看得這麼死……蕙娘有點吃驚，但轉念一想，也覺得無可厚非。權家的規矩，畢竟是太特別了，嫡長子出在誰的肚子裡，對局勢幾乎有決定作用，自然看得也就更嚴。誰知道在絕大的利益驅使之下，會不會鬧出懷假胎、買兒子、狸貓換太子的事來？沒個人在一邊看著，子嗣要出了事，權家面子何存？

倒是權夫人往臥雲院裡派人，太夫人就往沖粹園裡打發眼線，這多少有些過分針鋒相對了，兩位長輩看著都不像是這麼淺薄的人，沒鬧到撕破臉的時候，怕是不會這麼做事吧？

「最近府裡，太夫人插手家事，次數多不多？」蕙娘便問綠松。「大嫂看著，情緒還好嗎？」

綠松顯然也經過一番考慮，她很明白蕙娘究竟在問什麼。「擁晴院還和從前一樣，根本就不過問府中家事，現在大少夫人不管事了，家裡事都是夫人帶著身邊的嬤嬤們在管，好在人都出門了，家裡事也少，臥雲院常用的陪房，都可以專心陪大少夫人養胎，不必再出面幫忙。」

權夫人傾向自己，真是瞎子都能看出來。這一筆是名正言順架空大少夫人，又送票號股份——雖說這也是為她和其餘幾個股東較勁撐腰，但一拍兩響，家下人自然會有另一番解讀。輕輕鬆鬆這兩招，二房在府裡，就不像是從前那樣游離了。綠松話裡話外，也帶出了這麼一個意思：雖說她沒有任何職司，但如今在府裡，要比一般的管事婆子都更有臉面。

蕙娘一時，不免陷入沈吟，綠松看著她的臉色，低沈地說：「奴婢也有所猜測……可不變應萬變，您現在要思慮過甚，損傷胎氣可就不好了。還是一心養胎，是您的，跑不掉。」

也就只有她敢這麼對蕙娘說話——也就只有在她跟前，蕙娘會說兩句心底話了。

「換作是妳，妳能不操心嗎？」她有幾分自嘲。「妳主子怕死得很，這一路走得實在是戰戰兢兢……雖說想要我命的人恐怕不少，但畢竟出手不出手，那是兩回事……」

「老太爺這不是給您查著嗎？」綠松自然也跟進了最新的訊息，她猶豫了一下，又小心地開口。「您現在，也是有姑爺的人了，姑爺又是名醫……從前您是覺得他沒有城府，根本就不值得信任，可現在，您也該轉過彎來了吧？」

她對權仲白的態度，雖說只有老太爺一針見血，戳了一下，可看出來的卻不止老太爺一個人。綠松會這麼說，其實已經是在下蕙娘的面子，告訴她「您也有犯錯的時候，這姑爺就比您想的要複雜好多」。蕙娘不禁微微紅了臉，但態度還很堅持。「這件事，沒憑沒據，就因為權家給昌盛隆供貨，就能咬死了是權家人做的？吳家還在昌盛隆有股份呢……」

以一般人思維來說，肯定還是更傾向於焦家自己出了內鬼。綠松嘆了口氣，也不勉強，她說起福壽嫂。「搭了好幾次話，她也喜歡和我說話呢——白雲的性子，您也知道，話是不多的，要打聽您的情況，她只能和我多聊幾句。」

也是，蕙娘想知道大嫂，大嫂何嘗不想多挖挖她的底牌？雙方怕是都存了虛與委蛇、互相刺探的心理。只是臥雲院恐怕沒有想到，綠松要刺探的根本不是大少夫人的孕事，她想知道的，還是福壽嫂自己的心情狀態。

「並不太好。」她說。「和我接觸，可能是她自己的意思，我看她那個樣子，像是急於從我們這裡刺探一點消息，到主子跟前邀功……她這多少也算是作繭自縛了，要不想著往前走這一步，也不會和今天一樣進退兩難。我問了她好些事，有來有往，她倒都答了。」小姑娘眉尖一蹙，姣好的臉上頓時現出些無奈。「可卻沒有多大的幫助，據她說，因大少爺性子好，大少夫人又平易近人，待人很熱情，從前她身子不沈重的時候，三個弟弟得了空都經常去尋大少爺說話，尤其大少爺學問好，三少爺、四少爺時常晚上過去，連吃帶喝再談談天，夜半三更才回房，都是屢見不鮮的事。還有咱們姑爺，也時常和大少爺坐在一處喝茶，就是堂少爺都有過來看畫的，四叔老爺自己愛畫，兩位公子也愛，更經常過來了……」

如是在白天，權伯紅可能還有獨立的書房，到了晚上，他肯定和大少夫人在一處休息——又都是自己人，大少夫人年紀也大了，實際上和男丁接觸的機會並不少。要證實蕙娘的懷疑，那就要繼續往下追查，看看在受孕前後的日子裡，是否有誰過去臥雲院的腳步特別頻繁。但這就不是綠松單槍匹馬可以查出來的消息了，蕙娘也沒有勉強，她又和綠松說孔雀的婚事。「她眼光特別，倒是執意不改，我也成全她，現在說定了甘草……也好，這門親事一定，沖粹園裡就幾乎都是自己人了。」

張奶公一家是權仲白生母留下來的老人，權仲白肯定會著意提拔，比如病區裡服侍的下人，從前也許和蕙娘還不是一條心，但結了這麼一門親事以後，要行什麼不利於主母的事，首先就要面對沖粹園裡上百個身家性命繫於蕙娘榮辱的下人。

如說這裡還有什麼不安全的因素，怕也就是蕙娘用的安胎補藥了。不過……「現在但凡喝藥，我都要他在一邊先嚐一口，」蕙娘嘆了口氣。「同甘共苦嘛……這樣還能出事，那也就真是天意了。」她又問綠松。「陳皮、當歸人品都的確不錯，前陣子姑爺讓他們過來回事的時候，我在屏風後頭見過了，還說了幾句話呢，都挺幹練的。妳心裡，到底是怎麼想的？難道真連一眼都不看，就讓我作主了不成？」

綠松輕輕地搖了搖頭，真是絲毫都不在乎。「您虧待不了我……」這丫頭如此做法，分明是心裡有人。蕙娘待要再問，綠松已經給她支招——她這是明目張膽地岔開話題了！

「聽您剛才那麼一說，四少爺倒是很識得眼色，您不好問臥雲院的事，可起碼能問問府裡的忌諱、講究吧？國公府規矩嚴，下人都和啞巴似的，不論哪個院出身，不該說的半句也不多說。要不是福壽嫂有心事，我怕是也什麼都問不出來……」

蕙娘白了她一眼。「我身子沈重，他又是個男丁，和我年紀也差不多，哪能那麼隨意搭話……」

「這不是現放著，票號的事……」綠松輕聲嘀咕。「不過，您顧慮得也有理，姑爺雖然性子闊朗，可這種事誰都說不清，沒準兒，他還是個醋罈子呢……」

自從洗脫了通房的可能，綠松行事，漸漸像從前一樣大膽，她這是在調弄主子呢！蕙娘被她鬧得沒脾氣。「我懶得和妳說！」

雖說有了身孕，可腦子卻不會因此停轉，尤其是現在，丫頭們把家常瑣事全都承包過去，石英借綠松不在，可了勁兒地獻殷勤，甲一號裡裡外外，被她打點得妥當萬分，連給蕙娘挑毛病的那點餘地都沒有留下。

至於擁晴院送來的燕喜嬤嬤季嬤嬤，她背景是雄厚的——太夫人陪房之女，當年在良國公之妹、權仲白姑姑身邊伺候過的，這位長輩去世之後，因沒留下兒女，一眾陪嫁或者四散，或者留在夫家，太夫人是親自點名把她給要回來了。越是這樣老資歷的下人，就越是安分，季嬤嬤過來以後，也就跟著江嬤嬤一道飲食起居，按時到蕙娘跟前請安，別的時候，連門都不經常出。

權仲白每天三餐都在甲一號吃，蕙娘早上起來吃藥，他都跟著喝一勺……安保工作做到這個地步，也沒什麼好瞎擔心的了。京城萬分平靜，沖粹園平靜萬分，在如此一潭死水之中，焦清蕙真有幾分無聊了……

和她不同，雨娘的日子過得很逍遙，山上有一片小空地可以騎馬，權季青天天帶她去學，據說也是經過家裡首肯的：東北苦寒之地、民風慓悍，騎術在身，也是多一重準備。蕙娘自然不做惡人，令人為瑞雨準備了一匹馴順的牝馬，也就不再過問。除了學騎馬之外，還能時常泛舟湖上、楓林賞秋……不過一個月工夫，小姑娘臉色紅潤了、身量長高了，對蕙娘的笑臉都多起來。蕙娘看著她，也覺得她怪可憐的：縱使錦衣玉食、金尊玉貴，可那又如何？權瑞雨的快樂，只寄託在這麼小小的幾樁遊樂上，可見她平時過的都是什麼日子。

她雖不願上船顛簸，可得了閒，和瑞雨一道在湖邊走走，拿釣竿釣幾條魚，編幾個花籃、織幾頂草帽，這還是能做得到的。

這天兩人站在一處，她就和蕙娘閒話。「今天是吳家、牛家辦喜事的日子，只可惜不知如何熱鬧了。」

「妳出嫁的時候，只會更熱鬧。」蕙娘隨口說，想到吳興嘉的作派，亦不禁微笑。「不知道嘉妹妹今日戴的，又是哪雙價值連城的鐲子呢？」

「不會更熱鬧的。」說到她的婚事，雨娘倒有幾分心事，她陰沈地望著水面，有些黯然。「我們家和吳家不同，行事不求高調。尤其崔家就更講究韜光養晦……別說和嫂子比了，就是和吳姑娘比，嫁妝肯定也是有所不如。」

這是權家長輩的事，蕙娘不好多說什麼，只得笑道：「別的不知道，妳的鐲子肯定比她的好。一會兒跟嫂子去選一對，也算是給妳添箱了。」

以她的身家，隨意裝飾，都能令人眼前一亮，瑞雨早不知拖著瑪瑙，磨了多少衣樣子過去了，可首飾她從不曾索要，即使蕙娘要送，也都被她婉拒。今天話趕話說到這裡，蕙娘顯然是真心要送，她不好再回絕了，卻仍不肯就拿。

「那就先多謝二嫂……等我出門前，再來選吧。」

「妳娘教妳，倒是挺嚴格的，簡直都有些古板了。」蕙娘不由得失笑。「和二嫂妳還這麼客氣，真是討打。」

「是教得嚴格。」雨娘今天情緒不大高。「說是多學一點，以後受用一生。就是這一年半載，朝鮮話就沒有少學，那麼蠻夷之地的言語，磨牙死了，我要是學得慢一點，還有人打掌心……」

這不是蕙娘第一次聽說，可談起來，她還是有些不解。「其實崔家人雖然說是駐守北疆，但他們也就在瀋陽一帶駐紮呀，那裡離朝鮮是近了點，可也還算繁華，居民開化，漢人不少，不會說朝鮮話也礙不著事的。他們朝鮮人，和我們大秦關係也就是那樣不鹹不淡的，平時兩國往來也不多吧……」

「技多不壓身嘛。」雨娘垂著頭說。「唉，有些事，嫂子妳也不知道……」

或許是那對沒送出去的鐲子，多少是打動了小姑娘，也或者是在沖粹園裡的生活，確實使她得到了微不足道、卻又真真切切的快樂，權瑞雨今天的話很多，居然罕見地談起了權家祖居地。「那個地方，聽說距離邊境不遠，周圍住了很多鮮族，不會說鮮族話，要遭欺負的——」

正要再往下說時，槳聲響處，權季青忽然從殘荷中搖出了一艘船來，他身著青衣，站在船頭，倒大類權仲白那飄飄欲仙、不染纖塵的風姿，見到嫂子和妹妹，便仰起頭來微微一笑，從船中拎起一個籃子給雨娘看。「剛掘出來的新鮮藕，還帶著泥呢，吃不吃？」

雨娘歡呼一聲，頓時又忘了剛才的話題，她拍著手。「要吃要吃！」

權季青便移舟就岸，從亭邊擦過，自然有人將蓮藕取走，他上得岸來，手一翻，居然又是兩朵鮮花——這麼微冷的天氣，如此偏僻的園林，也真不知他從何處弄來——他取了一朵，簪到瑞雨鬢邊。「好看。」又將另一朵遞給蕙娘。「二嫂也有一朵。」

蕙娘微微一笑，也就接了過來，拿在手上卻並不簪。

權季青看了她一眼，笑咪咪地道：「嫂子人比花嬌，拈花而立，也好看！」

第七十一章

到了秋日，除非溫室特意培育，否則鮮花難得，權季青偶然尋來一、兩朵，給了雨娘，肯定也要送她，這沒什麼好非議的。可年紀相當的小叔子，這樣誇嫂子，就有點不妥當了。蕙娘不好回話，只是笑而不語，倒是雨娘衝哥哥發嬌嗔——

「哪有四哥這樣說話的？誇嫂子用了『人比花嬌，拈花而立』八個字，對我就一個詞！」說著，便揮舞手中的釣竿，作勢要打權季青。

說起來，權家幾兄妹，也就是他們兩人年紀最接近。權季青平素裡風度翩翩，雅靜溫文得幾乎不像是將弱冠的少年，只有在雨娘跟前，還能露出一點活氣。

他衝妹妹微微一笑。「妳自己都美得不行了，還要人誇啊？」

雨娘就像是文娘，在季青跟前，真是全方位都被壓制，連一點點浪花都掀不起來。所差者，權季青畢竟是她哥哥，倒還會讓著她一點——也是在蕙娘跟前，要給妹妹留點面子。

「給妳帶了藕、帶了花，還要四哥怎麼誇妳？」

雨娘見已經把場面給糊弄過去，自然也就不耍大小姐性子了，哼哼著並不和哥哥頂嘴，見嫂子若有所思，她便拉著權季青。「我想坐船，你剛從什麼地方過來？」在權仲白跟前，她總顯得有些戰戰兢兢：權仲白是愛數落她的，但權季青就寵她得多了。

「才從山上回來，坐船在湖心蕩一蕩，天氣冷了，蚊蟲不多，湖心亭附近風光很好。」

被這麼一說，雨娘自然要去瞧瞧，她隨口邀了蕙娘，蕙娘卻不能去。權季青也不跟著客氣，他站在船頭，將雨娘接到舟中坐下，雨娘心疼哥哥，命船娘上來支槳，兩兄妹在舟中對坐，從亭下慢慢滑進蓮花蕩裡。雨娘衝蕙娘輕輕招手，權季青便也學著她的樣子，回過頭來向她揮了揮袖子，作可愛狀。

舟進蓮葉中，還能隱約聽見雨娘撒嬌發嗲，還有權季青隱隱的笑聲。

石英跟在蕙娘身邊，此時也不禁笑道：「四少爺同二姑娘，真是吵鬧到了一處，倒現出了有兄弟姊妹的好。」

蕙娘隨手將權季青給的芙蓉放到石英手裡。「出來半日，也該回去了。」

她語調清淺，心不在焉，顯然是有一點心事。石英全程跟在主子身邊，只覺得這是再尋常不過的家居一景，要說有什麼不妥當，也就是四少爺誇了少夫人一句……可說句實在話，都是一家子，多一句話少一句話，似乎犯不著多心。畢竟話說白了，四少爺都還沒有成家呢，就是要和二房有什麼利益上的衝突，那也得等他成家生子了再說。同二姑娘一樣，這都是戲臺下坐著拍手的，所差者，只在叫好還是起鬨而已。要是連這樣的人說出來的任何一句話，都要往深裡去想，這日子可就趁早別過了。

她自然未敢詢問，只是躬身扶主子上轎。「您仔細別用岔了力……」

暖轎順著湖走了一會兒，遠處湖中簫聲又起，嗚嗚咽咽、隱隱約約，襯著淡灰色天，竟如一匹長練，委婉回環、絲縷牽連，從湖中往岸邊吹來，連前頭轎娘都聽住了，腳步不覺放慢了幾分，轎子猛地一挫，蕙娘差些沒跳起來。這倒將眾人都嚇了一跳，石英忙上前申飭，那轎娘也是魂飛魄散，忙由旁人替了肩，自己跪下請罪。

「算了。」少夫人對底下人，有時嚴厲得簡直過分，有時又很寬和。「的確是好簫音，隔了那麼遠，音色還是那樣亮……偶然聽走了神，也是常有的事。」

話雖如此，差些驚了少夫人的胎氣，這又哪是小事？石英駐足片刻，待轎子去遠了，才低聲衝那犯事轎娘道：「老規矩，自己去楚嬤嬤那裡領罰吧。」

楚嬤嬤是蕙娘身邊的教養嬤嬤，雖擔了這麼一個名頭，可教養的主要是蕙娘近身的幾個下人，她性子嚴肅，是有名的「活閻王」，這轎娘聞言不禁面現懼色，一時不願起身。

石英只得又放緩了語氣。

「少夫人都發話了，左不過罰些月例，還不快去？」

她心裡也不是不失落的：轎娘吃的是肩上飯，如此不快，從前也難以避免，可綠松在時，哪裡還要說話？一個眼神，底下人就明白了她的意思。雖說現在她遠在京城，自己又說了一門上好的親事，可如今看來，究竟依然是比不上綠松……

少夫人聽著簫聲，一路都心不在焉，石英有所感懷，今日話多了一點。「也不知是二姑娘還是四少爺，這簫，吹得是滿好，聽著調子也熟，像是——」

「是〈梅花三弄〉。」蕙娘輕聲說。「我練過幾次的，妳記性倒不錯。」

她語氣雖寬和寧靜，可聽在石英耳中，卻無異於黃鐘大呂（注）。她是極熟悉蕙娘的，哪裡聽不出主子語氣中的不耐？立刻就不敢再往下說，只在心底暗暗地責怪自己：一起了和綠松比較的心思，就處處進退失據。

可話又說回來，姑娘這是為了什麼事，心事這麼沈呢……

石英沒有揣摩錯，蕙娘的心緒的確不算太好。

回到甲一號，她難得地沈不下心，只望著案上清供的一朵芙蓉發呆——越急越錯，石英怕是料想著這鮮花來得不易，自己不該私自處置，回到院子裡，轉頭就尋了一個小盤子，供在了書案一側。她想和綠松說幾句話，可綠松卻又不在，只好退而求其次，讓孔雀過來，同她一起看鐲譜，要給雨娘選一對名貴的鐲子，做她的添箱禮。

「怪可憐的……」蕙娘說。「小小年紀，就要嫁到瀋陽去，那地方說是也並不差，被從前女真人經營得很繁華，可哪裡及得上京城萬一……倒是文娘還好一點，將來要出京，也是往南邊去，那邊天氣起碼好些。也給她挑一對好鐲子吧，多開心一會兒，算是一會兒。」

文娘的親事還沒定下來，家裡知道的人並不多，孔雀也是第一次聽見蕙娘露了口風，她掃了主子一眼。「您有心事？」

蕙娘不禁一怔，她沒說話，可這表現，同默認也差不多了。兩人對視了一眼，蕙娘也便不再嘴硬。「怎麼看出來的？」

「您一有心事，話就比往常要多些。」孔雀輕聲說。「可說可不說的一些事，您往往就會說了。」

蕙娘再精明，也不可能把所有丫頭都給琢磨得透透的，可她身為甲一號絕對的女主人，這些跟在她身邊的小人精，卻起碼都打點了九成心力來琢磨她。被孔雀這一說，她倒是怔了半日，才自嘲地一笑。「是有點心事……不過，這事有些棘手，不好說，也不好辦。」

孔雀沒有說話，她一頁一頁地翻著首飾譜錄。

過了一會兒，蕙娘問她。「妳看中甘草，多久了？妳爹娘這一陣子，可沒少磨纏我。」

「也有幾個月了。」孔雀半點都沒有平時的急躁，她輕聲細語，從容而坦誠。「他雖然嘴笨，可心好，辦事也不掉鏈子。幾次見面，都有……有些說不出的感覺，再想想，他那個出身，怎麼也不少一口飯吃的。雖說這幾年不大好，可再過幾年，放出去做事了，也吃不了多大的虧。」

甘草要不是自己實在太寡言少語，的確是能更進一步，可蕙娘卻不是吃驚這個。「都幾個月了……那妳還想當通房？」

「是家裡人的意思。」孔雀在蕙娘跟前，從來都是這麼實誠。「我娘說，跟著您吃不了虧的，在少爺院子裡，又能幫您，又能享受些富貴，他們也更有體面，是兩全其美的好事。再說，少爺也……」她看了蕙娘一眼，微微一笑，反過來逗蕙娘。「我要是誇少爺生得好、

注：黃鐘大呂，黃鐘，我國古樂十二律中六種陽律的第一律；大呂，六種陰律的第四律。黃鐘大呂是形容音樂或文辭正大、莊嚴而高妙。

人品好，您又該不高興了。」

「他哪有那麼好！」蕙娘果然嗤之以鼻。「一家子四兄弟，長得都差不多，難道就他一個人生得最好看？」她難得地軟了下來，學著文娘，貓一樣地蜷在榻上，沈默有頃，又問孔雀。「那……權仲白同甘草，妳更喜歡哪個呀？」

孔雀輕輕地給蕙娘捏肩膀，過了一會兒才說：「這喜歡也分的，少爺雖然好，可那是雲端上的人，看一看、喜歡喜歡，那也就算了，我哪配得上少爺呢？可甘草就不一樣了……」

沒個確切的答案，似乎喜歡誰更深一些，也不是簡簡單單就能比較出來的。換作孔雀在蕙娘這個身分，那麼喜歡喜歡就算的，也只能變作甘草了。蕙娘忽然想到焦勳，她的手不禁落到小腹上，輕輕地撫了撫肚子，一時有感而發。「這個情字，實在礙事，要沒有它，大家各行其是，少了多少紛爭！」

孔雀沒有接話，她給蕙娘看。「這對和闐玉鐲，您嫌沈，到手了也沒戴過幾次。北邊富貴人家少，拿這一對出去，更能鎮住場子。」

蕙娘翻閱了幾頁圖譜，「嗯」了一聲。「也不算丟人了……先找出來擱著吧，等雨娘回去以後，再讓人送到府裡去。」

「今兒您同二姑娘出去，是遇見了四少爺？」孔雀瞅準她的空當子，冷不防就是一問。

這一問，倒真是把蕙娘給問得猝不及防，她甚至都來不及掩藏自己的驚愕，本能地便瞪大了眼，好半天才道：「怎麼，這幾個月，妳……眼力見長呀？」

「這不是我眼力見長，」孔雀輕聲說。「其實，您怕是早也有所感覺了吧？就是新婚那天晚上，揭蓋頭的時候，我就覺得四少爺神色有些不對，就像是一朵向日葵，走到哪裡，臉都衝著您這邊。當時覺得，怕是沒見過您這樣的姿色，也就沒放在心上，可幾次陪您出門，在院子裡遇見四少爺，我這麼冷眼瞧著，四少爺對您，是有些不對……」

蕙娘咬著唇，半天都沒有說話——這畢竟是極不體面的一回事，一旦傳揚出去，就是做嫂子的一點錯也沒有，聲譽大跌，那也都是免不了的。

孔雀也不敢再多說什麼，她站起身來，掩了冊子就要退下。

「今天是遇著他了。」蕙娘低聲說。

孔雀回眸望去時，卻為窗外射進的陽光所擾，竟看不清她的神態。

「送了一朵花，誇了一句話。話說得不大妥當，可也就是一句話而已，二姑娘也好、妳石英姊姊也罷，都似乎不覺得有什麼不妥。後來他載著二姑娘遊湖，在湖上吹簫呢……〈梅花三弄〉，吹的是全曲。」

「這……」孔雀也有些不明所以，她再三尋思，也就挑出了一個毛病。「〈梅花三弄〉，不是琴曲嗎？。」

「〈梅花三弄〉也算是名曲了，從琴到笛、簫，獨奏、合奏的譜子不少，」蕙娘說。「簫曲單吹，沒有吹全曲的，那太費力了……只有琴簫合奏，吹的才是全譜。」

沒有一點樂器上的造詣，怕是真品不出這一舉動中隱含的信息，孔雀不禁倒吸了一口涼氣，再去琢磨曲名。「〈梅花三弄〉……您愛梅花，是出了名的……這四少爺，未免也太大膽了吧！」

這可不是又大膽、又縝密，想法出奇，可卻直切主子的心思：以主子的觀察入微，是肯定能品出個中韻味的，可餘下如所有下人，並二姑娘──像是並不精於樂器──就算人就杵在兩人身邊呢，卻是半點都沒能察覺。這又要比司馬相如琴挑卓文君，手段更高出幾分了，孔雀一時，也是心潮起伏，在屋裡來回走了幾步，她不禁壓低了聲音。「這麼說，他要來沖粹園，也是為了您嘍……」

「這就不知道了。」蕙娘的語氣，聽不出喜怒。「都說是為了雨娘，也的確提了許多次。可就算來了沖粹園，又有什麼用？我身子沈重，不能時常出門，就在一處，見面的機會也絕不會太多的。」

就算見面的機會，本可以無窮多，可主子既然這麼說了，無窮多也要變得無窮少。孔雀這才知道後怕：還好還好，十三姑娘也不是一般女兒家，被人隨意撩撥幾下，就亂了心弦。這要是鬧出不才之事，豈不是後患無窮，一輩子都得擔驚受怕？

「只是……」蕙娘的語氣裡，不免也蒙上了少許疑惑。「連妳這心思簡單明瞭的丫頭，都曉得相機行事、量力而為，他那麼一個看得剔透分明的聰明人，又怎麼會不知道這個道理？不該是他的東西，怎麼都不會是他的，吹這一曲〈梅花三弄〉，難道，他還盼著我來和他？」

孔雀這個人，對外人面子上還繃得住，可在蕙娘跟前，一向是快人快語。「方解難道就不是聰明人了？這聰明人也有被衝昏頭腦的時候不是？」

能在蕙娘身邊服侍的，的確不聰明不行，可方解怎麼就會糊塗到這個地步，自己拿了一個盒子就去找孔雀——以她的性子，這盒子也沒有上鎖，在找孔雀之前，她不要揭開來看看？這要真是首飾，她又怎會自己拿過去？肯給孔雀帶一句話，她都要承情了！分明是自己打開來看過，明知那是什麼，才特別令孔雀收藏，以便引發蕙娘的誤會。

為了掃除孔雀這個障礙，她也算是用了心思了，只是這份心思，實在嚴重侮辱蕙娘的智慧。如是在從前，她也不肯相信方解居然會這麼蠢的，可事情就這樣發生了，除卻鬼迷心竅之外，還有什麼別的解釋？

「方解就那樣喜歡權仲白？」她有些吃驚。「換作別院的丫頭，那也就罷了，可妳們是眼看著他在立雪院裡被我玩得團團轉的呀！」

「平心而論，」孔雀為權仲白說話。「姑爺妙手仁心、風度翩翩，就從長相來說，連您都挑不出什麼毛病。我跟在您身邊這麼久，您的喜好，我還不明白嗎？您就喜歡溫潤柔和、瀟脫風流的雅士，我們這心底都奇怪呢，按說，您知道說給姑爺，而不是說給何家，應該是暗自高興才對，怎麼就——」

「我說的是方解，又不是我自己！」蕙娘使勁送給孔雀兩顆白眼球。「妳跑什麼題？」

「這……」孔雀不是綠松，她不敢幾次頂蕙娘的嘴，蕙娘動了情緒，她就不多說什麼了，只能攤攤手，言下之意也很明白：人家那麼好，方解為什麼就不能喜歡？在立雪院裡雖然受了苦，可他始終也沒有太失風度不是？就有缺點，那也是蕙娘自己嫌他，在方解來看，恐怕這些缺點非但不是缺點，還都更是極大的優點呢！畢竟，權仲白再怎麼說，也是國公府的二公子，單單是這一層身分，已經足夠給他鍍上一層金了。

「這件事，妳就不要聲張了。」蕙娘沈吟了一會兒，也只能如此吩咐孔雀。「連綠松都別多說，橫豎再過一段日子，他們就要回去了……我看他也沒膽子鬧得太明顯的，以不變應萬變吧。」

「是。」孔雀規規矩矩地站起來答應——或許是因為這是蕙娘很久以來，第一次這樣直白地和她交心，她頓了頓，竟又壯著膽子問：「姑娘，您看姑爺這麼……」她深吸一口氣，似乎在醞釀勇氣，斷了片刻才道：「您看姑爺這麼吹毛求疵，是不是因為……您心裡還惦記著『他』啊？」

這一問，恐怕是這十幾個核心丫鬟都一樣想問的問題。蕙娘心底，忽然靈光一閃：會不會就是因為這個，綠松才根本都不提自己的親事……就算是她，也誤以為自己從一開始就挑剔權仲白，不過是因為心裡早就有了人了。

可恰恰是這一問，她是永遠都不會、也不能正面回答的。

「相機行事，量力而為。」蕙娘淡淡地說。「有些事，不能成就不要多想……這個道理，我和妳一樣清楚。」

孔雀也再不敢多問了，她匆匆施了一禮，回身拿起權季青送的那一枝輕紅，人都走到門邊了——還是不禁頓住了腳步。

「這話也就是我……也許還有綠松，會這麼對您說了。」她都不敢回身。「姑爺人真不錯。您……您別山河空念遠，還是憐取眼前人吧！」

蕙娘身邊的丫頭，多半都是識字的，孔雀雖然看著淺薄，可居然也能用這〈浣溪沙〉的典，蕙娘一時，不禁啼笑皆非。她想分辯些什麼，可又不知從何說起，就是這一耽擱，孔雀已經逃一樣地出了屋子，輕輕地闔上了門。

「憐取眼前人……」她只好說給那空蕩蕩的盤子聽，語調終究還是帶了一絲負氣。「憐取哪個眼前人還不知道呢！溫潤柔和，也不是就他一個人溫潤啊！白面書生，也不是就他一個人白面啊！和他長得很像的人，還有七、八個呢……憑什麼就要憐取那麼個老菜幫子？哼！」

最後這一聲「哼」，卻是哼得九曲十八彎的，哼出了七、八個調來。

哼完了，再想一想，卻也不禁托腮一笑，這一笑，燦若桃花。

第七十二章

吳家、牛家的婚禮，蕙娘當然無緣參與，但權仲白卻有分被邀請。他雖然沒去，可過幾天回來和蕙娘提起，也說：「真是氣派，我去給牛家太夫人扶脈的時候，還見到有人在吃流水席呢！」

蕙娘現在懷孕也進入第二個月，她害喜害得早，居然這時候就已經開始燒胃了，這幾天都不大舒服，聽見權仲白說話，不過是氣若游絲地「嗯」了一聲，便算是搭理過了。權仲白待要住口不說，她又有意見。「怎麼不說了？我聽著呢！」

「沒什麼好說的，」權仲白坐到蕙娘身邊，習慣性地就去拎她的手腕。「我也見不到新娘子，就是和新郎官見了一面，很踏實的小夥子，沒了。」

當年被文娘踩得和什麼一樣，焦家兩姊妹，哪個不是把她比到了泥裡？可其實說起婚事，蕙娘還好，權仲白的身分放在那裡。要是王辰沒個進士出身，以後文娘在吳興嘉跟前，真是休想抬起頭來了。雙方都是名門之後，可再怎麼說，吳嘉娘那都是元配……

蕙娘不禁重重地嘆了口氣，也不知為什麼，就替文娘委屈得紅了眼睛。

權仲白嚇了一跳。「怎麼了、怎麼了？妳又不認識那個牛少爺，幹麼說起他就哭？」

「誰為他哭——」蕙娘也回過神來，修正了一下。「誰要哭了？我是……太陽烈，曬的！」

懷著孩子，性情大變的人有的是，現在開始害喜，多愁善感一點，也可以理解。權仲白比從前更容讓蕙娘一點。「好好好，太陽太烈了，曬的。那妳就側過身來，別讓太陽曬著妳唄！」

見蕙娘不動，他便自己把她翻過來，又激蕙娘。「妳這個樣子，能不能見李總櫃？要不然，今年還是讓妳手底下那個女帳房和他打打交道吧？」

「見一面應該是沒有問題的。」蕙娘提到正事，也嚴肅了一點。「現在宜春的局面比較複雜，大爺和三爺聯合在一起想要擠我，李總櫃手裡的股份雖然不多，可用得好，說不定能扭轉乾坤呢！好歹我也得讓他摸摸我的底……唉，到時候少不得要借季青一用了。」

自從九月末聽了一曲洞簫，蕙娘也就是跟在權仲白身邊見了權季青幾面，平素裡兩人見面機會也的確不多。

如今她受胎兒連累，體力的確是有下降，就說每天早上，連起身都能給耽誤出半個時辰來，哪裡像從前，睜眼就起，換衣梳洗緊跟著就去練拳……不說反應變慢，但要純粹以自己的能力來折服李總櫃，就要多花費一點心機了。而在這種時候，權仲白又多次叮囑「太過緊張，很有可能就會造成流產」，孰重孰輕，蕙娘當然分得清楚。

不能以能力動人，就要以權勢壓人。權季青這幾年來和宜春票號接觸不少，又是權家主子，他就是一句話不說，只是坐在那裡，對李總櫃都是無言的壓制，個中道理，蕙娘和權仲白也都明白。

權仲白無所謂。「其實會讓妳接帳，長輩們的態度也算是表現得很清楚了。不過，妳現在的確不適合太用心，多一個人幫著壓一壓，也好。」

他現在時常也會提早回來看望蕙娘，在甲一號待的時間比以前多，今日就是這樣。只是兩個人坐在一處，除了孕事、家事以外，幾乎沒有話說。

兩人又談了雨娘幾句。「她身手輕巧，現在已經能騎著馬四處亂逛了……自己都很得意。」

「你們權家調教女兒，也是往全才教。上次她和我說，她還會些藥理呢！學科這麼雜，難怪女紅根本就不上心了……」

「都是這麼大的家業了，女紅也就是點綴罷了，會一點好，不會也無所謂。」

——說完了，兩個人面面相覷，居然無話可說。

權仲白勉強找了個話題。「上回不是要做一件衣服來穿嗎？做了這小半個月的，也不知縫到哪裡了。」

「你不是還要給家用嗎？」蕙娘鬆一口氣，也來了精神和他抬槓。「上回那十幾兩銀子，只夠一頓飯用，裁布的錢都沒了，怎麼做？」

實際上，權仲白前回深夜回家，已經看見她手裡做著一件衣服，只是品質如何，從那縐巴巴、捏成一團的料子就能看出來了。想來焦清蕙雖然也會做些女紅，但要她自己縫一件能上身的衣服，只怕還是力有未逮。

他逗焦清蕙。「家裡宜春的五分股，兩分實在是我們二房的私產，一年也有些紅利，做一件衣服，應該夠了吧？以後還說我不能養家？」

「那又不是你的……」蕙娘總有話回他。「你或者索性把我害死，一年百多萬兩的紅利出息，也就變成你的了。嘖嘖，身價飛升呀，郎中！」

權仲白早已經學會不較真的人，總是被她激得很較真。「要真這麼說，達家前兩位姑奶奶該哭了！總共就三分股，貞珠還是庶女呢，竟陪走了兩分，她們倒是什麼都沒落著……這兩分股，妳要這麼說，還真就是我自己掙來的。」

從前的政治風波，畢竟是從前的事了，蕙娘那時候也還小，並不大懂事，對於先魯王和當今聖上的鬥爭，只是模糊地知道一點影子，不過魯王妻族幾乎已經被屠戮殆盡，倒是母族達家還能苟延殘喘，好歹保住了爵位，權家肯定是從中出了死力的。從權仲白這話來看，這其中他自然是出力良多。

她有一絲煩躁，沈下臉來並不答話：這個老菜幫子，一輩子也就是醫術超群這麼一個優點了，如若不然，自己哪裡會說給他？做人粗疏成這個樣子……哪有人在這種時候死命提前妻的？人家權季青雖然膽大包天、匪夷所思，可好歹還會吹個簫、送朵花，權仲白呢？從成親到現在，送給她的只有無數聲嘆息、無數種強自忍耐的表情！

「懶得和你說！」她一翻身，又翻到太陽那面去了。「你有本事，你會掙錢，行了吧？」

從前蕙娘不動聲色，永遠都是那樣笑裡藏刀、溫柔噎人的時候，權仲白覺得她深沈得討人厭，可現在她揭開面具，處處挑剔了，他又覺得她喜怒無常，很有幾分矯情。可誰叫人家懷著他權仲白的子嗣？他思索了片刻，也多少明白焦清蕙氣在哪裡，可話是實話，他也不可能把貞珠一言抹煞，要他說點甜言蜜語嘛……權仲白一想就肉麻得直起雞皮疙瘩。他只好按住蕙娘的肩膀，又把她翻過來。「別躺那麼裡面，一會兒陽光褪了，妳容易受涼。」

這是正理，焦清蕙也不會任性到故意要反其道而行之。她瞥了權仲白一眼，神色有些微妙，似乎在等他繼續往下說。

權仲白恨不得一氣給七、八個權貴扶脈，都不願再落入此等境地。他絞盡腦汁，這才又想出話題。「封錦怕是已經查到幕後黑手了……封綾的繡屏，應該是孫家找人訂的。」

朝廷政事，焦清蕙一直都是很感興趣的，她果然精神一振。「你和我仔細說說……這件事，家裡人知道不知道？」

權仲白隨意交代了幾句，焦清蕙便生氣勃勃地來打他的手。「你也不和我商量商量……怎麼能私底下就去通知孫家！權仲白，你姓權呢——」

「這還不是妳爺爺的交代？」權仲白這回倒是理直氣壯，他一攤手。「我也只能盡力而為了……這件事我出面都不好，只有楊七娘給封子繡說說情，沒準兒還能管些用處。還得看他給不給這個面子了，真要有心和孫家作對，他燕雲衛兵馬全出，孫家沒有兩個月就能被查得個底兒掉，老太太的病情，便瞞不了多久的。」

一聽說是老人家的意思，蕙娘頓時沒了二話，她靠在迎枕上，眼珠子滴溜溜地轉著，看著倒是比剛才氣息奄奄的樣子精神多了——也不燒胃了，也不作嘔了。沈吟了片刻，方道：「你要是真想幫孫家，我這裡倒有個主意。」

「我雖然要幫，但卻絕不會為了這事耽誤醫療。」權仲白醜話說在前頭。

焦清蕙不耐煩地踹了他一腳。「誰讓你說這個了……來年選秀，家裡似乎真要出個族女，這時候誰都不能太得意了，你不妨把封錦這話往家裡一遞，家裡能力大，牛家的把柄他們肯定也握著呢，再賣孫家一個人情，孫夫人要是會做事，這時候就把這把柄丟給娘家，由寧妃出面拉淑妃下水，畢竟現在相對淑妃來說，寧妃可不是弱了一星半點，她也需要時間重振旗鼓、培養羽翼……屆時楊家、牛家相爭，宮裡就亂了，皇上就是要動太子，也得顧忌影響，保兩年太子，不是什麼問題。孫侯出去了幾年，兩、三年後，怎麼也要回來了。到時候孫家有了主心骨，孫夫人也出孝了，你還為孫家操什麼閒心呢？」

這一計簡單明瞭，走的就是陽謀，絲毫沒有一點卑鄙齷齪之處，擺明了就是四處撥火、兩面賣人情，得了孫家感激，又給將來權家女騰出一點往上發展的空間。要想得再深刻一點，朝局牽制，有了兩年時間這麼一緩衝，孫侯回來，又耽擱個一、兩年，真成功廢了太子，那也是四、五年後的事了——這都還是腳步快的。這期間，權家女要能成功入宮，再生個兒子，很多事還真不好說呢！畢竟幾個皇子，身子都有問題，會不會半路夭折，都是難說的事……

權仲白稍微一琢磨，就不禁嘆息。「這麼複雜，虧妳想得出來。不是讓妳少用點心機，免得傷了胎氣嗎？」

「這就是眼睛一開一閉的事。」這倒是對蕙娘最好的稱讚，她嫣然一笑。「你自己想一想，這一計，沒觸犯你的任何一條清規戒律吧？不是說了嗎，什麼事都得商量著辦？你要覺得我的主意好，你就照著辦去吧。」

權仲白也的確是守信的人，既然承諾了老太爺要盡力保住太子，又答應了焦清蕙，以後遇有分歧，要各憑本事說服對方，對外卻須夫妻一心，秉持一個調調——這件事，他本來信任封錦的操守：會問東宮的身子，還是想要兩全其美、問心無愧，如果東宮身纏病根，他扳倒孫家，也算是師出有名，可以向皇上交代；可萬一東宮的身子還能調養得好，公器私用，封子繡怕是過不了自己這一關……只要稍一猶豫，楊七娘這邊說情信一到，孫家之危也就暫時解開了。但，人性從來都是最不可信的，他要比誰都更明白這個道理。蕙娘這一策，是用朝勢箝制皇上，卻又不使權家出面，毫無風險，還落了人情，那麼他也沒有不用的道理。

過幾天，權神醫進城扶脈的時候，順勢就向權夫人挑明了這麼一樁事兒，再隨意出了主意。「婷娘不是馬上就到了嗎？這時候鬧著廢后、廢太子的，選秀要耽擱到什麼時候去？別賠了雨娘，婷娘這兒還虧了。還是得讓宮裡再熱鬧一點，皇上投鼠忌器，即使知道孫家底牌，多一事不如少一事，估計也不會這麼快動手的。」

他提了牛家、淑妃幾句，權夫人還有什麼不明白的？等權仲白走了，她把話帶給良國公——這對父子關係不大好，權夫人經常居中傳話。

良國公聽了這一番說話，都要沈吟不語，半天才嘆一口氣。「這個焦氏，遠在香山，都能討長輩的歡心，也實在是本事。」

權夫人其實也就是高興這個。「真是百煉鋼成繞指柔，仲白好聽她的話！之前多反對雨娘的婚事？現在也不提了，居然還關心起婷娘入宮後的前途……這一計要成了，婷娘面對的局勢，說不定是比我們想的還要更好。焦氏手腕圓融大氣，固然難得，可最難得的還是仲白居然不反感她的手腕，還能幫著說話——不是我偏袒焦氏，比起林氏，她是更能處處周全一些，起碼，伯紅可沒仲白這麼刺頭。」

權仲白有多不馴，良國公這個當爹的難道不清楚？權夫人這番話，實在也是意有所指：權伯紅這幾天正和林氏生氣呢，這可瞞不過他們這些做長輩的。林氏也實在是著急了一點，通房的孩子還沒落地，她就把人家的親嫂子、自己陪嫁大丫頭出身的心腹給拔除了，手段是又快又狠。這不是衝著通房去的，還是怎麼著？也難怪伯紅要和她生氣，孕期裡呢，太折騰了吧……

良國公態度深沈，他沒有接權夫人的話，而是繼續點評清蕙。「妳還沒看到這一層：保太子。那就是繼續壓制楊氏，她還是在給她祖父出力呢……這個焦氏，不過一計，又得了孫家人情，又保了自家祖父不說，最重要，又在我們兩個老的跟前，顯示了她調教仲白的本事……她是心明眼亮，一眼就看準了我們要的是什麼，太拎得清了。」

即使他一直沒有表現出明確的傾向，此時也不禁嘆了口氣。「這一胎要生個男孩，那就好啦……」

男孩、女孩，那畢竟是很久以後的事了。現在蕙娘更關心的，還是福壽嫂被除的消息——有綠松在，小福壽銷聲匿跡的第三天，這消息就已經擺上了甲一號的餐桌！

第七十三章

也許是頭胎的緣故，蕙娘孕期反應很大，即使有權仲白這麼個妙手回春的神醫在，她也是受夠了害喜、嗜睡的苦。前一刻，石墨給做的小灶她還吃得好好的，下一刻卻是菜沒入口就要作嘔。一天進餐次數雖然多了，可真正吃進肚子裡的東西卻很少，這一個月，她是顯著地瘦了。

因天氣漸冷，交通不便，來求診的患者要比別的季節少些，權仲白除了隔幾天進城一趟，順便給大少夫人把脈之外，也都很少往扶脈廳過去，而是儘量在甲一號陪伴蕙娘——其實除了礙眼以外，並不能發揮太大作用，畢竟這是自然反應，權仲白除了幫她捏捏手心之外，也幾乎無能為力：孕婦是不能推拿、針灸的，而喝藥嘛，才聞到藥材的味道，怕是蕙娘就要翻臉作嘔了。

被這兩個症狀鬧得，蕙娘連腦子都沒有從前好使了，收到綠松打發白雲帶回來的問好信，也不過是看過一遍，就撂在案邊，眼一閉繼續沈沈睡去。第二天起來，石英看準了她臉色不錯，看著似乎還有精神，這才上來小心翼翼地和她又學了一遍。「那一位辦起事來，從來都是如此雷厲風行，真是半點都不怕別人嚼舌根。」

大少夫人也不愧是個女中豪傑，處理小福壽，處理得真是霸氣四溢：頭天和家裡打了招呼，說林三爺在廣州缺人使喚，給她寫了信借兩個老家人，這是弟弟親自開口，也不好回絕，第二天就把小福壽一家子給打發上路了，連她兩、三歲的兒子，都令一起抱到廣州去。

到廣州去，是被發賣還是繼續做事，那就說不清了。現在廣州幾乎天天都有船隻出海，就隨意賣到任何一艘船上做苦役，那也都是林三少嘴皮子一碰的事。這天涯海角的，小福壽一家這輩子再在京城露臉的機率，可謂是微乎其微了。

就擺明了要敲打、收拾巫山，別人又能奈她何？臥雲院當家作主的媳婦不是別人，正是大少夫人，她還懷著大少爺的骨肉呢，這可是多年來的頭胎……長輩們就是心裡有所不滿，可又能說什麼？總不成為了一個微不足道的下人，和大少夫人翻臉吧？

蕙娘又有點想吐了，她一捂嘴，石英立刻就給遞了痰盒，不過吐無可吐，只是嘔了一些酸水出來，才算是熬過了這一波。她乏力地用清水漱了口，又往迎枕上一靠，有氣無力。「她這擺明了就是陽謀，並不怕人知道的，別人愛嚼舌根就嚼去，人家才不在乎呢……綠松還有什麼說話沒有？這小福壽究竟是為什麼被打發出去，總要有個緣由吧？」

「聽說，」石英多少有點尷尬。「就是因為和我們立雪院的人多搭了幾句話，您也知道，福壽嫂自己心裡也不好受……沒準兒聽綠松說了幾句，這就……」

白雲很快就進屋子給蕙娘請安。「現在府裡風聲緊，臥雲院的眼睛，看著綠松姊姊呢，她讓我同您說一聲，就不過來了。」

說著，就細細地給蕙娘講起了臥雲院的事情。「自從巫山和那一位相繼有了身子，福壽嫂就沒有什麼職司了，每日裡只是在大少夫人身邊湊趣而已。綠松想必也和主子提過了，她的心情並不算太好，想來，多年主僕，巫山這一胎，生兒子倒不如生女兒，生女兒倒不如不生——這個道理，她也是明白的。不過，巫山身邊有歇芳院派去的燕喜嬤嬤守著，連一口茶都是被人看著的，這一胎生不生，可不由她。」

既然這孩子已經是不能不生——這都五個月了，一旦滑胎，恐怕巫山自己都有危險——那麼福壽嫂對自己也許要面臨的危機，肯定存在著懼怕，在這種心態驅動之下，同綠松多幾句話講，實在是人之常情。畢竟，一個當奴才的要對付主子，沒有外來的提點和幫助，她自己首先心態上就站不起來。

「您也知道——」白雲看了石英一眼，一時有些躊躇。

蕙娘壓下一陣眩暈，她淡淡地道：「該說什麼就說吧，這件事，無須瞞著石英。」

「是。您也知道，這大少夫人這一胎，來的時機真的挺巧的。就只是為了自保，手裡握了一點籌碼，總是比什麼都沒有來得強。綠松姊姊善於言辭，福壽嫂子也不是什麼笨人，兩個人打了一陣子機鋒，福壽嫂很明白她的意思，不過，據她所說，當時把出喜脈時，她就在一邊伺候，大少夫人問了兩次『真是半個月前有的？』，姑爺都說得很肯定。按時間算，那時候她已經從娘家回來有一段日子了。」

蕙娘神色一動。「問了兩次？」

「綠松姊姊也覺得古怪，就是福壽嫂子，被她那麼一點，也犯了尋思呢！不過，就是一時喜悅得糊塗了，那也是有的。」白雲細聲細氣地說。「再說，這借種的事，那也是有風險的，要是孩子落了地，不像爹也不像娘，真是要遭人閒話的。這就是要借種，怕也只能在族內借，您知道，這幾代老爺們，長相都差不多……再說，他們也有機會——大少夫人、大少爺是管家的，院子裡時常都有人進出，有時候半夜三更還有男丁在院子裡待著呢！那時候，各個院子都落鎖了，臥雲院的角門，鑰匙都是大少夫人自己拿著的，進來出去，真是神不知鬼不覺……這非得福壽嫂子這樣的身分，才能打聽出一點端倪不可。綠松姊姊就提了福壽嫂子幾句，她覺得福壽嫂神色也有些不對，不過，對方是絲毫沒露口風。」

「怎麼會露？」蕙娘不禁微微冷笑，她稍微來了精神。「生男生女，那還是不一定的事。手裡握個把柄，若生男，那就是她的護身符；若生女，那就是她的晉身階。將把柄送到我們手上，這條通天的大道她還怎麼走？這麼說，她怕是也有所懷疑，想要私自查一查嘍？」

「深閨密事，很多事是我們不能知道的。」白雲輕聲細語。「福壽嫂肯定沒有把話全說盡了，也許她想捏的是別處的把柄，這也都難說。不過，的確就是兩、三天後，忽然間就沒有她的消息了。又過了一、兩天，這才打聽出來：一家子都給打發到廣州去了。大少夫人別的不敢說，辦起事來，的確是乾淨利索，脆得嘎嘣響。」

猜她可能借種，只是一種惡意的懷疑而已，蕙娘還不至於自顧自就認定了大少夫人這一胎真是借種借出來的。不過，換句話說，如果心中沒鬼，在這種需要好生安胎的時候，小福壽就是再不規矩，大少夫人敲打她兩句也就是了，一個下人，還能翻了天不成？全家人可都在主子手裡捏著呢！反應大成這樣，或者是她也同自己一樣，正在孕期，情緒起伏得厲害，要不然，那就是真的被福壽嫂刺探到了什麼，對大少夫人來說，這個人，已經是一天都不能再留了！

見蕙娘沈吟不語，白雲和石英對視了一眼，石英便輕聲道：「要不然，奴婢同桂皮打聲招呼，您這裡，也讓廖嬤嬤——」

「不必了。」蕙娘又是一陣頭暈目眩，她半躺下身子，忍不住就抱怨了一句。「肯定都是權仲白的不是！聽母親說，姨娘懷我的時候，可根本都沒有一點反應……全是他的種不好！這個壞小子，才幾個月呢，就折騰起娘來了！妳們什麼事都不必做，綠松也很可以休息了，現在我沒精神兼顧這些。再說，府裡的行動，幾個長輩們說不定是一清二楚的，這時候動作頻頻，長輩們會怎麼想？現在不是鬥的時候，勝負也不在這種事上，不爭是爭，我們別動彈了，讓她來出招吧！」

她的語氣斬釘截鐵，毫無商量餘地，兩個丫頭對視了一眼，均不敢發出異議。

白雲很快就退出了屋子，倒是石英留下來照看蕙娘，她給蕙娘打開了一個小食盒。「剛醃好的桂花酸梅，從南邊才送過來的，昨兒剛到……」

蕙娘雖然從小愛好美食，但也沒有這麼不爭氣，一聞這酸味，居然饞涎欲滴。她貪婪地拈起兩顆梅子，小口小口地含啃著那酸香四溢的梅肉，一時居然胃口大開。「我怎麼忽然念起糖醋排骨來了！」

就為了這句話，小廚房當然是立刻開火。折騰了半日，等碟子送上來，蕙娘一聞又吐了。

「快端下去！以後糖醋的東西再不吃了！」

這麼折騰了老半天，還是一口菜也沒吃進去。

權仲白回來一問，立刻給開了方子。「不能再這樣下去了，妳再這樣矯情，真要傷到胎氣。」

要說這懷孕的人，性子和小孩兒一樣呢。什麼從來不哭，被打手心，也是凶凶地望著父親，小老虎一樣……才這麼一句話而已，蕙娘的眼圈立刻就紅了，滿心的委屈藏都藏不住！「誰和你矯情啦！吃不下就是吃不下嘛……能吃我還不吃嗎？」說著，居然認真要哭，還要咬權仲白的手。「都賴你，下的什麼歪種，成天折騰得恨不得死過去……你還這樣說話，你沒有良心！」

權仲白真傻了眼了，他多少有些求助意味地左右張望——沒想到幾個丫頭腳步快得厲害，才那麼一眨眼的工夫，石英連門簾子都給放下來了！他只好自力更生，先從來勢洶洶的蕙娘口下把自己的手搶救出來。「別鬧、別鬧，這手要出事了，可不是玩的。」

這時候，是人都知道要說點甜言蜜語了，奈何權神醫生性務實，要他不去否認蕙娘的誣衊，這個還勉強可以做到，可要他隨聲附和，就有些強人所難了。他想一想，靈光一閃。「害喜厲害，好，害喜厲害生的多半就是男孩——老一輩人不都這麼說的？男孩會鬧騰嘛！」

他真不笨，這句話可不就說到蕙娘心底去了？她沒有繼續掙扎著要咬權仲白，權仲白忙把她摟在懷中——他不知道蕙娘心中如何，可在他自己，是覺得有些古怪的。雖說夫妻敦倫時刻，什麼親密的事幾乎都做過了，可兩個人還真的很少有如此靜靜相擁的時候……確切地說，這還是第二回。第一回已經是幾個月之前，似乎是焦清蕙沒有站穩，他這才擁了她一擁。

平時總覺得她聰明過分、心機過分，任何一件事，都要占盡便宜、占盡了優勢，處處咄咄逼人，她在他心中的印象，是極尖利、極剛硬的。可這會兒將她這麼攔腰一抱，他忽然感到，焦清蕙其實挺嬌小，身上又軟又香，靠在他懷裡，肩頭一抽一抽的，就像是個任性驕縱的小姑娘，又像是一隻牙尖嘴利的小貓，才撒過野，心裡還不忿氣呢，胸口一起一伏的，像是主人拍得不滿意了，隨時都有可能翻臉撒野，再咬他一口。

「好啦好啦，」他拍了拍蕙娘的肩膀。「等過了年，準就不害喜了。妳說妳，吐得這麼厲害，身上還這麼香，吐一次就洗漱一次的，能不折騰嗎？」

蕙娘才軟下來一點，聽到他這麼數落，她含怒帶怨地「哼」了一聲，又要掙扎。

權仲白忙摟緊了她，心中也是一動，一邊說「乖，別鬧，聽話啊……」，一頭心不在焉地就思忖了起來。

第二天一大早，石英送來的衣服就沒帶薰香味了，甚至連屋內長年擺設的消金獸都不見了蹤影，深秋天氣，還開了窗子通風。說來也奇怪，蕙娘一早上都沒怎麼嘔吐，連中藥也不必喝了。雖說還沒有食慾，可勉強塞了一碗飯，竟也沒見反胃。

權仲白很得意。「果然是這香氣的關係！妳這鼻子，很敏感呀！難怪，妳好說也是習練拳腳的，我說妳怎麼就這麼嬌弱起來了！」

蕙娘難得承了他的情——更難得自己犯蠢，想到昨日蠻不講理的樣子，不禁面上微紅。李總櫃不日就到，自己要還繼續那樣吃了吐、吐了暈的，還怎麼和這個全國商界都有名的大掌櫃周旋？

她對丫頭們，口號喊得很響亮，「別人比我們強，也沒什麼好不承認的」、「恩怨對錯，總要分明」，可真要拉下臉來對權仲白道歉，此時此刻，又覺得太不甘心，只好垂下頭去玩弄荷包的流蘇……竟是難得地同文娘一樣，又不得不服，又好不服氣，倒真是別有一番可憐。

權仲白心胸卻不如她那樣小，他也沒想著邀功，問題解決了，他正好去忙他的。

倒是瑞雨和季青幾天後來探望她時都比較欣慰。

「前些時候聽說您身上很不好，我們雖擔心，可又不能過來。這會兒既然已經好了，就趕快來看看您。」

會這麼說話的，肯定是權季青了。

雨娘現在對她已經挺親熱了，一來就挨著蕙娘坐下，要摸小姪子。「都快三個月了吧，怎麼還一點都看不出來呀——」

蕙娘這時候，真是無心去和權季青玩什麼眉目傳情、琴挑文君，她雖然害喜有所減輕，但嗜睡暈眩的症狀可半點都沒有改善。雨娘才挨身一坐，一股香氣傳來，蕙娘接連就打了有七、八個噴嚏，真是好不狼狽，眼鼻紅紅的，頓時就吸溜著鼻子，成了一隻可憐兮兮的大兔子。

「這——」兩個小主子都傻了眼。

還是石英冷靜，她上前幾步，輕輕一聞雨娘身上。「二姑娘是灑了桃花香露？我們少夫人一聞這個味兒就喘不上氣——」

才這一說話的工夫，蕙娘又是十來個噴嚏送上，一時又鬧著要吐。權季青和權瑞雨都立刻出了屋子，眾人扶著她到西屋去坐著，把東屋開窗散了氣，鬧騰了好一陣子，蕙娘這才緩過來。

就這趟工夫，權瑞雨已經換了一身衣服，過來給她賠罪。「真不知道嫂子有這個講究，從前我也灑的，嫂子都沒有異樣⋯⋯」

「這不賴妳。」蕙娘還能怪她什麼？「從小就這個毛病，聞不得桃花香。不過，原本妳身上那點味道，也不礙著什麼，只是自從有了身孕，反應就更大了，鼻子更靈，一切香氣都不能聞——」

略加解釋一番，權瑞雨這才安心。也因為蕙娘態度寬和，看得出來，小姑娘是有點感動的——平時有威嚴，就是這樣好，人家怕妳怕慣了，偶然得了好臉，又或是被容讓了幾回，人有賤骨，倒比得了爛好人的好處，要多感念幾分。

「那……」她左右一看，就壓低了聲音，和蕙娘說知心話。「來年三、四月，歸憩林那裡開花的時候，您可怎麼辦啊？這不得把孩子都吐出來了？」

蕙娘微微一怔，她抿著唇還沒說話呢，權瑞雨又開口了。

她也是瞭解蕙娘最近的症狀的，話說得比較明。「到那個時候，您也不好再搬動地方了。府裡不比這裡，用水方便，地方也大，要回去，那就真是委屈您了——子嗣為大……嫂子您仔細想想，這麼好的機會，可別錯過了！」

第七十四章

蕙娘這番懷孕後，體質變化得的確厲害，桃花香味本來就淡，萃取出的香露味兒自然也淡雅得幾乎都聞不出來，權瑞雨才換了一身衣服，已經是一點桃花味兒都沒了，可她自從剛才打了那麼一陣噴嚏，到現在都覺得鼻子腫塞、呼吸不暢，乍聽雨娘這一番話，幾乎要傻乎乎地跟著問一句「這什麼機會呀？難道他還能把這整個林子都砍了不成？」。

可她到底還是焦清蕙，心念一動之間，倒是對雨娘的用意有幾分猜疑了：這個小妮子，是真心給她出餿主意呢，還是徹底就站到了二房的對立面，這是找準了機會，就給她下了一套？——雖說她是展眼就要出門的人了，可背後還有個親娘呢！

但話又說回來，現在勝負未分，萬一自己生女，大嫂生男，長房一脈旺盛起來了，權夫人就是有什麼想法，那也都落了空。再說，雨娘精成這個樣子，兩邊嫂子是哪個都不願意得罪的，至於這麼明目張膽地給自己下套、結仇嗎？

到底年輕心熱，就像是文娘一樣，給她一點熱乎勁兒，面上還強作不在意呢，身子卻已經偎過來了，倒真是怪可愛的……

蕙娘這個人，保留起來比誰都保留——可她要一直都虛情假意的，怎麼和別人建立關係？沒有關係，誰會為妳辦事，關鍵時刻拉妳一把？投之以木瓜，報之以瓊瑤。該敞開天窗的時候，她也根本就不會猶豫。

「這件事，妳別和妳哥哥開口。」她端出嫂子的架子，反過來叮嚀雨娘。「歸憩林就那麼大點地兒，沖粹園還不至於連這個都容不下。活人不跟死人爭嘛，以後等妳到了夫家，漸漸地就明白這個道理了。越是這個時候，就越不好開口……」

雨娘回味著蕙娘的話語，倒覺得挺有意思的。「可我冷眼瞧著，這一個多月來，二哥還時常去歸憩林打個轉呢！」她一撇嘴，有些義憤。「一個病秧子，究竟有什麼好？自己命不強，還非得要抬進門。就為了這個，耽誤了二哥多少年……」

到底還是個閨女，這要是達氏不進門，權仲白不守孝，又哪裡輪得到蕙娘進權家門？雖然人是聰明人，但被家裡寵慣了，有些話，瑞雨說出來就欠考慮了。

「我要為了這事開口，妳哥哥就是砍了沖粹園裡的歸憩林，」蕙娘笑了。「可心底的桃花難道就謝了？」話說到這裡，已經很是明白。

權瑞雨怔在當場，紅暈滿面，連一句話都說不出來。過了一會兒，她站起來給蕙娘行禮。「是我沒想通，還給嫂子瞎出主意，嫂子別怪我賣弄……」

一樣是上流人家教養出來的小姑娘，瑞雨的精，精得促狹、精得圓滑、精得討人喜歡，在這一層古靈精怪後頭，是堅牢的家教，連嫂子給的禮物，貴重一些的尚且不肯要，自己有了不是，再羞赧也坦然認錯賠禮……不要說吳嘉娘、何蓮娘在她跟前，立刻就顯出淺薄浮躁，就是秦家以家教出名的人家，教出來的秦英娘，正經是正經了，可古板無趣，哪裡和雨娘一樣，輕言淺笑地討人喜歡？更不要說被寵得如花一樣嬌嫩的文娘了……

蕙娘讓她挨著自己坐下。「妳還小呢，世情上經歷得也少，不像我，從小養得也野，男女這檔事，比妳聽說得多些。這些話妳往心裡藏，連妳娘都別告訴：聽我一句話，好妹子，以後到了夫家，妳要是想爭，什麼東西不能爭？從婆婆到相公，多得是讓妳不舒心、不順意的地方。可什麼都爭，最後還不如什麼都別爭呢。尤其是人心，不爭是爭。把握好這個分寸，保准以後從長輩到平輩，就沒有人不誇妳的好。」

這一席話，實際上已經牽涉到蕙娘自己採用的戰略。雨娘咀嚼了好半日，小臉紅撲撲的，點頭又給蕙娘行禮。「多謝嫂子教我。」

「這麼客氣幹麼？」蕙娘真覺得她乖巧處勝過文娘許多，此時倒有點把她當個妹妹看了。「妳哥哥素日裡是極疼愛妳的，我雖比妳大不多，可妳心裡肯尊重我、認我這個嫂子，嫂子自然也得把壓箱底的本事都翻出來，多少教妳幾句。出門在外，就不至於吃虧了。」

過門小半年，在權家她連個能說話的人都沒有，見了大少夫人，兩邊除了笑還是笑，背地裡越恨，面子上就越親熱；和兩重婆婆，也都是不遠不近，時刻準備著為人所考察；在權仲白跟前，她要藏起自己的真實意圖，以防夫妻兩人的意志提前碰撞，爭吵、冷戰，生育的日子又要往後推；在底下人跟前，甚至是綠松、石英、孔雀，她也得維持自己做主子的架子，用老太爺的話說——為人主子，不能讓底下人為妳擔心，妳哪怕一根手指不動，讓她們為妳拋頭顱、灑熱血，在亂石崗裡鋪出一條錦繡通天路來都無所謂，可這條路通往哪裡，那只能妳自己來拿主意。

娘家無事不能回，夫家舉目沒有一個知心人，要不是幾番接觸，漸漸覺得瑞雨且精且乖，並且最妙是即將遠嫁，她真正連一句真心話都難得說。見雨娘肯聽，蕙娘不免多了幾句話，又點了她少許為人處事上的疏漏之處。

雨娘心悅誠服，聽得頻頻點頭。「二嫂待人實誠……同二哥一樣，都是平時不開口，其實下狠心疼人的。」

她對蕙娘的態度，真是親暱得多了，也不怕蕙娘多想，嘀嘀咕咕地，又和她說達貞珠的事。「處置了歸憩林，其實也不是針對前頭那位嫂子來的——她過門才多久，我連面都沒見過呢，人就去了。實在是她娘家人不省事，您過門才不到半年就有了身孕，他們背地裡肯定著急——達家人現在連臉面都不要了，誰能保住他們剩下的那點富貴，恨不得全家人都湊上來抱著這根粗大腿！這還是娘同我感慨的呢：只要沖粹園裡還有這麼一處林子，他們就知道二哥心裡還有從前那位嫂子。打蛇隨棍上，不同我們家接觸，私自聯繫二哥，不知多少次請二哥私自出面，用了他的人情，做些為難的事。您不給他們點厲害瞧瞧，怕是沒有多久又要靠過來了。不是請二哥為他們的生意出面，就是求二哥說人情把人往軍營裡塞，這都什麼時候了還想著這個，真是討人嫌！」倒也不是要和死人過不去，是看不慣達家……

蕙娘對達家，自然也是做過一點功課的。說實話，能在昭明末年的腥風血雨中挺過來，不論是靠誰，達家已經體現出了一個老牌世族極為強大的生命力。魯王妃一族都被清掃殆盡，身為魯王母族，他們居然還能保住爵位——就有權家出力，他們肯定也是動用了許多隱藏著的籌碼。

但挺過當日的滅門之災，也只是劫難的開始而已。作為失敗者的血親，達家起碼在三十年內，是很難有人出仕了。三十年，長得足以令河東變作河西，就這麼一個空爵位，是擋不住那些貪婪的爪牙的……達家就像是從一艘沈船上跳下海的老鼠，大風大浪沒有溺死牠，可不代表在之後的泅泳之中，牠不會筋疲力盡，被波濤吞沒。

從大少夫人的行事來看，她的風格也比較剛硬：人人都知道有問題，可又挑不出她的毛病。走的還是陽謀的風格，偷偷摸摸害死人，似乎不是她的作風。而且，這麼十幾年的時間，恐怕還不足以令她的陪嫁滲透到權家的核心產業中去，能在內院中多埋些釘子，就已經是相當不錯的成就了。昌盛隆這條線，如是按照自己和祖父的分析來看，大嫂要循線出手，風險就太大了。

達家呢，對權仲白也是下了血本的，宜春號兩分的股份，放出去喊價一、兩百萬，那也多得是人要買，說聲陪嫁就給陪過來了。為了抓住這根救命稻草，如是易地而處，蕙娘都不肯定自己會不會對這第三位新嫁娘下手：權仲白本來就不想續弦，這麼一鬧，剋妻名聲坐實，他真是要拖到四十歲、五十歲再成親了！到那個時候，沒準兒達家就緩過來了呢？一條人命，十年時間，對一個當家人來說，是再划算也不過的買賣了。

她輕輕地嘆了口氣。「向親家開口，怎麼能說是惹人嫌呢？婚姻大事，是結兩姓之好嘛。現在達家難一點，難免就常常開口，能幫就幫，實在不能幫就算了……」

見瑞雨面有不以為然之色，蕙娘索性也就說了實話。「再說，妳自己不是看得明明白白的？那是妳哥哥的親家，我要是讓他別幫達家了，以後我們焦家有了事，我還好意思開口嗎？」

「這……」雨娘這才徹底回過味來：別說主動說達氏的不是了，就真是達家的不是，二嫂都絕不會提上一句。人家焦家人丁少，以後等閣老退了、去了，孤兒寡母，多得是仰仗權家、仰仗姑爺的時候，自己這話，是又說岔了……

「我平時也覺得自己算機靈了，」她又羞又窘，不禁就撲到蕙娘腿上，紅著臉撒嬌。「怎麼在嫂子跟前，和傻子似的，行動就說錯話——一定是嫂子生得太美，我、我在妳跟前，腦子就糊塗了……」

蕙娘笑著撫了撫她的臉頰。「妳還說錯話？妳的嘴多甜呀，就是錯的也都變成對的了。」

兩人正說著話，權季青回來探蕙娘。「二嫂這會兒緩過來了吧？」見姑嫂兩個親親熱熱地坐在一處，權瑞雨的臉還埋在蕙娘腿上呢，他微微一怔，緊跟著便一揚唇，笑了。「倒是我來得不巧，耽擱二妹撒嬌了。」

雨娘面色微紅，她白了權季青一眼。「我不同四哥說話，四哥就會欺負人！」

估計是連著說錯兩句話，自己心裡實在是過不去，也懶得和權季青鬥嘴了，站起身就出了屋子，蕙娘在背後叫她都不肯應。

搞得權季青也不好多待，才進來就又要走。「就是給您送帳本來的，這幾天聽說嫂子身體不好，還沒敢送來。剛才來了一次，又沒送成……」

權家和宜春號的帳，雖然並不複雜，但也年年都有變化，蕙娘總要掌握個大概，不能同李總掌櫃談起來的時候還一問三不知。權季青的行動，從道理上真是一點錯都挑不出來，透著那麼謙和、體貼，蕙娘還能怎麼樣？難道沈下臉來把他給趕走？石英都去倒茶了，她也只能笑著說：「四弟你稍坐，我這會兒精神好，正好看看……見了李總櫃的怎麼說話辦事，也要商量出一個章程來。」

權季青找她，似乎也有這樣用意，他欣然一笑。「嫂子慢慢看。」便斂眉低首喝茶。

人和人相處，很多時候都講「感覺」兩個字。

好比權仲白和她在屋子裡，兩個人很多時候都一句話不說，各自做各自的事，可這一句話不說，有時是滿含了銷魂、挑逗與張力的沈默，有時又是冷淡而戒備的沈默。

權季青同她也是一樣，就在那一曲簫音之前，她和權季青相處時，就總有幾分不自在——她同傾慕她的男人接觸過，知道那是什麼感覺，縱使毫無對話，可眼角眉梢，總能覺出一種刺癢，像是一言一行，已為對方全然收在心底，以備夜半夢迴時品味。她明知道焦勳就是如此，甚至能想像得出他低首沈思時宛然含笑的樣子，可同權季青在一處，這感覺是既相似又不相同。他像是一頭很冷靜的獸，戴上了人的面具，笑吟吟地演出著一個溫良的君子，可那雙眼到底是獸的眼，牠炯炯地望著她，收藏著她的每一個表情，在善意背後，似乎滿含了嗜血的興趣。如果說焦勳想的是取悅她、呵護她；權仲白想的是遠離她、逃避她；那麼權季青想的，也許就是撕碎她的偽裝，摸索出她的真我，征服她、扯裂她，再一口把她給吞吃進去！

這個小流氓，居然這麼有自信，那天吹得一曲簫，似乎就一逕以為她能會出個中曲折深意，他雖然低頭喝茶，只是不時抬起頭來，似乎是在察看自己閱讀的進度，但眼神中隱含的那一抹血色亮光，卻怎能逃得過她的知覺？

蕙娘難免有些惱，又難免還有些難解的思緒，這本帳，她看得比往常慢了十倍，好半天才看懂了前兩頁——索性就擱到一邊去，問權季青。「四弟今年也就同我一般大吧，怎麼就接了這麼大的帳？這做了有幾年了？」

「也就是管了兩年，」權季青含笑望著蕙娘，身子微微前傾，透著那樣尊重。「十六歲上管著的。其實這本帳，也就是銀錢進出大一點，卻是極簡單的。宜春的規矩，沒上一成的股，看不得細帳，一年給個粗帳再一結銀子，也就是了。用爹的話說，這本帳給我，是練練我的膽氣。成千上萬兩銀子過手，一有差池就是錢，沒些氣魄，其實也拿不下來。」

蕙娘先不忙著回話，她掃了石英一眼——這丫頭就在她身邊伺候著呢，卻還是她往常上差時的樣子，放鬆中微帶謹慎。從她的眉眼來看，她是一點都沒覺得不對，沒品出權季青這手一按椅把、身子一傾、眼睛一望之中，所體現出來的專注與侵略。

「唔，帳是不煩難。」她罕見地沒了後招了。此人演技高超到這個地步，膽大心細，這處處進犯中是一點都沒給她落話柄，微妙處全在眉眼之間，她就是要告狀，難道還和權仲白講「我覺得你弟弟看我的眼神有點不對」嗎？「不過，四弟氣魄也大，幾十萬兩進出呢，也就給辦下來了。」

以那顆老菜幫子不解風情的性子，怕是還要笑她「妳也太自作多情了吧」。

「及不上嫂子。」權季青捧蕙娘。「您在城東那片產業，我也略有耳聞，一年的流水，怕都也有這個數啦！」

以權仲白的反應來看，他對蕙娘在東城門附近的那一小片產業根本就懵然無知，就是權家長輩，怕都對此事不甚了了，就他一個小蚱蜢能鬧騰，捧人都捧得這麼到位，一撓就撓到了她的癢處……

蕙娘無計可施、無言以對了，只好怪罪於肚子裡的那顆小歪種：打機鋒打得多了，還是第一次打得和今次一樣找不到狀態。她一皺眉，多少也有幾分真正的自嘲。「現在有了個娃娃，也不知怎麼，腦袋就不好使了……剛才打那一陣噴嚏，現在還有些喘不上氣，竟沒心思看帳了。要不，這帳就擱在這兒，我看著要有什麼不對，再遣人來問你吧？」

權季青立刻起來告辭，又請罪。「是我不好，耽擱了嫂子休息。」

說到禮數，他真是無比周全，可那雙眼笑意盎然，完全就是會出了她的窘迫——和權仲白你來我往過招這麼久，蕙娘幾乎沒有不占上風的時候，可第一次同權季青短兵相接，她居然就露出頹勢，幾乎是敗下陣來……

晚上權仲白回來的時候，蕙娘看他就很不順眼，連他在屋子裡走來走去，她都覺得煩。

「都這麼晚了，沒事做就看你的醫案，別擋著我的光。」

孕婦嘛，總是有點特權的，權仲白也不會和她生氣，他索性就上了床，給蕙娘架起一張長板，又放了油燈，方便她在床上研究帳本，自己也在床外側看點醫案，室內頓時就靜了下來，隱隱約約隔著門簾，還能聽見上夜的螢石在板壁那頭掰手指的啪啪聲。

時序進了初冬，窗外北風呼嘯，借了這地下、屋頂都有的熱水管道，甲一號溫暖如春。

權神醫也是人，在這樣冬夜，擁被斜靠，身側肩頭不知何時一沈——小嬌妻嫌彎著脖子累，不知何時已經把頭給靠上來了。所謂「綠衣捧硯催題卷，紅袖添香伴讀書」，雖說他看的不是題卷，紅袖似乎也沒有那樣溫柔，這幸福要打了個折扣，但人貴在知足，他唇邊不禁就透出笑來，難得體貼，還為清蕙攏了攏衣襟。「別著涼了。」

「不要煩我！」

奈何焦清蕙回話口氣卻不大好，權仲白自討沒趣，禁不住哼了聲，就自顧自去看醫案。他平日裡經手多少病人？這病案都是有專人幫助記錄整理的，幾天不看就是近一百來張，權仲白得了閒，總要一一地看過，免得著急誤診。事關人命，他一向是看得很專心的，誰知看著看著，床裡頭漸漸地又有了動靜，焦清蕙肩頭一抽一抽的，居然像是要哭……

「看個帳本，怎麼看出這般動靜啦？」權仲白有點無奈，他掩了冊子，去扳焦清蕙的肩膀。「仔細哭多了，孩子臉上長麻子。」

拿孩子說事，一般總能嚇住焦清蕙的，可今天卻不同了。焦清蕙不管不顧的，帳冊一擱，一彎身，人就趴到枕頭上去嗚嗚咽咽了，這哭聲和貓爪子一樣，在權仲白心底使勁地撓，撓得他也有幾分煩躁：他倒寧願她還和從前一樣，幾乎找不到一絲弱點呢，現在動不動就雙目含淚的，倒哭得他有點心煩意亂。

「怎麼啦？怎麼啦？」他用了點力，柔和地把焦清蕙翻了過來。「妳倒是說話呀！」

焦清蕙淚眼矇矓，她睫毛濃密，淚珠兒掛在上頭，要滴不滴的，幾乎就像是幾顆珍珠，燭光下瑩瑩發亮、煞是可愛，臉頰憋得通紅，連鼻頭都紅了，一呼氣和扯風箱一樣響。權仲白同她朝夕相處，也有小半年光景了，幾乎從未見過她這樣認真哭過，這不像是前幾次那樣輕描淡寫了，似乎真正是傷了心。

他似乎該仔細詢問一番才對，可權神醫的雙眼，膠在小嬌妻臉上，居然連話都有點說不出來了……如不是姿勢不許可，他幾乎要伸手去摁著自己的胸膛……只在方才那一刻，他的心房幾乎緊縮到疼痛的地步，不用把脈，他也能感覺得出來，這會兒，他的心，跳得可快著呢……

「妳這……」一開口，就覺得嗓音有些粗嗄，他忙清了清嗓子，反而故意有點粗魯。

「妳這怎麼回事呢？說說話呀！」

焦清蕙抽抽噎噎地，還要轉過去呢，權仲白同她纏鬥了片刻，她才放棄努力，索性就老實不客氣地鑽到了權仲白胸前。

「我看不懂帳本了！」她說。「白天看不懂，還當是心亂、氣短，這會兒心靜著呢，還看不懂！又喘不上氣……我……我變傻了……嗚，怎麼辦？權仲白，我變傻了……我活不了啦……」

權仲白強行壓住大笑的衝動，他捏了捏焦清蕙的脈門，倒的確覺得要比早上出門前快些，再一聽她的呼吸聲。「妳怎麼，鼻子水腫了？那當然喘不上氣啊！妳氣短了，腦子肯定糊塗，怎麼看得懂帳本？」

「白天雨娘來看我，她身上那個香露味道，我以前聞著沒什麼，現在一聞反應就大……到現在都沒緩過來。」蕙娘被他安撫下來了，可依然是驚魂未定、六神無主，他和權仲白爭辯。「可、可我從前也犯過這個，那時候腦子可還好使著呢……」

權仲白先不和她說話，自己跑到淨房裡接了熱水，又令丫頭們端上鹽來調了鹽水，教蕙娘。「以後妳鼻塞時可以自己把髒東西洗出來，反應立刻就減輕許多了。」

說著，就教蕙娘用力，果然，不消一刻，蕙娘自淨房出來時，權仲白再捏了捏她的鼻翼，已覺得水腫消了不少，他比較滿意了。「能不用藥，還是不給妳用藥了，懷著孩子呢，不好隨意喝藥。」

又不讓蕙娘再看帳冊。「前三個月，妳的心力下降實為尋常，一人腦兩人用，多得是人腦子糊塗的。尤其是這種在心裡算帳的活計，很可能幾個月都不能上手。不過等生完孩子，自然漸漸就恢復了。這帳本，讓妳管帳那個丫頭看吧。」

蕙娘呼吸舒暢了，眼淚也就跟著收住，不過人還是有些迷糊，憨憨地擁被而坐，由著權仲白擺布，絲毫都不反抗，看著倒像是個迷了路的小女孩，就算找回家了，也還沒緩過勁來呢！權仲白只看了一眼，就覺得心又有點亂跳的跡象，他果斷地要移開眼神——可某人不配合啊，才一上床，焦清蕙就像是被磁石吸著的釘子一樣，釘到了他胸前。

「真的會好？」趴在他肩膀上，某人還有些將信將疑的。

「怎麼和個小女娃兒一樣？」權仲白啼笑皆非。「妳聽說有誰生完孩子就傻了的？」

焦清蕙似乎被說服了，鴉色頭顱上下一點。「你沒騙我？」

這都什麼話啊……她今年難道才八歲？權仲白拿出對待幼兒病患的耐心，嚴肅地保證。「我沒騙妳。」

焦清蕙滿意了，她雖然還有些憂心忡忡，但總算已經不哭了。權仲白俯瞰她的後腦勺，不禁補了句。「再說，就算以後不能看帳又有什麼？傻就傻，我看妳還是傻點可愛！」

「我傻了，你照顧我呀？」才一回神，就又牙尖嘴利起來，要不是抓著他衣襟的手又緊了緊，權仲白幾乎以為她又要一臉驕傲地把他給推開。焦清蕙嘴上厲害，可人卻越往他懷裡蜷起來——恐怕連她自己都沒有察覺，她居然正在輕輕地顫抖。「世上不懷好意的人那麼多，明槍暗箭，你……你護得住嗎你？」

她抬起頭來，瞅了權仲白一眼，雖有幾分強自推擠出來、武裝出來的不屑和嘲諷，可那雙泛紅雙眼中隱約蘊含的希冀，還是令權某人的心房又緊縮一記。

到底還是個十八、九歲的小姑娘，頭次懷孕，生生澀澀的，心裡也慌、也怕呢，面上再要強，也是指望有個人能給她遮風擋雨的……

「我試試看唄！」他主動伸出手來抱住了清蕙，保守承諾。見清蕙雙目圓瞪，似乎對他的回答很不滿意，忙又道：「妳傻呀？沖粹園這麼一個世外桃源，雨娘和季青沒幾天就得回去了，就咱們兩個人和妳的那些陪嫁，就這樣，還有誰能害得著妳？再說了，妳吃的用的都有人過濾不說，就連喝的藥，妳不也一直讓我給妳嚐著嗎？都熬得挺好的，藥材、火候都對，喝不出問題的！妳就放心生吧妳，別害疑心病啦！」

「這不是還有季嬤嬤嗎……」焦清蕙嘀咕著和他唱反調，一聽就知道，純粹為反而反。

「妳要覺得妳那些下人連她都盯不住，那我明天就打發她回去。」權仲白連最後一個話口都堵住了。

清蕙的雙眼轉了幾轉，再轉不出什麼岔子來。「算啦，別打發了，她一個人，能鬧出什麼風波？無非就是做長輩們的一雙眼而已……」她嘆息著又把頭枕下去了，肩線漸漸就放鬆了下來。「你說得對，在這裡，沒有人能夠害我……」

這聲音又細又弱，就像是小貓叫一樣纖細而可憐，最終含糊成了夢囈般的低語……

第七十五章

雖說蕙娘反應大，安胎也安得雞飛狗跳的，令眾人都不得安生，可宜春票號的人卻並不知情。李總掌櫃十月初從山西過來，親自向新主子權焦氏奉帳——他這走得還算是慢的了，一路還順帶視察各地分號的生意，走到十一月上旬也到了京城，京裡自然有人和他聯繫：少夫人身子沈重，在香山沖粹園療養，老總櫃既然是來奉帳的，那就在沖粹園裡落腳吧。

那地兒比較偏僻，幾頃地都權家的地，不然就是皇家園林，還真沒有別的地兒打尖。

李總掌櫃卻回絕了權家的邀請，他在宜春會館裡落腳。那是京城最熱鬧繁華的地段——朝陽門大街往後一、兩個胡同口，宜春票號自己開了一個會館，長年接待、資助山西上京趕考的舉子書生，連帶山西本土客商，也有在此落腳的。此地占地廣闊，還搭建了戲臺，要不是怕招人眼目，怕要比侯府還大了。給老總櫃收拾出一、兩個院子來，那能費什麼事？

雄黃特地進城回家，由焦梅送去她父親那裡探親，回來了給蕙娘學道：「真了不得了，老總櫃手杖一頓，京城地皮怕不都要捲起來！就這麼幾天，城裡商界那些大老巨頭，一個個全出水了，就我們經過票號門口的那當口，來送拜帖的就有十多家……」

三十年間席捲全天下，將從前的錢莊打得落花流水、毫無還手之力的票號，確切地說，就是三十年前，由焦家的錢、喬家的人、李總櫃的點子給創辦出來的。一整套規章制度，都出自老總櫃的腦袋瓜，他分文沒出，可穩穩占了五分乾股，每年薪酬另算——就是這樣優厚的待遇，歷年來還有人不斷開出天價，想把老總櫃的給挖過去呢！就是當年喬老太爺在的時候，宜春票號裡的事，李總掌櫃一發話，也就等於是敲磚釘腳，沒有誰能提出半點不是。現在老太爺去了，喬家三兄弟分了股份，共同打理票號事務，總櫃爺的態度就更舉足輕重了：宜春在全國的一百多個大分號，掌櫃的全是總櫃爺一手提拔起來的高徒，他雖然只握了有五分乾股，可說出話來，卻比五成股的大股東還管用呢！

就這麼一個全國最大票號的總管家，在商界的地位有多崇高，那還用說？祖師爺都出馬了，徒子徒孫們怎麼都得上門來拜拜山頭！

不過，這位總櫃爺此來，卻正是向另一位地位比他更崇高、力量比他更大的高層人物拜山頭的，此時他就正給蕙娘行禮呢。「草民見過少夫人！」

蕙娘今日，是格外留神打扮過的，不過總櫃爺終日在錢眼裡打滾，在他跟前炫耀富貴，純屬班門弄斧。而宜春票號力量多大，她自己心裡也清楚——要在他跟前炫耀珍貴難得，也難免有借花獻佛，獻到了主人家跟前的尷尬。因此她沒有穿戴什麼富麗的首飾，甚至連平時隨意戴著裝飾的拔絲鐲都沒籠，只穿一件金茶夾真朱的小棉襖、海棠紅綾裙，周身上下，也就是頭頂一根琉璃簪子，算是一點裝飾而已。

她笑著親自把李總櫃扶起來。「老叔祖這是要折我的福壽呢！」

「少夫人千金身分，這一聲叔祖可不敢當。」李總櫃一本正經——這是個很清矍的小老頭兒，個子不高，渾身乾巴巴的，哪兒都捏不出二兩肉，一雙眼小而亮，望七十歲的人了，看著還是那樣精神。他也穿得很簡樸，居然也就是一身青布道袍。「上回見面，您還梳著丫髻，在四爺膝邊撒嬌呢，這回就已經出門子啦！」

說是不敢當，還不是認得快？這都開始回憶從前的事了，擺明占足了長輩身分……

蕙娘才琢磨了這麼一句，就又有些反胃，她實在為這一胎拖累得厲害——也不敢再往深裡去勞動心力了，只是笑道：「可惜，今日相公進宮去了，不然，正好讓您也見見仲白，趁便就給扶扶脈，開個平安方子，您也養養生。」

有個神醫相公，有時候也挺占便宜的，李總櫃神色一動，顯然是被打動了。「這……合適嗎？二少爺的名聲，我也是聽說過的，我這一介商人，可不比一般名流雅士有身分，能勞動他給我這個老蘆柴棒子把脈……」

就是這麼一根老蘆柴棒，在宜春票號揚名立萬的最初幾年，靠著銀錢上的騰挪周轉，擠、壓、買、提，不知整垮了多少帳莊、錢莊。在商言商，白道上的手段是光明磊落，讓人輸得心服口服；而論起陰人、整人、上下打點買通關係、黑吃黑騙中騙，他也是行家裡手，終於成就了宜春票號這樣橫跨黑白兩道的龐然巨物。他這一句謙虛，實際上還是為蕙娘的稱讚打鋪墊呢！蕙娘雖然實力下降，但這點翎子（注）還是能接得住的。「哪有您這樣談笑有鴻

注：翎子，也叫雉尾，俗話就是野雞尾巴。在上海話中，「翎子」有「暗示」的意思，暗示別人做某事叫「劃翎子」給他，別人懂你的意思、按照你的暗示去做叫「接翎子」。

儒、往來無白丁的蘆柴棒子？聽說上回下江南，連閩越王都特地設宴請您呢！」

李總櫃呵呵一笑，撚了撚兩根長鬚。「承蒙王爺看得起，召我為座上賓，可要說特地設宴，那也是沒有的事……」

多年沒見，總要彼此寒暄一番，互相炫耀炫耀籌碼，這也算是對雄黃一行人查帳的回應了。至於蕙娘，她倒無須像李總櫃這樣炫耀……她用不著。這吃的、穿的、用的、住的，無一不彰顯了她的身分地位：宜春票號就是再有錢又如何？京郊附近，所有上好風景，幾乎全被皇家占完了，就是要建莊園，他們上哪裡買地去？閩越王請李總櫃，李總櫃得屁顛屁顛地過去奉承，可他請權仲白，權仲白就敢放他的鴿子……

個中道理，李總櫃也並不是不明白，因此他提了兩句也就不說了，把話題切入正事。「大爺已經把您要的東西都給做好了，我這次過來，本來還想同您好好說說呢，可現在是不成啦，您身子沈重，可萬萬不能為了這些俗事耗費精神……就不知，這雄黃姑娘能不能看明白？又或者，您和娘家商量商量，把她爹陳帳房——」

「噯，」蕙娘笑著說。「這是我們自家內部的事，還是一會兒再說。您也知道，現在做人媳婦，婆家事也不能怠慢。權家、達家那六分股，一向是一起結算紅利的，原來家裡是四弟在做，現在我過門了，竟就都交到我身上來……倒是先交交這本帳，把小事做了，再來商量大事。」

票號內部分股，權、達、牛或者是獲得贈與，或者是通過種種手段收買股份，現在各自占了三股，就是比較值得一提的股東了。其餘股份，焦家獨占了三成五，李總櫃五分，喬家五成現在分做三分，喬大爺一成七，二爺和三爺都是一成六。可以說沒有誰能占據絕對優勢，焦家從前抗衡不了喬家三兄弟合股，可現在有了這六分股份的話事權，四成一的股，任何兩家合在一起，即使再添個李總櫃，那也都不是焦家的對手。蕙娘在這時候拋出這個消息，無疑立刻就打破了票號內部原有的平衡：增股一事，二爺猶豫不決、模棱兩可，大爺和三爺加在一塊兒，三成三的股份，添了李總櫃就是三成八，穩穩壓了焦家三分呢！可現在，除非能說服二爺，否則增股不增，恐怕還真是要由權焦氏說了算了……

李總櫃從容地撚了撚鬍鬚。「這倒是該當的——就不知少夫人意思，這帳怎麼交？」

說句實在話，蕙娘端著這麼一會兒架子，已經是有幾分頭暈了，她笑著衝左右吩咐。「把四弟請來。您和他先對一遍，我這裡再對一遍，往年的帳您也再看看，橫豎都不難，對過了各自蓋章，便算是交到我手上啦！」

於是權季青就被請出來和李總櫃對帳，他一打起算盤來，實在是把李總櫃給嚇了一跳，這老頭連連道：「真是英雄出少年！想不到這麼尊貴的身分，居然這樣精細能幹，怪道京城幾個掌櫃都說，您在經濟上，很有天分！」

權季青運指如飛地打著算盤，一揚臉對李總櫃笑了笑，又低下頭去做事，口中漫不經心地道：「要管帳，當然得會做帳、看帳，不然，底下人弄鬼都瞧不出來，這管還不如不管呢……」他不說話了，只是專心算帳。

李總櫃和蕙娘在一邊等候，也就相對品茶，說些閒話。

李總櫃向蕙娘訴苦。「今年的生意，越來越不好做了，西邊比較動盪，折了不少本錢在裡頭。就是京裡，也觸了霉頭，乾元號不知怎麼地就傍上了一位貴人，他們是盯上了蘇州到京城的這條線了，幾次出招，明裡暗裡的，都是想迫我們讓出一點地兒來。」

這擺明了是在向蕙娘要求支援，蕙娘點了點頭，掃了權季青一眼，若有所思。「這件事，祖父那裡怎麼說？是哪家貴人，牌子這麼大，脾氣這麼硬呀？」

「是鄭家……」李總櫃輕輕地說。「也是金山銀海，不缺錢使的人家。在乾元號裡的股，怕少不了。」

鄭家的牌子，也的確很硬。鄭大老爺現職通奉大夫，二老爺任福建布政使，也是皇帝身邊的近人、親人出身，紅得熏天，開辦票號，硬插一槓子進來撈金，就很像是這種人的手筆。不論是焦家還是權家，還真都不願意和他們家硬碰——這種聖眷出身的官，雖然官聲不會太好，但當紅的時候，很少有人願意和他們發生糾紛。有鄭家做後臺，乾元號當然敢主動招惹宜春號了。

蕙娘一時沈吟不語。

李總櫃又說：「閣老府那裡也打了招呼，可老太爺說，現在這是您的份子了，有事，還是要先找您……」

這很像是老太爺的作風，意在言外，態度總是留給人去品。蕙娘不禁微微一笑。「管事的是老掌櫃，您覺得怎麼辦好，那就怎麼辦唄！難不成還怕了他們？就不說擠垮乾元號，限制他們的手段，您總不缺吧？」

這已經是把撐腰的態度給表示得很明顯了，可李總櫃的意圖顯然不在這裡，他一下子就叫起了撞天屈。「那是從前，攤子還沒有鋪開呢，手裡的現銀一直都是充足的。現在可不成，您也知道，攤子鋪得太大了，拆東牆補西牆，現銀真正不湊手。就是南下往爪哇一帶創辦票號，帶走的那也是成船的銀子……乾元號和盛源號互為犄角，怕就是用乾元號來吸引我們的現銀，銀庫一旦空虛，盛源號立刻就要出手。要不然，這件事也不會耽擱到現在，無計可施，要來向您問計了……」

說來說去，還是要銀子，還是看準了盛源號，還是瞄準了她手裡三成五的股份……這是瞧上了哪一戶新靠山？楊家？封家？許家？這麼著急上火地，連幾個月都等不了，總櫃爺親自出馬要逼著退股……

蕙娘的眉頭微微一蹙，正要說話，卻又是一陣眩暈，這一陣來得厲害，她不得不扶額緩上一緩，待得回過神來，權季青已經在和李總櫃抒發他的見解。

「鄭家人能為難什麼？那肯定是暗地裡玩弄些黑手腕呀！」他有些天真的不解，這不解得也很天真。「可論黑道上的手段，咱們宜春號能輸給誰？雖不幹逼良為娼這樣的下賤事，可殺人滅口、敲詐勒索、賄賂威逼，那不也是一套一套的？他們要黑，那就黑著拚啊！總櫃爺您別怪我說話直，我聽說過您從前的故事，那可是殺伐決斷，好一條漢子呢！怎麼現在……這年歲上去了，心腸也軟了！怕不是兒孫滿堂，顧慮一多，手就沒那麼辣了吧？說起來，上個月還添了個小孫孫呢，還沒恭喜您——」

這個小無賴！蕙娘差些要笑，李總櫃的面色卻是越來越黑，他要說話，可幾次張口又都嚥了下去：權季青年紀小亂說話，他還能和個毛頭小子計較？宜春號是有許多把柄在權家、焦家手上，可難道這兩家就沒有把柄在宜春號手上？真要撕破臉，那也是兩敗俱傷——

只是從來只聽說豪門世族因為謀逆、因為黨爭、因為奪嫡倒臺的，還未有人聽說過這麼偌大一個家族，會因為一些檯面下大家心照不宣的事情倒臺，尤其有權仲白放在這裡，任何上層人物要和權家翻臉，都得掂量掂量。宜春號那就不一樣了，年年秋後處斬刺字流配的犯人裡，官少——勳戚更少，可商戶卻從來都並不少……

「好啦！」到底還是權焦氏識得大體，她喝住了這個不知天高地厚的青皮後生。「在商言商，人家還沒有走黑呢，我們主動走黑，也沒意思……商業上的事，用商業手段處理那是最好。您要是實在處理不過來了，那再來給我送信也不遲。」

這番回話，四平八穩、中正和平，沒有什麼出人意料的地方，只是擺了擺態度。可有權季青的劍走偏鋒在前，李總櫃眼色一沈，已經格外滿意，他欠了欠身。「誒！」

權季青也住了口，給他嫂子行禮。「我不懂事，胡亂說話，嫂子別見怪。」

他對李總櫃沒大沒小的，可和蕙娘說話卻是無比恭敬，透著那麼心服口服。蕙娘輕輕點頭，連話都沒說呢，權季青就退出屋子去了。李總櫃看在眼裡，心下自然也有所計較。

有了這軟硬兼施、黑紅臉一番做作，蕙娘再開口提增股的事──「來年吧！現在身子沈，實在也沒心思想這個，還是來年四月，一定會給個答覆的」，李總櫃是絲毫都沒有異議，爽快地就告了辭。

蕙娘也能回內室休息，順帶著和焦梅說幾句話──他剛才一直在身側伺候著呢，就是在主子跟前，沒他說話的地方。

「這麼敲打一番，」焦梅對今天的結果看來也比較滿意。「宜春號應該能老實不少了……有四少爺幫襯幫襯也好，有些話，您說不出口的，他倒是能幫您說幾句。」

「那番話根本就是廢話。」蕙娘說。「其實，他也就是為了掂量掂量我們在權家的分量。看我們在沖粹園住，估計李總櫃有點慌了，今天才會做得這麼明顯。知道兩家股份現在給我結，又看到四弟人過來，其實已經是回答了他們的疑問，大家再走走過場，他摸摸我行事的習慣方法，我摸摸他的態度，互相試探一番就算完了。現在倒好，四弟衝口而出那麼一長串，說得多難聽，連人家一家老小都惦記上了……看他態度，說得和真的一樣……」蕙娘嘆了口氣，搖了搖頭，惡狠狠地說：「這個人，真是個瘋子！」

──未完，待續，請看文創風105《豪門守灶女》4

機關算盡、局中有局之絕妙好手／玉井香

任何磨難，凡是殺不死她的，
終將化作她的養分，令她變得更強，
她就像懸崖上的花，牢牢抓著岩間的縫隙，
什麼風吹雨打都無法令她低頭！

豪門守灶女 全套七冊

文創風 102 **1**

她焦清蕙是名滿京城的守灶女，也只有良國公府的二子權神醫配得上她了，
所謂生死人而肉白骨，這個權仲白是名滿天下的神醫，連皇帝后妃都離不開他，
偏偏他超然世外、不爭世子位的態度，與她未來要走的爭權大道不同，
看來想扳倒權家大房之前，她得先收服了二房這個不成器的夫君才行吶……

文創風 103 **2**

這輩子她焦清蕙沒嚐過第二的滋味，到死她都是第一。
不過，人都死了，就算生前是第一又有什麼用？
這輩子她也就輸這麼一次，甚至連死都不知道是怎麼死的！
她不想再死一回，所以重生後就得好好活，活得好，並揪出凶手來！

文創風 104 **3**

權仲白這個人實在是有趣得緊哪，講話直來直往又任憑自己的意思而活，
焦清蕙承認，一開始自個兒的確是小瞧了他，以為他好拿捏得很，
但仔細想想，能在詭譎多變的皇宮中自由來去多年又深得君臣后妃看重，
他，又怎麼可能會是個頭腦簡單、不懂揣度人心的平凡人物呢？

文創風 105 **4**

焦清蕙不得不說，大嫂林氏這個人也確實算得上是個對手了，
若非天意弄人，始終生不出一兒半女來，世子位早非大房莫屬，
也因此自己一進門，林氏就急了，暗中使了不少絆子，甚至還給摸出喜脈了！
成親多年都未能有孕，二房剛娶妻就懷上了胎兒？這也太巧了吧？莫非……

文創風 106 **5**

焦清蕙的體質與桃花相剋，才食用攙有丁點桃花露的羊肉湯竟險些喪命！
而出事前便知道她與桃花相剋的權家人只有四個：兩個小姑、大嫂、老四。
兩個小姑就不用說了，老四早在她懷孕時便知相剋一事，要害早害了，
如此推算下來，所有的矛頭便指向了剩下的那個人──大嫂林氏！

文創風 107 **6**

該怎麼品評權家老四權季青這個人呢？焦清蕙一時還真有些沒底。
初時，她只覺得他是個想在大房和二房間兩邊討好之人，
但相處過後，她卻漸漸發現他不若表面上的良善無害，
相反地，他狼子獸心，竟存著弒兄奪嫂，想將她占為己有之心！

文創風 108 **7** 完 隨書附贈：繁體版獨家番外二篇，首度曝光！

懷璧其罪，焦清蕙手中的票號分股引來了有心人的覬覦，天家便是其一。
皇帝想方設法要吞了票號，又怕吃相太過難看，於是變著法從她這邊下手，
她一方面得跟皇帝斡旋，一方面還得追查當年想殺害她的幕後黑手，
沒想到這一抽絲剝繭，竟發現權家藏著一個連權仲白都不知道的驚人秘密……

她年紀雖輕，卻也非省油的燈！招招精彩的權謀比拚，盡在《豪門守灶女》中！

文創風 104

豪門守灶女 3

國家圖書館出版品預行編目資料

豪門守灶女 / 玉井香著. --
初版. -- 臺北市 : 狗屋, 民102.07-
冊 ; 公分. --（文創風）
ISBN 978-986-328-102-3（第3冊：平裝）. --

857.7 102011361

著作者	玉井香
編輯	黃淑珍
校對	黃薇霓　林若馨
發行所	狗屋出版社有限公司
地址	台北市104中山區龍江路71巷15號1樓
電話	02-2776-5889～0
發行字號	局版台業字845號
法律顧問	蕭雄淋律師
總經銷	知遠文化事業有限公司
電話	02-2664-8800
初版	102年7月
國際書碼	ISBN-13　978-986-328-102-3
原著書名	《豪门重生手记》，由北京晉江原創網絡科技有限公司授權出版

定價230元

狗屋劃撥帳號：19001626

網址：love.doghouse.com.tw　E-mail：love@doghouse.com.tw